M. D. Grand & S. M. Gruber (Hrsg.)

Compendium Obscuritatis

Von Musen und Monstern

AF235923

Bisherige Anthologien und ihre Herausgeberinnen

2017: *Sehnsuchtsfluchten,* Julia von Rein-Hrubesch/Nika Sachs
2018: *Briefe aus dem Sturm,* Magret Kindermann/Wiebke Tillenburg
2019: *Herzgezeiten,* Magret Kindermann/Wiebke Tillenburg

M. D. Grand & S. M. Gruber (Hrsg.)

Compendium Obscuritatis

Von Musen und Monstern

Anthologie

Bibliografische Information der Deutschen Nationalbibliothek:
Die Deutsche Nationalbibliothek verzeichnet diese Publikation
in der Deutschen Nationalbibliografie; detaillierte bibliografische
Daten sind online unter http://dnb.dnb.de abrufbar.

© 2021 M. D. Grand & S. M. Gruber (Hrsg.)

Lektorat: M. D. Grand & S. M. Gruber

Korrektorat: Magret Kindermann, Lily Magdalen

Cover: Esther Wagner

Illustrationen: Esther Wagner

Buchsatz: Karl-Heinz Zimmer
gesetzt aus der EB Garamond
erstellt mit *SPBuchsatz*

Herstellung und Verlag: BoD – Books on Demand, Norderstedt

ISBN: 978-3-7557-0150-7

Für alle, die den Mut haben, hinzusehen

Inhaltsverzeichnis

Vorwort

COMPENDIUM OBSCURITATIS ist Latein – wie Du Dir vielleicht schon gedacht hast – und heißt frei übersetzt so viel wie »Lehrbuch der geheimnisvollen Merkwürdigkeiten«.

Aber wahrscheinlich weißt Du das schon und fragst Dich viel eher, warum unser Kollektiv eigentlich *Nikas Erben* heißt. Sei beruhigt, da bist Du nicht alleine. Wilde Theorien wurden bereits aufgestellt, von der düsteren Mafiavergangenheit bis zum Großerbentum einer reichen Baronin mit einer Vorliebe für die schönen Künste war schon alles dabei. Dabei ist es ganz einfach: Die großartige Autorin, Lektorin und Künstlerin Nika Sachs hat 2017 die erste Anthologie dieses damals noch namenlosen Kollektivs herausgegeben – zusammen mit Julia von Rein-Hrubesch, die uns bis heute erhalten bleibt. Nika hat so unglaublich viel Herzblut in die Schreibwerkstatt gesteckt, aus der dann die Anthologie *Sehnsuchtsfluchten* entstanden ist, dass wir das Kollektiv unbedingt weiterführen wollten. Auch nachdem Nika aus persönlichen Gründen leider nicht weitermachen konnte. Daher haben Magret Kindermann und Wiebke Tillenburg die Herausgeberinnenschaft übernommen und die Anthologien *Briefe aus dem Sturm* (2018) und *Herzgezeiten* (2019) herausgebracht. Für das *Compendium Obscuritatis – Von Musen und Monstern* durften nun wir das Ruder in die Hand nehmen und könnten nicht stolzer auf das Ergebnis sein.

Wie kommt aber eine Gruppe von Autor*innen aus unterschiedlichsten Genres darauf, eine phantastische Kurzgeschichtensammlung zu veröffentlichen? Und dann auch noch nicht mal Adaptionen oder Variationen klassischer Motive, sondern mit dem Anspruch, komplett neue Phantasiegestalten zu erschaffen? Nun, das liegt an der Natur des Kollektivs *Nikas Erben*. Wir lieben es einfach, uns scheinbar unmöglichen kreativen Herausforderungen zu stellen. So kam es, dass die demokratische Entscheidung auf das Thema »neue Phantasiegestalten« fiel. Keine Vampire, Hexen, Werwölfe sollten es sein, sondern noch nie dagewesene Ausgeburten unserer merkwürdigsten Hirngespinste.

Und was für Gespinste das sind! Da gibt es die inspirierenden, musenhaften Wesen, die uns Kreativität einflößen und Geistesblitze bescheren. Da gibt es aber auch düstere, bösartige Wesen, die Deine Kinder stehlen oder Dich durch die dunkelsten Ecken Deines Bewusstseins jagen. Und es gibt alles dazwischen, sagenhafte Kreaturen, die sich in Grauzonen am wohlsten fühlen, die irgendwo im Nebel lauern, zwischen Träumen und Visionen – oder mitten unter uns.

Viel Kribbeln beim Lesen wünschen Euch die Herausgeberinnen

Eure M. D. Grand & S. M. Gruber

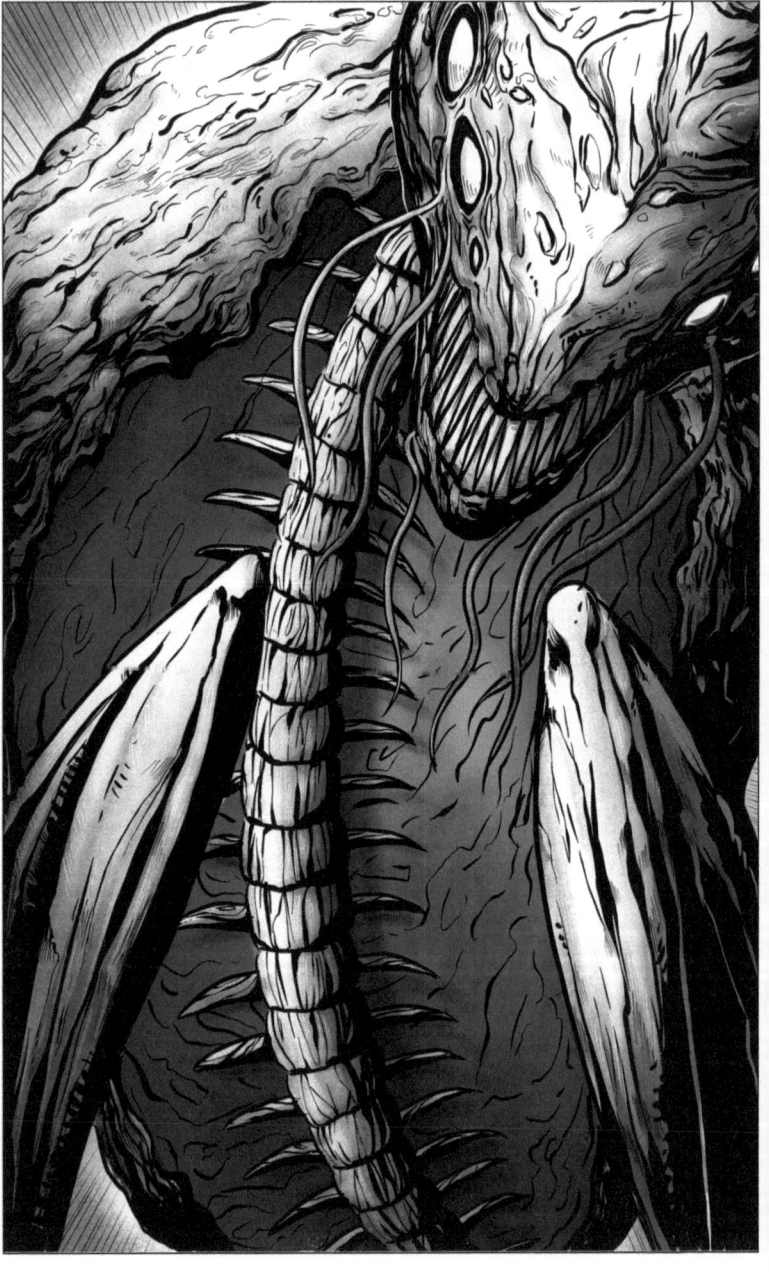

Magret Kindermann

Heiße Schokolade

Als sie blinzelte, ballten sich die Wolken über ihr zusammen. Schlagartig wurde es dunkler.

War ich das etwa?, dachte Maria in den Donner hinein. Natürlich war sie es nicht. Sie konnte nicht das Wetter kontrollieren, auch wenn sie das geliebt hätte. Der erste Regentropfen traf ihr Kinn, der zweite landete auf der Mütze ihres Babys, das sie in einem Tragetuch hatte. Sie spreizte die Finger über sein Köpfchen, doch das würde es kaum vor dem Regen schützen. Bis nach Hause waren es bestimmt noch fünf Minuten. Vor ihr aber lag das bei jedem beliebte Öko-Café Isolde, direkt am Fenster war noch ein Platz frei, das sah sie durch die Scheibe, und es wirkte gemütlich. Maria steuerte schon darauf zu, als sie sich umentschied. Sie würde es bestimmt noch vor dem Regen nach Hause schaffen.

Beim Überqueren der nächsten Straße bereute sie den Entschluss, denn der Regen prasselte plötzlich so heftig auf die Erde, dass sie kaum einen Meter weit sehen konnte. Maria beugte sich über das Bündel vor ihrem Bauch und fluchte, sie eilte unter ein Vordach.

Da entdeckte sie ein Licht. Eine tanzende Flamme hinter einer dreckigen Glasscheibe. Dahinter sah sie weitere flackernde Licht-quellen, es waren Kerzen auf runden Tischen. Noch nie hatte sie wahrgenommen, dass hier noch ein Café war. Ohne lange zu über-legen, öffnete sie die Tür – es klingelte – und schlüpfte hinein.

Sie schaute hinunter, ihr Baby hatte die Aufregung verschlafen. Maria strich über den blonden Flaum auf dem Köpfchen und steuerte den hintersten Tisch am Fenster an. Beim Setzen wurde ihr Kind wach. Ihre Brustwarze kribbelte, ein sicheres Zeichen, dass es Hunger hatte.

Der Kellner kam und fragte nach ihrer Bestellung.

»Eine heiße Schokolade ohne Sahne, bitte.« Sie schaute nicht auf, weil sie damit beschäftigt war, ihr Baby aus dem Tragetuch zu heben.

Erst als es zufrieden und noch im Halbschlaf an der Brust lag, sah sie sich um. Das Café hatte eine seltsame Atmosphäre. Die Kerzen waren am Tag an, an der Wand hing ein Bild von Pasta neben einem von der Akropolis in Athen und daneben klebte ein Poster eines Reisebüros: *Cuba Libre oder Cuba?* In hohen Regalen wurden Waren von Olivenöl bis Gummibärchen angeboten. Ein neongelbes Schild daneben warb: *Unsere Kondome sind die besten – 500 Euro!* Die nackte Glühbirne flackerte, es gab keine Toiletten und es spielte keine Musik. Dafür stand in der Ecke ein Kinderkarussell mit quietschbunten Plastikpferden, dessen Spitze sich in die Decke bohrte. Der Putz war an dieser Stelle abgebröckelt. Das Café wirkte, als würde es nur so tun, als wäre es ein Café. Maria war der einzige Gast.

»Hier, bittä«, sagte der Kellner und Maria schreckte auf. Vor ihr stand ein Glas mit schaumiger, heißer Schokolade. Auf dem Unterteller lagen ein kleiner Löffel und ein Butterkeks. Wenigstens das Getränk schien in Ordnung zu sein.

»Danke«, sagte sie und blickte hoch. Der Kellner hatte einen schiefen, geschwungenen Schnurrbart und ein Augenbrauenpiercing. Es fiel Maria schwer, ihn anzuschauen, denn er schien zu flackern wie das Licht. Er lächelte und lief zurück zum Tresen, an dem eine verstaubte Happy-Birthday-Girlande hing. Dabei wackelte er seitwärts wie Charlie Chaplin und hob seine Beine wie ein Pelikan. *Vielleicht hat er eine Behinderung?*, dachte Maria.

Das Baby war inzwischen wieder eingeschlafen und träumte, was sie an den flatternden Lidern erkannte.

»Na, Marcel, träumst du von der Geburt?«, flüsterte Maria ihm ins Ohr.

Das Baby gluckste.

Der Regen erreichte durch das lange Vordach nicht die Fensterscheiben, doch er war so stark, dass die restliche Welt nicht mehr zu erkennen war. Mit dem Ende des Vordachs begann der nasse, prasselnde Vorhang.

Sobald der Regen nachlässt, verschwinde ich hier, dachte Maria. Das Café war ein seltsamer Ort und sie hatte ein unangenehmes Gefühl. Doch sie wollte auf keinen Fall so horizontlos wie ihre Mutter sein, die Marias Meinung nach viel zu schnell Menschen verurteilte und Neues ablehnte. Sie beschloss, den Ort schätzen zu lernen.

Sie klappte den Still-BH zu und Marcel wimmerte leise im Schlaf. Irgendwie kriegte er jedes Mal mit, wenn die Brust nicht mehr so leicht zugänglich war. Doch gleich darauf lächelte er, ohne aufzuwachen.

Maria bemerkte ihre verspannten Schultern und streckte den freien Arm. Sie hatte schon lange immer mal wieder Rückenschmerzen, doch seit Marcel auf die Welt gekommen war und sie ihn so viel trug, war es schlimmer geworden. Vor allem, weil sie schon seit einer Weile kein Yoga machte und nicht mehr meditierte.

Sie schloss die Augen. *Nur ein bewusster Atemzug macht jede Situation entspannter,* dachte sie. Maria spürte, wie sich ihre Lungenflügel mit Luft füllten. Für einen Moment hielt sie diese und ließ sie dann herausströmen. Jetzt war er vorbei, der bewusste Atemzug. Als sie die Augen öffnete, schien sich die Zeit verlangsamt zu haben. Das Flackern der Glühbirne störte nicht mehr und dafür fiel ihr das warme Licht der Kerzen auf.

Maria rührte ihr Getränk um und hob es an den Mund. Es roch nach aromatischem, dunklem Kakao. Sie war beeindruckt, so eine hochwertige heiße Schokolade gab es in der Isolde nicht. Der erste Schluck bestätigte ihren Eindruck. Der Schokoladengeschmack war so stark, dass sie lächeln musste. Und warte mal, spielte nicht doch Musik? Sie summte mit. Ja, es war ein Walzer. Vorsichtig trank sie wieder, sie wollte nichts auf Marcel verschütten. Zwar landete öfter mal etwas von ihrem Essen auf ihm, aber ein Heißgetränk hätte ihn verbrüht.

Als sie die Tasse zurückstellte, entdeckte sie neben dem Unterteller ein blaues Haar. Ihre Eltern hatten erwartet, dass sie sich die Haare wieder braun färben würde. Immerhin war sie ja nun Mutter. Doch Maria dachte nicht daran. Die beste Mutter war sie, wenn sie sie selbst war. Und sie hatte blaue Haare. Meerjungfrauenblau, wie der Frisör es nannte. Sie pustete das Haar vom Tisch.

Da fiel ihr die verunstaltete Tischplatte auf. Jemand hatte mit einem Messer oder Ähnlichem etwas ins Holz geritzt. Ein bisschen Berlin-chic, aber warum nicht? Immerhin war der Laden ja auch italienisch *und* griechisch. Es war eine Zeichnung von etwas, das wie ein Insekt wirkte. Zwei große, dünne Beine, die an den Knien abgeknickt waren, eine offene Wirbelsäule und ein Buckel aus etwas, das wie Krebsschale aussah. Auf dem unförmigen Kopf zählte sie zweimal vier Augen, jeweils an der Seite als eine gebogene Linie, und in der Mitte zog sich bis zum Kinn ein gigantisches Maul mit vielen spitzen, langen Zähnen, die fast wie dicke Borsten aussahen. Statt eines Bartes standen mehrere tentakelähnliche Greifarme vom Kinn ab. Arme schien die Kreatur keine zu besitzen.

Ist das aus einem Film?, fragte sich Maria und aß den Keks. Auch er war großartig, er war teilweise aus hellem, teilweise aus dunklem Teig gebacken.

Über dem Bild hatten verschiedene Leute gekritzelt, als wäre die Tischplatte die Wand einer Klokabine in einem Club.

Ich hatte eine Frau, stand dort mit Edding.

Irgendwas hab ich vergessen, mit Kugelschreiber.

Der Kuchen ist vergiftet. Kuchen war durchgestrichen, darüber stand in einer anderen Schrift: *Kaffee.*

Sie sammeln Menschen.

Ich will raus.

Insektenmänner.

Maria schob den Kerzenständer und die Menükarte zur Seite, um das gesamte Werk betrachten zu können, und führte das Glas zum Mund. Es war der letzte Schluck. Bald würde sie diesen verrückten Laden verlassen. Sie wollte heim und *Stranger Things* gucken. Der Kellner spähte schon neugierig über den Tresen. Wahrscheinlich wollte er schnell abkassieren. Um Kundschaft war man hier offensichtlich nicht bemüht. Vielleicht wollte man, dass sie schnell wieder ging.

Das Karussell drehte sich, es machte sie müde. Hatte es sich vorhin schon gedreht?

Maria richtete den Blick wieder auf das Holz. Über dem Kopf der eingeritzten Kreatur sagte eine Sprechblase in Großbuchstaben:

ISS NICHTS

TRINK NICHTS

ODER DU STIRBST

!!!

Sie spuckte über den Tisch, doch die heiße Schokolade hatte sie schon hinuntergeschluckt.

»Was habt ihr ... ?«, rief sie, plötzlich doch panisch, denn das war alles nicht normal, sie war so, so müde ... Sie sah noch, wie der Kellner im flackernden Licht heraneilte – hatte er etwa viele kleine Greifärmchen unter seinem Kopf? – da kippte sie nach hinten, zog ihr Baby mit sich und schlief ein.

Als sie erwachte, schien die Sonne durch das Fenster auf sie. Der Regen war vorüber. Kein Walzer spielte, das Karussell stand still. Maria zog sich hoch und sah sich um. Der Kellner – ganz Mensch – wischte den Tresen ab. Wahrscheinlich hatte sie der Tag erschöpft. Sie legte drei Euro auf den Tisch und stand auf. Tatsächlich fühlte sie sich etwas wackelig auf den Beinen. Eine Erkältung. An der Tür drehte sie sich noch einmal um und betrachtete den seltsamen Ort. Die Glühbirne über ihr flackerte noch immer, doch es ging im strahlenden Sonnenlicht unter. Als sie das Café verließ, erinnerte sie sich an die Kritzeleien auf der Tischplatte. Hübsch waren sie nicht gewesen und sie konnten den Gästen wirklich einen Schrecken einjagen. *Was ein schlechtes Marketing.*

Was hatte sie noch gleich in der Stadt gewollt? Sie wusste es nicht mehr, doch am Brunnen stand die Erdbeer-Verkäuferin. Maria lief zu ihr und begrüßte sie fröhlich. Mehrmals im Monat kaufte sie bei ihr Erdbeeren.

Die Verkäuferin reichte ihr eine Pappschale. »Heute allein unterwegs? Hast du Marcel bei Jörn gelassen? Tut mal gut, was?«

Wie benommen griff Maria nach den Früchten. Übersah sie nicht etwas Offensichtliches? Sie hatte etwas vergessen. Sie hatte einen Sohn gehabt!

Lose hing das Tragetuch an ihr herunter. Ihr Sohn hatte einen Namen, Marcel, Marcel, Marcel. Sie rannte los, die Erdbeeren flogen durch die Luft. Schon aus der Ferne konnte sie sehen, dass hinter dem Vordach kein seltsames italienisch-griechisch-kubanisch-berlinerisches Café war. Als sie davorstand, lief sie trotzdem in den Feinkostladen. Die Glocke erklang, aber es war eine elektronische, dunklere. Sie taumelte, das konnte nicht wahr sein, das *durfte* nicht wahr sein. Sie konnte sich noch an sein Gewicht in ihren Armen erinnern, an das Geräusch, das er machte, wenn er an der Brust schluckte, und an sein vom Schreien warmes Gesicht, wenn sie ihn tröstete und wiegte.

»Darf ich Ihnen meine neuste Kreation vorstellen? Das ist Frischkäse mit Schafskäse und Basilikum, mega lecker!« Der Feinkostladenbesitzer hielt ihr ein Stück Brot mit seinem grünen Werk darauf hin.

Bleich und wortlos verließ Maria den Laden. Sie blickte sich um. Der Asphalt war trocken, als hätte es nie geregnet. Alles schien, als habe sie ihren Cafébesuch nur geträumt. Aber das Vordach war das gleiche und auch die Fenster schienen identisch. Sie blickte durch die Scheibe in die Ecke, in der sie gesessen hatte. Mit ihrem Sohn. Wie hieß er noch gleich? Dort stand nun eine Tiefkühltruhe.

Maria trat ein paar Schritte zurück und blickte die Außenwand hoch. Sie versuchte, sich zu erinnern. War es das dasselbe Haus wie zuvor? Sie stutzte. Oben in der Dachgeschosswohnung flackerte eine nackte Glühbirne. Nichts würde sie unversucht lassen! Sie würde ihn finden! Ihn. Wen?

Eva-Maria Obermann

Inspirii

Es gibt keinen köstlicheren Klang als das süße Kratzen eines Bleistifts auf Papier, das fein abgestimmte Klackern der Tastatur, das zauberhaft gewürzte Einrasten der Schreibmaschine. Wie das eifrige Brummen von Bienen in sonnenbeschienenem Lavendel oder rauschender Regen an einem Herbstabend, umfassend, erfüllend und gerade so verheißungsvoll, wie es noch erträglich ist. Ein Versprechen, dass etwas im Entstehen ist. Ja, natürlich kann das auch nur ein trostloser Einkaufszettel oder eine grammatikalisch wie orthografisch miserable E-Mail sein. Aber es könnte eben auch ein sagenhaftes Gedicht, ein weltbewegendes Drama oder ein literarisch wegweisender Roman werden. So wie das Klirren von Geschirr ein üppiges Festmahl oder das Einräumen von verdrecktem Geschirr in eine Spülmaschine signalisieren kann.

An einem sonnigen Tag im Spätherbst, umrauscht von dunkelroten, sachte herabfallenden Blättern, entstand es. So zögerlich und abgehackt, dass die meisten Inspirii daran achtlos vorbeigeflogen wären. Doch Lyria Cogita war ausgehungert. Gierig nahm sie Witterung auf. Zwar hatte sie ihren letzten Menschen erst vor wenigen Tagen verlassen, doch schon dort hatte sie hungern müssen.

Sie, die ihn, den Autor, gefördert und zu ungeahnten geistigen Höhenflügen gebracht hatte. Schnell war er dank ihrer Bissen vom Selfpublishing-Neuling zu einem Schriftsteller geworden, der

Preise gewann und von den großen Verlagen Verträge vorgelegt bekam. Sie hätte wissen müssen, dass es Zeit war, weiterzuziehen, sie hatte es schon oft erlebt. Die Autorinnen und Autoren wurden von Verkaufszahlen getrieben, die Ideen, die Lyria ihnen mit ihrem Biss verschaffte, blieben liegen und sie formten ihre Romane stattdessen nach Schema F. Bewährt, verkauft und von den Verlagen abgesegnet. Wie es sie ermüdete! Es war der Glaube an ihren Autor gewesen, der sie zum Bleiben veranlasst hatte, und das Vertrauen in die Funken der Kreativität, die sie ihm gab. Er war der Erste, der dank ihr Bestseller geschaffen hatte, die in mehrere Sprachen übersetzt worden waren. Doch diesmal war es so schlimm gekommen wie noch nie. Er hatte sich hoffnungslos überschätzt, die Fristen ausgereizt, sich den Ruhm zu Kopf steigen lassen. Die leere Seite war zu einem mahnenden Denkmal geworden, dem er nichts entgegenzusetzen hatte. Lyria hatte es versucht, hatte ihn gebissen, ihn auf den Weg geschickt. Aber immer wieder war er davon abgekommen, hatte gelöscht, zerrissen, die Inspiration, die sie ihm geschenkt hatte, abflauen lassen. Auch sie hatte sich überschätzt.

Ihn zu verlassen war schließlich reiner Selbstschutz gewesen. Er hatte sie ausgesaugt und ihr nichts zurückgegeben, seit Jahren. Es hungerte sie nach Ideen, Einfällen. Nach süßen Gute-Nacht-Geschichten und kitschigen Liebesschnulzen, nach blutigen Thrillern und gut gereiften Klassikern.

Inspirii ihrer Gattung ernährten sich von Geschichten. Während andere sich zwischen Pinselstrichen oder Musiknoten, unter Töpferscheiben oder Stricknadeln, in Ballettschulen oder Theatern eine Nische erobert hatten, lebte Lyria von der Kraft, aus der Geschichten gemacht sind. Sie saugte nicht etwa Blut aus ihren Opfern, sondern den köstlichen Stoff, den Menschen ungeahnt freisetzen, sobald sie kreativ schreiben. Er haftet den Geschichten an, folgt ihnen in die Kinderzimmer und auf die Nachttische.

Lyria Cogita kannte den verlockenden Geruch, der beim Schreiben von Geschichten entsteht. Sie wusste um die betörende Süße, sobald die Worte auf das weiße Papier flossen, den aromatischen Geschmack, wo Plotlöcher gefüllt und Figuren ausgereift wurden. Doch nun schleppte sie sich erschöpft von Haus zu Haus und suchte nach Geschichten, die sie noch nicht kannte. Denn das ist die Krux bei der Sache: Der Dunst der Kreativität, der in seiner Reinheit beim Schaffensprozess freigesetzt wird, haftet zwar auch jeder Kopie in abgeschwächter Form an, doch aufnehmen können Inspirii ihn nur einmal. Danach hat das Werk jeden Nährwert verloren. Die Worte sind für die Inspirii schlichtweg nicht mehr kreativ genug.

Lyria verließ gerade frustriert durch das gekippte Fenster das Zimmer einer Jugendlichen, die über Mathematik-Hausaufgaben brütete. Schulbücher, also wirklich. Als gäbe es für eine Fünfzehnjährige keine spannendere Lektüre als das Chemie-Buch und Goethes Werther. Im Erdgeschoss hatte Lyria zumindest einen Happen aus einem fragwürdigen Kolumnenentwurf für eine Tageszeitung sammeln können. Nun lagen ihr die fahlen Wörter schwer im Magen und die Luft war trotz der Sonne eisig. Ihr Blick suchte einen Hinweis, in welchem der Nachbarhäuser sie fündig werden könnte. Dem Mehrfamilienhaus, bei dem bereits der Putz abblätterte? Dem schnieken Neubau daneben? Oder dem letzten Eingeschossigen der Straße, das mit Vorgarten und Gartenzaun auch aus einem Kinderbuch hätte stammen können?

Da erreichte sie mit einer lauen Woge Wind das feine Klappern. Sie folgte ihm, ehe sich in ihrem Bewusstsein manifestiert hatte, wohin der Weg sie führen könnte. Nicht etwa zu einer unstrukturierten Seminararbeit über die Lehren Thomas von Aquins, sondern zu einer kreativen Quelle selbst. In all ihren sechs Fingerspitzen begann es zu kribbeln. Die Aufregung stieg ihre gefiederten Arme hinauf, überzog ihren Rücken und tänzelte den Kopf entlang bis zu den feinen Ohren. Sie dankte dem Großen Wort für den Imbiss, den sie aus der Zeitungsredaktion hatte nehmen können. Ihre Flügelschläge wurden kräftiger angesichts der literarischen Kreativität, die sie dank ihrer eindrucksvollen Hörorgane wahrnahm.

Doch Lyria wusste, dass was immer da gerade getippt wurde, ohne ihren liebevollen Biss lediglich ein mühsames Gestammel bleiben würde.

Sie schwebte an der Rückseite des Mehrfamilienhauses empor. Natürlich war es das Dachzimmer und selbstverständlich waren die Fenster verschlossen. Ihr Magen krampfte vor Hunger, und Schwindel erfasste sie. Sie hatte nur noch diese Chance. Es kostete sie all ihre Kräfte, durch das Fenster zu diffundieren. Warum auch hatten die Menschen dreifach verglaste Scheiben erfinden müssen? Sie plumpste auf der anderen Seite auf den Boden und das Geräusch ließ eine junge Frau herumfahren. Die Haut der Inspirii reflektierte Licht auf eine kuriose Art und Weise, so dass die Schwarzhaarige kurz glauben musste, sie sähe unscharf, ohne eine Gestalt ausmachen zu können. Dann drehte sie sich wieder um und starrte auf den Bildschirm vor sich.

Sie zögerte, tippte, löschte wieder. Ein trauriger Anblick. Lyria rappelte sich müde auf. Die Konturen vor ihr verschwammen. Sie wankte, stolperte, wankte weiter. Nur noch ein paar Meter. Schon öffnete sie den Mund und ihre spitzen, tintenblauen Zähne kamen zum Vorschein. Es roch nach einem Anfang, einem ersten Wort, das noch im Raum schwebte, bereit, für immer aufs Papier gebannt zu werden. Lyrias Krallen fuhren in den Stuhl, hinterließen winzige Einkerbungen, als sie sich immer höher zog. Die junge Frau war kurz vorm Aufgeben. Sie wusste nicht, was fehlte, um ihre Geschichte gebären zu können. Doch Lyria wusste es. Sie mobilisierte ihre letzten Kräfte, klammerte sich an die Querverstrebung des Stuhles und schaffte es auf ihre Füße.

Die Inspirii griff nach dem Hosenbein der Frau, schob es gerade so weit beiseite, dass sie eine winzige Stelle Haut sehen konnte. Mehr brauchte sie nicht. Ein Lächeln huschte über ihr Gesicht, dann biss sie zu, ließ einen Stoff in den menschlichen Kreislauf sickern, der die Synapsen anregte und das kreative Zentrum des Gehirns zu Höchstleistungen brachte. Die junge Frau schüttelte sich und Lyria verlor den Halt, rutschte ab, fiel und wurde vom Teppichboden milde begrüßt.

Alina rollte die Füße vor und wieder zurück. Vielleicht starrte sie schon zu lange auf den Computerbildschirm. Vorhin schon hatte sie kurz geglaubt, dass etwas durch das geschlossene Fenster hereingekommen war. Für die Dauer eines Herzschlags hatten ihr die Augen einen Streich gespielt. Sie schüttelte den Kopf und atmete laut aus.

Was für eine Schnapsidee. Sie hatte drei Hausarbeiten zu schreiben, aber dieser Flyer der Uni-Zeitung war ihr einfach nicht mehr aus dem Kopf gegangen. Geschichte einreichen und mit etwas Glück veröffentlicht werden. Leicht gesagt – gar nicht so leicht geschrieben. Seit Stunden mühte sie sich ab und kam nicht über die erste Seite hinaus. Im Gegenteil. Immer wieder entschied sie sich um, löschte, was bereits geschrieben war, und doch klang jeder Satz für sie wie der davor.

Von ihrem Fußgelenk breitete sich ein Kribbeln aus. Als wäre ihr Körper selbst eingeschlafen, während sie weiterhin hellwach versuchte, eine Geschichte zu formen. Genervt schob sie den Stuhl zurück und rempelte gegen etwas, das auf dem Teppich lag. Sie starrte auf die Stelle und sah nichts. Vorsichtig beugte sie sich vor und machte vage Konturen aus. War das ein Spielzeug ihres kleinen Bruders mit einem komischen Tarneffekt? Alina stand auf und ging vor dem Ding in die Hocke. Sie konnte es immer noch nicht richtig sehen. Aber da, das waren doch riesige, spitze

Ohren. Und die feinen Krallen an Händen und Füßen, die sie beim Blinzeln eben ausmachen konnte, waren jetzt schon wieder verschwunden. Sie griff nach ihrem Fußgelenk, das immer noch leicht pochte. Wie ein Biss war es gewesen. Alina schloss für einen Moment die Lider.

In ihrem Inneren formten sich Bilder, Figuren, Handlungen. Sie öffnete die Augen. Da war nichts vor ihr. Doch in ihr war eine Menge. Sie nickte kurz, dann richtete sie sich auf und setzte sich wieder hin. Was wäre denn, wenn ...

Das Zögen war verschwunden. Wort um Wort reihte sich aneinander. Aus jedem Satz ergab sich der nächste, das Gefüge verdichtete sich. Alina vergaß die Zeit und den Durst, die Hausarbeiten und den Wettbewerb. Sie schrieb, sie schuf, sie lebte.

Dabei merkte sie nicht, wie aus ihren Fingerspitzen ein zarter, orangefarbener Hauch austrat. Vertieft in ihre Geschichte übersah sie, wie dieser Hauch auf das formenlose Etwas hinter ihr traf. Während sie der Handlung Form verlieh, erkannte Alina nicht, wie dieses Etwas sich hinter ihr am Stuhlbein festkrallte und mühsam auf dem Teppich aufrichtete, sich endlich stehend an der unteren Querverstrebung des Stuhles festklammerte, einen Mund mit absonderlich spitzen und tiefblauen Zähnen öffnete und den orangen Nebel in sich aufsog.

Lyria aß. Es waren die feinsten Worte, die sie je gegessen hatte, die ersten Worte, die diese Menschenfrau je als Geschichte geformt hatte. Die Unerfahrenheit machte sie grob, doch ihr Geschmack ließ ein unendliches Können erahnen. Lyria aß und aß. Sie machte es sich auf dem Teppich gemütlich und schlug sich den Bauch voll. Hier würde sie bleiben. Im Kleiderschrank zwischen den kunstvoll verzierten bunten Tüchern, mit Blick auf ein verwaistes Bücherregal, das sich bald füllen würde, dessen war sie sich sicher. Die junge Frau war im Rausch und Lyria ebenso. Nie hätte es anders kommen dürfen, befand die Inspirii, während sie sich trunken neben dem Schreibtisch zusammenrollte. Hier gehörte sie hin.

Sie leckte sich genüsslich die Lippen und tätschelte zufrieden ihren prallen Bauch. Seit Jahren hatte sie nicht so gut gespeist. Wohlwollend sah sie hoch zu dem Mädchen, das die schwarzen Haare mittlerweile zu einem Zopf gebunden hatte, damit sie ihm beim Schreiben nicht immer wieder in die Augen fielen. Die Geschichte war beendet. Eine kurze für den Anfang, doch Lyria sah ihr den Drang an, mehr zu schaffen, mehr zu schreiben, mehr zu werden. Sie lächelte, während Alinas Lippen bereits bei der Überarbeitung waren und vorsichtig die ersten Worte ausprobierten, die sie geschaffen hatte: *Es gibt keinen köstlicheren Klang als das süße Kratzen eines Bleistifts auf Papier.*

Extras

Man nennt mich Pippo. Ich bin ein ganz normaler Kerl, bin kinderlieb, nett zu Tieren, habe eine lustige Nase, freundliche Augen und sitze im Gefängnis.

Du weißt, wie es in dieser Welt zugeht. Alle meine Freunde, alle Menschen, die ich kenne, haben sich als Kind ihr Wunschwesen, den einen persönlichen, selbstgemachten Freund gewünscht, der erscheint, wenn er nur stark genug herbeigesehnt wird. Wir nennen diese Wesen Extras. Extras verändern das Leben der Menschen. Es gibt manche Extras, die wahre Monster sind. Sie werden zwanzig Meter groß gewünscht, mit Krallen und Zähnen. Ihre Wünscher hatten viel Angst, als sie klein waren, und brauchten Schutz und Mut, oder sie riefen ihr Extra, als sie einmal außer sich waren vor Wut. Mehr als ein Haus ging auf diese Weise zu Bruch. Später findet man diese Kinder manchmal beim Militär und die Extras ziehen für sie in den Krieg. Ich habe nie verstanden, wie die Menschen es übers Herz bringen, ihre Wunschwesen zu opfern. Jeder wird einmal erwachsen, schätze ich.

Es gibt auch die nützlichen Wesen, die Abfall fressen oder es lieben, Zimmer aufzuräumen. In diesen Fällen wollte sich wohl jemand vor der Arbeit drücken. Diese Extras und ihre Menschen landen bei den Stadtwerken oder bei Reinigungsservices.

Fast der gesamte Rest der Extra-Population ist flauschiger Natur, üblicherweise knallbunt, macht lustige Geräusche und vertreibt ein Leben lang die Einsamkeit ihrer Freunde. Sie sind nützlicher als all jene, die Arbeiten übernehmen und die Wirtschaft vorantreiben, wenn ihr mich fragt. Nichts hilft einem Menschen so sehr, ein gutes Leben zu führen, wie ein Wesen, das ihm bedingungslos den Rücken stärkt und niemals aufhört, ihn zu lieben. Denn das haben alle Extras gemein: Sie bleiben treu bis zum Schluss.

Kinderwünsche bergen aber auch die Gefahr, zu wenig durchdacht zu sein und nach hinten loszugehen. Sie wissen, was sie wollen, aber nicht, was es mit sich bringen kann, wirklich zu bekommen, was man will.

Erinnert ihr euch zum Beispiel an den Methanfrosch? Ein kleiner Junge wollte unbedingt auf einem großen, rülpsenden Frosch reiten und hätte damit beinahe die gesamte Nachbarschaft gesprengt. Das war ein Bekannter von mir. Die Behörden mussten einschreiten und haben den Frosch eingeschläfert.

Leider überstehen Kinderwünsche wie er nur selten ihr Heranwachsen. Es liegt in ihrer Natur. Sie werden erschaffen von Menschen, für die ein Jahrzehnt wie eine Ewigkeit erscheint.

Von allen Seiten versucht man daher, die Kinder und ihre Wünsche zu beeinflussen, damit ihre Extras der Gesellschaft nützen, Profite erwirtschaften und den erwachsen gewordenen Kindern die Karriere sichern. Häufig genug funktioniert es. Und wenn nicht, bezahlen meist die Extras den Preis.

In meinem Fall lief die Geschichte anders ab, deshalb wissen sie nicht recht, was sie mit mir tun sollen. Doch Anna ist jetzt glücklich – so glücklich es eben geht. Ich freue mich für sie. Ihr Wunsch war simpel, eben der eines Kindes: ein ganz normaler Papa, der kinderlieb ist, nett zu Tieren, mit einer lustigen Nase und freundlichen Augen, der sie vor ihrem biologischen Vater beschützt. Es funktionierte und ging doch daneben, denn das Leben ist komplizierter als die Wünsche der Kinder.

Sie nannte mich Pippo. Ich passte auf sie auf und sitze wegen Totschlags im Gefängnis.

Vanessa Glau

Das Gift in der Literatur

Müde tappte Chion durch das Haus und fand Saiph im Esszimmer, wo sie mit dem Gesicht auf einem aufgeschlagenen Buch lag und leise schnarchte. Vor ihr stand der bronzene Kerzenhalter, aber von den drei weißen Kerzen brannte nur noch eine. Die Flamme flackerte in einem Luftzug, den er nicht spürte, und er beugte sich über Saiph, um sie auszublasen.

Da loderte die Flamme auf und zog seinen Blick an, während das Zimmer und der Rest der Welt in kalter Dunkelheit versanken. Glückliche Leere breitete sich in ihm aus und in die Mitte brannte die Kerzenflamme ein Loch: ihr Weiß, das in der Kunst ständig für Gelb gehalten wurde. Feuer musste gelb und rot gemalt werden, damit seine Hitze beim Betrachten des Abbilds nicht in Vergessenheit geriet.

Diese Hitze so nah an trockenen Buchseiten war es, die ihn wieder zu sich kommen ließ, ihm plötzlich einen Schauder über den Rücken jagte. Hastig erstickte er die Flamme in seiner Faust und hieß den Schmerz willkommen.

Er rüttelte an ihrer Schulter. »Saiph.«

Sie rührte sich nicht. Er strich ihr einige rotblonde Haarsträhnen aus dem Gesicht, denen ihr Atem winzige Bewegungen entlockt hatte, und unterdrückte den Drang, daran zu ziehen wie ein boshafter Schuljunge. »He, Saiph. Wach auf, Schneewittchen.«

Mit schläfrigem Blick sah sie auf und ächzte etwas, das *Was gibt's* oder *Verzieh dich* bedeuten konnte.

»Es ist spät. Gehen wir schlafen.«

Alle hielten Saiph für die Jüngere, mit ihrer aufrechten Haltung, ihrem flinken und von keiner Wolke getrübten Lächeln. Nur wenn sie müde war, sickerte ein Teil ihres Überdrusses in die feinen Linien ihres Gesichts. Auch jetzt stand eine Müdigkeit in ihren stahlgrauen Augen, die über körperliche Erschöpfung hinausging.

Seufzend ergriff sie seine dargebotene Hand. Einen Augenblick lang meinte er, ein Echo der schwarzen Buchstaben auf ihrer Haut zu sehen, aber das Buch war mindestens ein Jahrhundert alt und auf köstlich dickem Papier gedruckt worden. Zärtlich streichelte er über die Wange, die sich von ihrem Nickerchen auf den Seiten gerötet hatte. »Wie kannst du nur beim Essen einschlafen?«

»In letzter Zeit bin ich so müde.«

Er wusste es, spürte seit Wochen schon ihre gereizte Stille, das Lauern unter der Oberfläche. Für sich selbst wollte er nichts, all sein Schmerz über diese Worte galt ihr, seiner Liebsten, die er nicht retten konnte.

»Ich auch.«

Im Gang zum Schlafzimmer drückte sie seine Hand und er drehte sich um. »Wir haben noch uns«, erinnerte er sie.

Sie nickte und folgte ihm ins Bett, wo sie ein behagliches Nest für sie baute und ihn streichelte, bis sie wieder in den Schlaf hinüberglitt. Chion aber lag wach neben ihr und lauschte noch lange dem Echo ihrer müden Gleichgültigkeit.

Er schreckte aus dem Traum hoch und stieß gegen die Shamisen, die gefährlich in ihrer Halterung über dem Bett schaukelte, bevor sie schließlich fiel. Wie immer hatte er sich im Schlaf zusammengekrümmt und an die Wand gedrückt, was ihm ein Pochen an der Stirn und das kostbare Instrument im Schoß eintrug.

Aber dieser Traum von Saiph, die eine halbe Welt entfernt war ... Nachdenklich zupfte er eine Saite an. Bevor er aber zu einem Schluss kommen konnte, klingelte im Nebenzimmer das Telefon. Stöhnend wartete er ab und schlurfte erst hinüber, als das Geräusch nach zwei Minuten noch nicht verstummt war.

Als er abhob, brach ein solcher Wortschwall über ihn herein, dass er den Hörer eine Handbreit vom Ohr weghalten musste. Er verstand zwar nichts, erkannte aber die Stimme.

»Vic? Beruhige dich, Mann!«, rief er gereizt.

Victor stieß einen entsetzten Laut aus, bevor er sich zwar nicht ruhiger, aber langsamer wiederholte. »Chion, wo steckst du denn? Saiph ... es ist Saiph!«

Chions Ärger verpuffte, er richtete sich auf. »Was ist mit ihr?«

»Sie ist krank! Muss etwas Verdorbenes gegessen haben, jedenfalls sieht sie nicht gut aus. Abgemagert und grau im Gesicht, schon seit Tagen. Sie hat sich auch übergeben. Der Arzt hat etwas von Lebensmittelvergiftung gesagt.«

»Wird sie es überstehen?«

Aus der darauffolgenden Stille hörte er ein Schulterzucken heraus. Nicht zum ersten Mal hätte er Vic am liebsten gewürgt, bis dieser endlich antwortete: »Ich weiß es nicht. Du solltest kommen und ich weiß, du magst Panikmache nicht, aber Chion, es geht um Saiph! Sie tut so abgebrüht wie immer, aber du kennst sie ja, sie ist doch verletzlich und ... Ich bitte dich, komm sofort.«

Chion verschwendete keine Zeit mit einer Antwort, legte stattdessen auf und riss die Türen seines Kleiderschranks auf. Vic hatte sich geirrt, wenn er gedacht hatte, Chion müsste erst überzeugt werden. Selbst wenn Vic übertrieben hätte, gefiel es ihm doch nicht, sie mit diesem hysterischen Speichellecker alleine zu wissen!

Für Saiph überwand Chion alles, sogar seine Abneigung gegen Flugzeuge. Am nächsten Abend bestieg er einen der behäbigen Metallvögel, um darin den Ozean zu überqueren. Stundenlang füllte er seine Gedanken mit geschriebenen Worten und ignorierte die blaue Weite unter dem Fenster, die mit Gefahr und Tod lockte. Das Flugpersonal wunderte sich über den bleichen Herrn in Schwarz, der nichts aß und kaum die Nase aus seinen Büchern in drei verschiedenen Sprachen hob.

Als er schließlich den Boden der westlichen Welt betrat, hatte nicht nur sein Koffer an Gewicht verloren. In der Bahn nickte er beinahe ein, erkannte im letzten Moment seine Haltestelle und sprang zwischen den sich schließenden Türen hinaus. Wenige Minuten später stand er vor Saiphs Bett, neben ihm rieb Vic nervös die Hände aneinander.

Saiphs Haut glänzte feucht, aber selbst die tiefen Schatten unter ihren Augen verliehen ihr noch eine abgezehrte Schönheit. Als sie seine Anwesenheit bemerkte, streckte sie eine zittrige Hand aus. »Chion ...«

Er kniete sich neben sie, drückte einen Kuss auf ihren Handrücken. »Du siehst aus, als wärst du an einem dieser Leiden erkrankt, die im viktorianischen England schrecklich in Mode waren. Schwindsucht vielleicht.«

»Dann bring mir Essig.«

»Wofür?«

»Um den Weißen Tod in der Flasche zu fangen.«

Chion lächelte. Saiph würde ihren Humor nicht einmal auf dem Sterbebett verlieren, trotzdem hatte der Scherz ihn beruhigt. »Wie geht es dir wirklich?«

Sie verdrehte die Augen. »Ich brauche nur die Ruhe, die dieser nervöse Kläffer mir nicht geben kann. Nimm ihn mit und bring mir etwas Sauberes zu essen, das diese Giftstoffe aus meinem Körper spült, dann springe ich bald wieder über die Felder wie Bambi.«

Chion fiel in ihr Lachen ein. Die Anspannung floss aus seinen Muskeln in die knarzenden Dielen, als er sich neben das Bett kniete und das Kinn auf die Kante stützte. »Ist Cocteau noch im Geschäft? Er hatte schon immer den besten Stoff weit und breit.«

»Ja, aber er verkauft nicht mehr an jeden. Du solltest ...«

Vic unterbrach sie. »Er hat mich nicht hineingelassen. Ich wollte gerade aus diesem uralten Aufzug aussteigen, da hat er mir das Gitter vor der Nase zugeschlagen!«

»Ich locke ihn schon heraus«, versicherte ihm Chion trocken.

Saiph zog ihre Hand aus seiner und strich ihm durch die zerzausten Haare. »Schön, dich zu sehen, Liebster.«

Als Chion das Zimmer verließ, zerrte er den jammernden Victor mit sich und trug ihm auf, die Wäsche zu waschen und frisches Bettzeug vorzubereiten. Wenn Saiph genesen sollte, musste ihre Umgebung sie dazu anregen, anstatt ihr Dahinsiechen einzuladen. Als er auf die Straße trat, musste er die Augen gegen das aufdringliche Morgenlicht beschatten. Zwischen den Häuserdächern glühte noch die Röte, die bald verblassen und dem prallen Blau eines schönen Tages weichen würde. Chion hastete mit gesenktem Kopf über das Kopfsteinpflaster, um Saiphs alten Freund zu finden, bevor das Licht unerträglich wurde.

Zwei Stunden später breitete er die Köstlichkeiten, mit denen Cocteau ihn zuverlässig versorgt hatte, auf dem Orientteppich vor ihrem Bett aus: *Der Steppenwolf,* um den Ton zu setzen, Goethes *Faust* sowie *Prometheus* als Anker in diesen stürmischen Zeiten, Allen Ginsberg und Patti Smith boten zusätzliche Würze, bevor Baudelaires *Les Fleurs du Mal* die Mahlzeit abrundete.

Danach saßen sie zu dritt da, Saiph halb aufgerichtet auf dem frisch bezogenen Bett, Chion an den Diwan gelehnt auf dem Teppich und Victor, dem er widerwillig einen Bissen abgegeben hatte, unter dem Fenster. Sie hatten so lange gegessen, dass der Tag bereits wieder dem Abend wich, und so blieben sie sitzen und lauschten dem Vergehen des Lichts, das laut wie ein Schrei in der Luft nachklang.

Saiph erholte sich schnell, um mit Chion ihre nächtlichen Streifzüge wiederaufzunehmen. Die meisten ihrer Art zogen es vor, sich an den Alltag der Menschen anzupassen, die nach Sonnenlicht hungerten. Chion und Saiph dagegen hatten es schon immer genossen, die Welt bei Nacht zu erkunden.

Während Saiph ihn an der Hand durch ihr liebstes Viertel führte und ihm neue Cafés und Geschäfte zeigte, dachte Chion an ihre ersten gemeinsamen Spaziergänge zurück. »Diese Kälte in der Nacht ist mir lieber als falsche Freundlichkeit bei Tag«, hatte sie damals erklärt.

Auf einem Spaziergang, der sie kreuz und quer durch den weitläufigen Stadtpark führte, hakte Saiph sich bei ihm unter und schmiegte den Kopf an seine Schulter. »Was hast du getrieben in der geheimnisvollen Fremde? Ich brenne darauf, alle deine Geschichten zu hören!«

Chion dachte an den Traum und an die unschuldige Kerzenflamme, die ihm die Hand versengt hatte, behielt das Erlebnis aber für sich. Stattdessen erzählte er von den Menschen, die er getroffen hatte, unter denen er allein dank seiner ausgeprägten Gesichtszüge und der Lidfalte als fremd galt, die ihn nichtsdestotrotz mit Anmut und Respekt in ihrer Mitte akzeptierten. Wie er ihre Bücher gelesen und ihre Sitten studiert hatte, um das Loch des bitteren, aber von Zeit zu Zeit notwendigen Alleinseins zu stopfen.

Unwillkürlich rutschte er in einen Monolog über Ernährungsgewohnheiten. »Für uns sieht es dort schlecht aus. Ich muss immer genau aufpassen, was ich esse und woher die Zutaten stammen. Sie benutzen Unmengen künstlicher Inhaltsstoffe, der Trend zur gesunden und umweltbewussten Ernährung ist noch nicht bei ihnen angekommen.«

Sie seufzte. »Hier ist es nicht anders. Wann werden die Menschen jemals lernen, verantwortungsvoll mit ihren Ressourcen umzugehen?«

»Wenn sie ihre grenzenlose Selbstsucht ablegen«, knurrte Chion. Er musste nicht hinzufügen, dass das noch eine lange Zeit dauern würde.

Saiph nahm seine Hand und drückte sie an ihre Wange, um ihn zu beruhigen. »Während deiner Abwesenheit sind viele der unseren gegangen. Entweder sie haben verseuchte Ware in die Hände bekommen oder sind spurlos verschwunden. Vielleicht sind wir bald die letzten.«

»Warum sollten wir abwarten, bis wir die letzten sind?«

Sie sah ihn starr an, als könnte sie ihm die Worte durch reine Willenskraft in den Mund zurückstopfen. In Momenten wie diesen, wenn ihre Strenge durchschimmerte, wollte er sich ihr zu Füßen werfen. »Was willst du damit sagen?«

Er zuckte mit den Schultern. Beide erkannten sie die ersten Anzeichen desselben Gesprächs, das sie über die Jahrzehnte unzählige Male geführt hatten. »Ich meine ja nur ... hast du etwa Lust, in deine Wohnung herumzusitzen und abzuwarten, bis das Gift deine Innereien zerfressen hat?«

»Du weißt doch, dass ich es nicht mag, wenn du so redest.«

Er senkte den Kopf. »Tut mir leid.«

Am Rand des Parks lag der Jahrmarkt, der seit zwei Jahrhunderten mit dem bekannten Riesenrad und anderen, fragwürdigeren Attraktionen für das Volk warb. Saiph schwieg einige Schritte, so lange, dass er zu hoffen begann, ihre Aufmerksamkeit wäre zu den blinkenden Schildern und dem Gelächter hinter dem Zaun gewandert.

»Es gibt doch so große Schönheit in der Welt, so vieles zu sehen und zu erleben. Ich werde nie verstehen, wie du das nicht sehen kannst. Schau genau hin!« Sie eilte einige Schritte vor, drehte sich schwungvoll und mit ausgebreiteten Armen wie eine Ballerina. Ihre Haare schlugen in der elektrischen Beleuchtung Funken wie frisch geschürte Flammen und flogen wild um ihre Schultern.

Chion zähmte den spontanen Drang, sie in seinen Armen einzufangen und mitzutanzen, stattdessen ballte er die Hände zu Fäusten. Da erreichte ihn die Hitze und sein Blick glitt an ihr vorbei.

An der Ecke stand ein Mann mit echtem Feuer in den Händen. Es hüllte ihn in zuckendes Licht, als er es umher wirbelte und vor sich Räder schlagen ließ. Mühelos zeichnete er Kreise in die Dunkelheit, die sich weiß auf die Netzhaut brannten. Selbst über mehrere Meter hinweg glaubte Chion, die Hitze auf dem Gesicht zu spüren.

Das Feuer flackerte und zuckte, vor seinen Füßen sprangen Schatten über den Pflasterstein. Es zog ihn an, zerrte ihn aus seinem eigenen Körper und in die frostige Luft hinaus. Vor seiner wilden Kraft war Chion willenlos.

Als Finger vor seiner Nase schnippten, zuckte er zusammen und riss sich mühsam vom Sog des Lichts los. Vor ihm stand Saiph, die Augenbrauen nachdenklich hochgezogen. »Chion, was ist los? Erzähl mir nicht, du wirst auch krank!«

Mit einem Ruck wandte er sich endgültig von der frischen Flamme ab, die der Mann gerade entzündet hatte, und griff nach Saiphs Hand. »Tut mir leid, ich wollte dich nicht erschrecken. Es geht mir gut.«

Sie beobachtete ihn weiterhin von der Seite. »Setzen wir uns noch ins Kaffeehaus?«

»Nach Euch, edle Dame.«

Ihr kleines Lächeln war voller Nachsicht. Er schuldete ihr noch ein oder zwei Stunden nach ihren Wünschen, bevor er vor den Menschen und ihrer grausamen Rücksichtslosigkeit fliehen und sich in tröstlichen Buchseiten vergraben würde. Jedes Mal, wenn er ihre Abhängigkeit von den Menschen verfluchte, lachte Saiph und zählte all die Dinge auf, die sie an ihnen liebte: Literatur, Kunst, Plattenspieler, Fingerhüte.

Letztendlich hatte er sogar Saiph den Menschen zu verdanken.

Sie betraten das traditionsschwere Café Central und setzten sich an einen der runden Tische mit Marmorfläche, auf der einige Krümel und Kaffeespritzer von den vorigen Gästen zurückgeblieben waren. Ein mürrischer Kellner eilte heran und fegte sie mit seinem Lappen zu Boden, bevor er ihre Bestellungen aufnahm.

Saiph holte zwei Novellen aus der Tasche und schob Chion eine über den Tisch. Sie hatte ein Händchen dafür, seine ständig wechselnden Vorlieben vorauszusehen, und wählte ihre Snacks entsprechend aus. »Guten Appetit.«

Er versuchte, sich auf den Geschmack zu konzentrieren, der gut gereiftem französischem Käse und Pinot Noir glich, aber seine Gedanken kehrten immer wieder zum Feuerschlucker zurück. Schließlich nahm er den Zuckerstreuer, schüttete sich einige Körner auf die Handfläche und rieb sie auf den Buchseiten hin und her, nur um die winzigen Körnchen unter den Fingerspitzen zu ertasten.

Saiph warf ihm einen tadelnden Blick zu. »Mit dem Essen spielt man nicht.«

Er schloss das Buch und bemühte sich stattdessen, Worte für seine Gedanken zu finden. »Hast du jemals versucht, die Seiten anzuzünden und den Rauch einzuatmen?«

Natürlich kannte Saiph ihn zu gut, um nicht misstrauisch zu werden. Ihr tiefer Seufzer bewegte einige Haare, die ihr in die Stirn gefallen waren. »Darüber haben wir doch geredet. Bitte fordere das Ende nicht heraus. Denk an die anderen, die keine Wahl hatten.«

Er winkte ab. »Ich meine, würde ein Buch noch sättigen, wenn wir es so einnähmen? Oder wäre es anders?«

Sie lehnte sich nachdenklich zurück. Mitten in ihr Schweigen kam der Kellner und stellte einen Minztee und eine heiße Schokolade auf dem Tisch ab. Saiph zog die Schokolade zu sich heran und rührte einmal um. »Ich habe nie davon gehört, dass jemand es versucht hätte. Ich weiß nicht, wie Hitze sich auf die Nährstoffe auswirken würde.«

»Aber ...«

Saiph hob drohend ihren Löffel. »Nein. Sicherlich ist es auf die eine oder andere Art ungesund. Reden wir nicht darüber.«

Und da die Zeit immer noch ihr gehörte, schwieg er.

Das Morgenlicht kroch bereits durch die Ritzen zwischen Vorhängen und Wand, als Saiph sich wie üblich als erste aufraffte und mit flatterndem Morgenmantel zu Bett ging. Chion wagte es nicht, sich zwischen sie und ihren Schlaf zu stellen, der dafür sorgte, dass sie in ihren wachen Stunden unbeirrbar gütig und geduldig blieb.

Als Victor auf der Treppe ins Erdgeschoss verschwand, schlich Chion auf nackten Füßen ins Esszimmer und nahm alle Bücher bis auf eins vom Tisch. Den bronzenen Kerzenhalter räumte er ins Regal. Dann holte er das schwere Silbertablett, das sie vor Jahren aus der Wohnung eines befreundeten Antiquitätenhändlers geschmuggelt hatten. Inzwischen war das Silber angelaufen und der ursprüngliche Glanz nur noch eine Erinnerung. Wie viele andere, hatte auch dieser Freund sie im letzten Jahr verlassen.

Chion nahm das verbliebene Buch, ohne den Titel zu lesen, schlug es irgendwo auf und riss eine Seite heraus. Dann noch eine und noch eine. Das laute Reißen des Papiers brachte ihn zum Lachen. Sorgfältig und mit bebenden Händen ordnete er die Seiten auf dem Tablett an, ein Junge, der zum ersten Mal ein Lagerfeuer baut.

Als Nächstes zog er das Streichholzpäckchen mit dem Aufdruck des Café Central heraus, das er hinter Saiphs Rücken eingesteckt hatte. Das erste Streichholz brach ab, das zweite flammte auf und erlosch sofort wieder. Er warf es in den Papierhaufen und setzte sich auf den Stuhl, um Atem zu schöpfen.

Das Ratschen der Streichhölzer gegen die Reibfläche hatte sich tief in ihn gegraben und den Gedanken an Saiph hervorgebracht. An ihre Seufzer und die Sorge, die in jeder zweiten ihrer Berührungen lag. Er erinnerte sich nicht, wann dieser Wunsch nach dem Ende in ihm aufgestiegen war, aber mit ihm hatte die wunderbare Harmonie zwischen ihnen ihren ersten Riss bekommen. Konnte er sie so tief verletzen?

Die nächste Flamme, so klein sie auch war, fegte seinen Kopf leer und brachte das Lächeln auf seine Lippen zurück. Auch dieses Leid würde in den Flammen verschwinden. Das Papier brannte schnell und dichter, dunkler Rauch stieg zur hohen Altbaudecke auf. Er fächelte sich Luft zu, die köstlich nach Hitze, Weihrauch und archaischem Wüstenstaub duftete, immer mehr, bis er selbst irgendwo unter der Decke schwamm. Seine Brust zog sich zusammen, die Luft wurde dick und das Licht immer gedämpfter.

Später fand Saiph ihn auf dem Tisch zusammengesunken, die rechte Hand in der Asche. Als sie den Zeigefinger durch die weißen Flocken zog, schaudernd und doch neugierig, waren sie noch warm und blieben an ihrer Haut kleben. Die Luft war so trocken, dass ein bloßes Fingerschnippen eine Explosion ausgelöst hätte. Saiph legte die Hand auf Chions kalten Kopf und blieb in die Stille horchend stehen, um sein Echo zu finden.

Ektoplasmatische Idylle

»Drecks ektoplasmatisches Ungeziefer!«

Wutschnaubend holte Siobhan zu einem Fußtritt aus, trieb die Spitze ihres Pumps in das quäkende Ding, dessen Puppenkörper in einem schrillen Gelb leuchtete. Sein wirrer, roter Haarmopp vermischte sich unter ihren energischen Tritten mit dem austretenden Ektoplasma zu schwarzem Schleim. Gelber Dampf stieg von den zerstampften Resten auf und von ihrem Designerschuh tropfte grüner Glibber.

Sie suchte nach saftigen Flüchen in ihrem Sprachschatz, denn in ihrem Kaufvertrag des Hauses stand:

»Die Firma *Fabel & Feenfrei* hat das Anwesen auf die Reste von Phantasiegestalten, Kobolden und anderen Genii Locii geprüft und sichert die Abwesenheit derselben zu.«

Siobhan winkelte ihr Bein an, um über die Schulter auf die Schuhsohle zu sehen, aber da war nichts mehr von dem Ding übrig. Nur ein ranziger Geruch von altem Schweiß stand noch in der Luft.

»Verklagen ist besser als rumfluchen, euch kriege ich dran«, schimpfte sie laut. Sie hatte lange genug in der City of London als Anwältin gearbeitet, um zu wissen, wie man einer dermaßen inkompetenten Firma beikam. »Die werden nie mehr etwas zertifizieren.« Sie ging in ihr Arbeitszimmer und diktierte Courtney, der elektronischen Hausdame, einen Schriftsatz.

Beim Berechnen der Schadenersatzforderung unterbrach sie Courtney. »Lily wird wach, ich registriere alle Anzeichen.«

»Danke Courtney, spiel ihr bitte eins ihrer Aufwachlieder«, sprach Siobhan zu Courtneys stilisiertem Avatar auf dem Wanddisplay. Dann würde sie den Brief eben später fertig diktieren. »Mach mir einen Kaffee. Ich gehe über die Küche und dann gleich zu ihr.«

Siobhan liebte ihr neues Zuhause und ihr Baby war der Diamant, der alles überstrahlte. Ihre Hände strichen über Lilys dunkles Haar und sie spürte, wie der Ärger schon ein kleines bisschen verrauchte. Um die Kleine ungestört betrachten zu können, gab sie ihr das Lieblingsspielzeug. Fröhlich trommelte Lily mit den kleinen Fäusten auf ihrem Roboclown herum. Für jeden Treffer auf die große, rote Clownsnase wurde das Baby mit bunten Lichtern und einem weiteren fröhlichen Kinderlied belohnt.

Vielleicht steckt eine Schlagzeugerin in ihr, dachte Siobhan zärtlich. Sie setzte sich Lily auf die Hüfte und ging zurück zur Küche. Sie rief ein Pizzarezept im Druckermenü auf und gab den Druckauftrag.

Lily krähte glücklich dazu und verfolgte aufmerksam Siobhans Hände.

»Sollen wir nachschauen, was Papa in der Werkstatt treibt?«, fragte sie.

Die Kleine klatschte in die Hände und spitzte den Mund, aber sie schaffte das P noch nicht auszusprechen und aaahte lachend.

»Das heißt dann wohl ja, Liebelein.« Siobhan küsste Lily auf die Nase und machte sich auf den Weg.

Unterwegs bestaunten sie die Rosenbeete. Sie rochen an den Blüten und spielten Fangen mit einem der Mähroboter. Als sie nah genug heran waren, sahen sie, dass die Schlupftür im historischen Holztor der Werkstatt offenstand. Krachende Hammerschläge drangen heraus, begleitet von aufsteigenden Staubwolken. Drinnen erblickten die beiden als Erstes den schweißglänzenden

Rücken Seans. Das Licht, das durch das Sheddach fiel, hob ihn aus dem grauen Staub heraus, der alles bedeckte. Sean war so in seine Abbrucharbeit vertieft, dass er sie gar nicht bemerkte.

Siobhan genoss seinen Anblick. Die körperliche Arbeit am Haus hatte ihm gutgetan. Sein Bürobäuchlein war verschwunden und er hatte wieder die Surferfigur aus der Zeit ihres Kennenlernens.

Lilys lauter Versuch, »Papa« zu rufen, brach den Zauber. Sean wandte sich um. »Wie lange steht ihr beiden denn schon da?«, fragte er fröhlich.

Er griff nach dem Handtuch, das über dem Hackenstiel hing, rieb sich den Schweiß vom Gesicht und küsste Siobhan herzhaft auf den Mund.

»Noch nicht lange genug, mein blauäugiger Herzensdieb. Die Pizza wird gedruckt, du hast doch jetzt bestimmt Hunger?«

»Und wie!«

Gemeinsam gingen sie durch den Garten zum Haupthaus zurück. Bevor sie es erreichten, hielt Siobhan ihren Mann am Arm zurück. »Sean, ich kann es manchmal nicht glauben, wie gut es uns geht.«

»Ich auch nicht.« Er umarmte Lily und Siobhan und drückte beide fest an sich. Ihr Ärger über das Puppending war endgültig weggeblasen. »Ich hoffe, dass es noch lange so bleibt.«

Niemand sah das grüne Glitzern, das durch das Loch im Beton aufstieg, das Sean geschlagen hatte.

Die Pfannkuchen bauten sich im Küchendrucker auf. Sean und Siobhan tranken derweil ihren Morgenkaffee. Liebevoll hielten sie die Hand des anderen auf der Tischplatte umfasst.

»Willst du heute wirklich in die Stadt?«, fragte Sean.

Die Stadt war London und beide hassten es, die Idylle ihres Landsitzes zu verlassen. Okay, es war nicht mehr so schlimm wie im katastrophalen 21. Jahrhundert, aber morgens und abends fuhren immer noch endlose Schlangen automatischer Cabs hinein und hinaus. Nicht zu vergessen die Touristen, die kamen, um die Spuren der Phantasiegestalten zu besuchen, die London verheert hatten.

»Ja, natürlich!«, antwortete Siobhan überrascht. »Diese Ausbrüche ektoplasmatischen Ungeziefers beunruhigen mich und es ärgert mich, betrogen worden zu sein. Seit einer Woche reagiert niemand auf mein Schreiben und meine Anrufe.«

»Ein kleiner Ausbruch hier und da kommt doch auch bei anderen Häusern vor.« Sean drückte besänftigend die Hand seiner Frau.

Diese zog ihre Finger zurück und stand auf. »Wir haben für das Reinigungszertifikat Geld bezahlt. Die Maklerin lässt sich verleugnen. Das Haussystem von *Fabel & Feenfrei* sagt, dass es unsere Adresse nicht im System hat. Ich denke, da muss ich persönlich jemanden wachrütteln.«

Sean musterte Siobhan von oben bis unten. Sie war groß, mit athletischer Figur, die sie dem Schwimmsport verdankte, und wilden roten Korkenzieherlocken, dazu ein kräftiges Kinn.

»Ich will verdammt sein, wenn du nicht die Frau bist, bei der alle ganz schnell wach werden.« Er stand ebenfalls auf und gab ihr einen kleinen Schubs mit dem Ellenbogen.

»Ich wusste, du verstehst mich«, sagte Siobhan versöhnlich und ließ sich von ihrem Mann in eine Umarmung ziehen.

Siobhan genoss ihre virtuelle Anprobe bei Harrods. Sie fand, dass sie da das beste Beratungssystem der Welt hatten. Mit ihrem neuen Lieblingsschmuckstück fühlte sie sich bereit für den Besuch bei *Fabel & Feenfrei*. Die Lieferdrohne brachte ihre anderen gedruckten Einkäufe bereits nach Hause, und draußen auf der Brompton Road wehte ihr der Wind warm um die Schulter. Die Zentrale von *Fabel & Feenfrei* lag auf der anderen Seite der Themse, aber da die Sonne schien, ging sie ein Stück zu Fuß. Sie hatte es gerade bis zu den verdrehten und übereinander getürmten Eisenzäunen an den Ruinen vom Buckingham Palast geschafft, da begann der Regenschauer.

»Verdammt«, fluchte sie. Statistisch betrachtet hätte sie noch eine halbe Stunde Sonne gehabt! Resigniert bestellte sie sich ein automatisches Cab für den Rest der Strecke.

Fabel & Feenfrei residierte in einem uralten Gebäude. Zwei riesige, blassblaue Tore, die von hellbraunen, glasierten Kacheln umgeben waren, dominierten die Fassade. Im Stockwerk darüber befand sich eine Fensterreihe mit einfachen Rahmen aus grünlackiertem Eisen. Kaum etwas im Zentrum von London hatte das 21. Jahrhundert überstanden, aber etwas schien den Bau vor den Zerstörungen durch die Phantasiegestalten geschützt zu haben.

Siobhan trat vor die Kamera an der Tür und drückte den Klingelknopf.

»*Fabel & Feenfrei,* Ihr ektoplasmatischer Reinigungsdienst«, meldete sich eine warme Altstimme. »Mein Name ist Weaver, was kann ich für Sie tun?«

Das klang nach einem Menschen, nicht nach einem elektronischen System. Wer ging denn heute noch persönlich an die Türkamera?

»Venkman hier. Ich habe keinen Termin, aber Ihr Antwortsystem hat auf meine Nachrichten nicht reagiert.«

Ein erstaunter Ausruf drang aus dem Türlautsprecher, die Tür schwang auf. »Nehmen Sie bitte die Treppe.«

Und wirklich: Statt eines modernen Lifts erwartete sie eine richtige alte Treppe. Siobhan trat ein und beugte sich nach unten, tastete über eine Stufe. Holz, es war tatsächlich echtes, uraltes Holz. Sie scheute sich davor, mit dem Fuß auf so eine Kostbarkeit zu treten, aber dann zuckte sie mit den Schultern.

Ich kann ja nicht fliegen, dachte sie und stieg hinauf.

»Kommen Sie herein.«

Ein einziger Raum mit Regalen voller technischer Geräte erwartete sie auf der oberen Etage. Siobhan erriet nichts über ihre Funktionen. Ein Ruf lenkte sie zu einem gewöhnlichen Büroschreibtisch vor einer Wand. Dahinter erhob sich eine Frau zur Begrüßung. Groß, schlank, mit energischer Kinnspitze, scharf geschnittener Nase und dunkler Iris vermittelte sie Siobhan den Eindruck von Selbstbewusstsein und Kompetenz. Siobhan bewunderte, wie gut der Farbton des türkisblauen Seidenkleids und die goldene Nasenkette zum dunklen Teint passten. Die beringte Hand der Frau deutete auf einen Stuhl. »Bitte.«

Sie nahmen einander gegenüber Platz.

»Miss Weaver, ich bin Siobhan Venkman. Ihre Firma hat für unser Anwesen ein Zertifikat ausgestellt. Aber offensichtlich haben Sie etwas übersehen«. Siobhan reckte ihren Oberkörper und hob das Kinn. Sie stellte die Ellenbogen aus, wie sie es beim Tai Chi gelernt hatte, und nahm selbstbewusst Raum ein. »Trotz Ihres Zertifikats hat sich bei uns im Haus eine Phantasiegestalt manifestiert!«

Weaver hob eine Augenbraue. »Wir stellen selten Zertifikate aus und an den Namen Venkman würde ich mich erinnern. Venkman ist eine Legende im Kampf gegen die Ausgeburten des Ektoplasmas.«

Siobhan kannte die Legende nicht und hob abwehrend eine Hand. »Bitte, keine Ablenkung.« Sie deutete auf einige Speichermedien, die auf dem Tisch lagen, suchte danach den Augenkontakt. »Überprüfen Sie noch einmal Ihre Aufzeichnungen. Hat ihre Firma auf Moranis Manor gearbeitet, oder nicht?«

Weaver holte überrascht Luft und beugte sich über den Schreibtisch. »Moranis Manor? Tatsächlich Moranis Manor? Wir haben davor gewarnt, niemand sollte da wohnen! Es ist brandgefährlich dort. Wenn Sie ein Zertifikat mit unserem Namen haben, ist das eine dreiste Fälschung.« Weaver stand auf, ging um den Schreibtisch herum und beugte sich herab. »Wissen Sie denn überhaupt nicht, wer Rick Moranis war?«

Siobhan hob die Hände und drehte die Handflächen nach oben. »Ein kleiner Landadeliger, der im 20. Jahrhundert unser Haus gebaut hat, mehr weiß ich nicht.«

Weaver rollte anstatt einer Antwort dermaßen theatralisch die Augen, dass Siobhan beinahe laut losgelacht hätte.

»Erklären Sie es mir, Weaver.«

»Rick Moranis war der erste Nerd. Außerdem hat er als Erster die Bedrohung durch das Ektoplasma erkannt. Er hat den Riss in unserem Himmel vorhergesagt und für das Verteidigungsministerium Waffen gegen die Ektoplasmaseuche entwickelt.« Weavers Hand kreiste durch den Raum. »Die ganze Ausstattung hier geht auf ihn zurück.«

Siobhan fühlte sich davon nicht beeindruckt. Der Duft des orientalischen Parfüms, den Weaver verströmte, lenkte sie ab. »Wenn er so wichtig war, warum hat er kein Denkmal?«

»Er hat sich energisch gegen den Einsatz von Atomwaffen ausgesprochen. Damit hat er sich bei der Regierung natürlich keine Freunde gemacht. Nach dem Vorfall mit seiner Frau hat man ihn kaltgestellt.«

Damit konnte Siobhan etwas anfangen. Als Anwältin hatte sie oft genug Bürger gegen Behörden verteidigt.

»Möchten Sie einen Tee, Mrs. Venkman? Diese Erzählung kann dauern.«

»Gerne.« Weaver war ihr sympathisch, sie hätte hier keine solche Persönlichkeit erwartet.

Die Frau machte sich an einer kleinen Anrichte zu schaffen und redete dabei weiter: »Während Moranis auf einem Militärstützpunkt Strahlengewehre und Ektoplasmafallen entwickelt hat, wurde seine Frau in Moranis Manor von Ektoplasma besessen. Er kam zu spät, um sie zu retten, bannte jedoch das Monster, zu dem sie geworden war, in eine der Fallen, die er erfunden hatte. Er hätte sie zur endgültigen Vernichtung an die Streitkräfte übergeben müssen, aber das brachte er nicht übers Herz.«

Siobhan begann auf dem Stuhl ungeduldig mit den Beinen zu wippen. »Und was bedeutet das für meine Familie?«

Weaver stützte sich auf die Lehne ihres Stuhls und wackelte nachdenklich mit dem Kopf. Hinter ihr brodelte der Teekocher. »Die Präsenz des Ektoplasmas in der Falle zieht verstreute Plasmareste aus dem ganzen Land an. Wenn die Falle je geöffnet wird oder versagt, kann niemand vorhersagen, was geschieht. Sicher ist nur, es wird etwas Tödliches zum Vorschein kommen. Haben Sie in der Werkstatt etwas verändert? Dort liegt nämlich der Sarkophag.«

Siobhan ging im Geiste die Liste die Arbeiten durch, die Sean in der Werkstatt schon gemacht hatte: die Installation von Maschinen zum Schneiden, Fräsen und Bohren, den Aufbau des 3D-Druckers, dazu Seans Sammlung von Fahrzeugen mit Verbrennungsmotoren. Übelkeit stieg in ihr auf, als ihr klar wurde: »Mein Mann will eine Wartungsgrube für seine Oldtimer bauen und hackt dafür den Betonboden auf.«

Weaver riss die Augen auf und formte mit den Händen die Abwehrgeste gegen den bösen Blick und schlechtes Karma. »Bei allen schleimverseuchten Plasmahöllen«, rief sie. »Das ist schlecht.«

Sean schlich aus Lilys Zimmer. Endlich hatte sich die Kleine entschieden, einzuschlafen. Der Rücken schmerzte ihm vom Hocken auf dem Boden des Spielzimmers, aber das war ein Preis, den er gerne für die Glücksmomente mit Lily zahlte. Nun freute er sich auf den Geruch seiner alten Autos. Giftige Kohlenwasserstoffe, erstickende Abgase, wie konnte so etwas Hässliches nur so gut riechen?

»Courtney, ich gehe in die Werkstatt. Sag mir Bescheid, wenn Lily sich regt.«

Die allgegenwärtigen Mikrophone nahmen es auf und aus einem der verdeckten Lautsprecher antwortete Courtney: »Selbstverständlich, Sean. Ich wünsche dir viel Vergnügen.«

Das Loch im Boden der Werkstatt kam ihm kleiner vor als gestern. Offenbar hatte Sean nicht so viel Beton zertrümmert, wie sein Muskelkater ihn glauben ließ. Die Wartungsgrube mit der Hand auszuschachten war wohl eine Schnapsidee gewesen. Aber wozu hatte er einen hochentwickelten Vielzweckroboter?

Sean rüstete die Werkzeuge des Roboters um, gab die Maße der Wartungsgrube ein und überließ es der Maschine, den Betonboden zu schneiden. Bis Siobhan aus der Stadt kam, hatte er genug Zeit, sich mit der Krone seiner Autosammlung zu beschäftigen: Von den sechs Fahrzeugen, die er aus dem ganzen Land zusammengekauft hatte, war der Jaguar aus den 1970er-Jahren das einzige in Großbritannien hergestellte Modell. Bevor sie Moranis Manor gekauft hatten, war Sean beinahe mit der Restaurierung fertig gewesen. Zeit, endlich zum Ende zu kommen.

Er öffnete die Motorhaube des Jaguars und überprüfte den Sitz der Zündkabel und den Zustand der vielen Flüssigkeiten, die ein historisches Fahrzeug brauchte. Endlich war er so weit. Er drehte den Zündschlüssel und bekam ein paar knallende Fehlzündungen zur Belohnung. Nach einigen weiteren Fehlversuchen, den Motor zu starten, vermischten die Explosionen sich endlich zu einem fortlaufenden Grollen. Der Lärm prallte von den Wänden zurück auf Sean. Er genoss die Gänsehaut, die ihn überlief, und schnüffelte nach dem Geruch des unverbrannten Benzins. Verzaubert sah er den Auspuffschwaden nach, die sich zu Boden senkten und zögernd auflösten.

Ein Knall ertönte, der nicht vom Jaguar kam. Sean wandte sich zu seinem Roboter um. Der mechanische Arm der Maschine baumelte an seinem Innenleben herab; die Laufräder des Roboters versanken in einem grünen Nebel, der aus der Grube aufstieg und sich mit den Autoabgasen vermischte.

»Beim Arsch Ihrer Majestät, ein Ektoplasmaausbruch!«, rief Sean. Er griff einen Zündkerzenschlüssel von der Werkbank und rannte zum Tor.

»Hiergeblieben!«

Der Befehl traf Sean wie ein Stein in den Rücken. Ein Stromschlag durchlief seine Wirbelsäule. Er verlor seine Fähigkeit zu laufen und jemand schabte scheinbar mit einem Löffel sein Gehirn aus dem Schädel. Wie ein Pfahl fiel er in das grüne Gewaber auf dem Werkstattboden.

Seans erster Gedanke, nachdem sein Kopfschmerz nachgelassen hatte, war, dass jetzt der Monolog des Bösen kommen würde, in dem es sich erklärte.

»Richtig!«, donnerte es durch seinen Schädel, gefolgt von einem stimmlosen Gelächter. »Aber diesmal wird es anders. Ich will nie wieder gefangen sein. Einen Menschen zu besetzen, war eine schlechte Idee. Diesmal setze ich auf Technik! Ich habe in deinem Hirn prächtige Ideen dazu entdeckt. Ich danke dir, dass du auch die ganze Ausrüstung zum Bau schon hier hast.«

»Wenn ich dich lasse, du aufgeblasener Nebel!« Sean versuchte, die Gewalt über seinen Körper zurückzubekommen, mehr als ein zielloses Zappeln mit den Händen bekam er aber nicht zustande. Ganz tief in seinem Kopf, wo er sich allein fühlte, dachte er über seine Möglichkeiten nach.

Ein Streifen Nebel gewann an Festigkeit und bohrte sich in Seans Nacken. »Oh, das wirst du, mein lieber Sean. Das wirst du.«

Er schrie.

»Ist Ihr Mann zu Hause? Rufen Sie ihn an, er darf auf keinen Fall weiter graben.«

Weavers Stimme klang ruhig, der Inhalt ihrer Worte löste in Siobhan aber beinahe Panik aus. Ohne weitere Fragen nahm sie ihr Smartphone aus der Handtasche, doch das Gerät konnte keine Verbindung herstellen. Ihre Rufnummer war tot. Nicht einmal eine Statusmeldung von Courtney kam zu ihr durch.

Weaver, die das Ganze mit besorgtem Blick beobachtet hatte, kam zu Siobhan herüber und fasste ihr unter den Arm. »Kommen Sie, wir müssen sofort los.«

Doch Siobhan ließ sich nicht zum Aufstehen drängen.

»Warten Sie, Weaver, müssen wir nicht jemanden verständigen? Die Polizei, das Ektoplasma-Einsatzkommando?«

»Nur wenn Sie das Risiko eingehen wollen, dass die Armee Ihr Anwesen mit allen Menschen darauf in die Luft sprengt. Vertrauen Sie mir, wenn wir es mit meiner Ausrüstung nicht schaffen, Ihre Familie zu retten, schafft es niemand.«

Siobhan gab nach, stand auf und folgte Weaver, die mit wehendem Kleid auf eine Ecke des Raumes zulief.

»Wir rutschen hinunter in die Fahrzeughalle, es ist ganz leicht. Machen Sie es genau wie ich.«

Sie umfasste die stählerne Stange, die durch ein Loch nach unten führte. Die knisternde Seide ihres Kleides bauschte sich auf und leistete Widerstand dagegen, verschlungen zu werden. Einen Moment später hörte man einen dumpfen Laut, als ihre Füße aufkamen. »Rutschen Sie runter, es ist ganz leicht!«, rief sie herauf.

Siobhan fasste nach der Stange. Die Kühle und Festigkeit des Metalls vermittelten ihr Vertrauen.

»Jetzt mit den Beinen die Stange umklammern und runter mit Ihnen.«

Siobhan sah hinunter ins Loch und hörte Weavers aufforderndes

Händeklatschen. Sie rief sich Seans und Lilys Gesichter vor Augen und flüsterte: »Für euch.«

Siobhans Hände quietschten auf der Metallstange und als sie ein paar Sekunden später aufkam, entlockten auch ihre Füße dem gummierten Fußboden ein dumpfes Geräusch.

Weaver war bereits unterwegs zu einer Reihe von Metallschränken. Auf jeder Seite der Schrankreihe stand ein panzerähnliches Fahrzeug mit mehr Rädern, als Spinnen Beine haben.

»Jeder Schrank enthält eine Ausrüstung. Das Modernste zur Abwehr von Paraphänomenen. Fangen Sie mit dem Schutzanzug an, dann den Tornister mit den Strahlgewehren!«

Siobhan beobachtete Weaver, wie sie in einen hautengen, glitzernden Anzug stieg. In dessen Oberfläche fand Siobhan ihr Gesicht endlos gespiegelt, bis es in ihren Augen schmerzte.

»Warten Sie, *ich* soll das anziehen? Wo sind die anderen?«

»Es gibt keine anderen. Das Geschäft ist schon lange geschlossen. Der Krieg gegen die Ektoplasmabedrohung ist offiziell beendet, das wissen Sie doch. Ich bin die letzte Wache.«

»Das heißt, entweder wir zwei kümmern uns darum oder die Armee wirft eine Bombe?«, fragte sie voller Entsetzen.

Weaver hielt Siobhan die Ausrüstung entgegen. »Genau das heißt es.«

Der Nebel hielt Sean mit seinem Stachel in dessen Wirbelsäule fest unter seinem Willen, doch gleichzeitig wusste er: Wenn er dem Nebel einen unzerstörbaren Körper druckte, wie der es verlangte, fing der Krieg gegen die phantastischen Ausgeburten des Ektoplasmas vielleicht wieder von vorne an. Und Sean käme für mehr Jahre ins Gefängnis, als das Universum noch zu leuchten hatte.

Bilder des unbeschwerten Vormittags stiegen in ihm auf.

Solche Momente wären für immer vorbei. Was würde aus Siobhan und Lily werden?

Mit neuer Kraft versuchte er, Widerstand gegen den Stachel in seinem Fleisch zu leisten, aber gegen seinen Willen trieb ihn der fremde Wille aus dem Nebel, stockenden Schrittes zur Motorhaube des Jaguars. Als wäre es die eines anderen, strich Seans Hand über die Raubkatze, die auf der Haube montiert war.

»Das Tier hat Eleganz und Kraft; seine Krallen sind tödliche Waffen. Das will ich auch. Lass mich sehen, was du dazu im Kopf hast, mein lieber Sean.« Das Gefühl, jemand würde seine Gehirnschale auslöffeln, kehrte zurück und Sean verlor sich im Schmerz.

Weaver trieb das Panzerfahrzeug mit einer Beschleunigung aus der Halle, die Siobhan tief in den Sitz drückte. Die Reifen dröhnten auf der Fahrbahn und die automatischen Cabs unternahmen heftige Ausweichmanöver.

»Hier, lesen Sie das.« Klatschend landete ein Handbuch auf Siobhans Schoß. »Im Prinzip müssen Sie nur draufhalten.«

Mit einer letzten Kurve, in der die Fliehkraft Siobhan gegen die Tür warf, erreichte der Panzerwagen die Auffahrt nach Moranis Manor.

Weaver ließ den Wagen vor der Werkstatt auf dem Kies kreisen, bis die Turmkanone auf das Tor wies. Noch bevor die Schwenktür ganz oben war, zwängte Siobhan sich darunter durch und rannte zur Schlupftür der Werkstatt. Ein Blitz zuckte zwischen ihrem Anzughandschuh und dem Türgriff, als sie danach fasste. Durch den Anzug drang nichts, aber der Schreck ließ sie zurückweichen.

»Venkman, hierher!« Weaver winkte sie zu einem der Sprossenfenster heran. Siobhan rannte die fünf Schritte, wurde aber von Weaver zurückgerissen, als ein erneuter Blitzschlag vom Fenster über ihren Anzug in den Boden schlug.

»Nicht *so* nah heran! Sie kennen die Werkzeuge, die Ihr Mann da drinnen hat. Können Sie erkennen, was er tut?«

Siobhan sah Sean hektisch hin- und herrennen. Er trug große, schwarze Formteile zu einem Podest und setzte sie anscheinend zu einer überlebensgroßen Figur zusammen. Ein hohler Torso mit langen überschlanken Frauenbeinen war bereits fertig.

Ein tiefes Summen ertönte von unter dem Gebäude, mit Vibrationen, die durch ihre Schuhe bis in den Körper drangen. Siobhan bemerkte den festen Griff Weavers auf ihrer Schulter, dann erst sah sie ihr entsetztes Gesicht.

»Zurück! Wir müssen zurück, Venkman, hinter den Panzerwagen!«, rief sie.

Ein weiterer Blitz entlud sich zwischen der Werkstatt und Siobhan, ehe sie der Anweisung folgen konnte. Die schlagartig erhitzte Luft warf sie beide hoch, schleuderte sie bis über den Panzerwagen. Der Anzug hielt ihre Knochen beieinander, der Aufprall trieb den Frauen dennoch die Luft aus den Lungen. Mühsam rappelten sich die beiden auf.

»Wo sind die Kanonen, Weaver? Er baut einen Körper für das Monster. Wir müssen da hinein und ihn stoppen.«

Weaver steckte mit dem Kopf bereits in der Luke und warf zwei Tornister voller LEDs und glänzenden technischen Gizmos aus dem Panzerwagen. Das Tragegeschirr bestand aus festen Bügeln, die leicht überzustreifen waren.

Die Last der Waffentornister zwang die Frauen zu einem breitbeinigen Stand.

»Wir sehen aus wie Team Ungeziefervernichter«, ächzte Siobhan.

»Drücken Sie den Abzug und halten Sie drauf, bis etwas nachgibt. Wir oder dieses Etwas da drinnen. Sind Sie bereit, Venkman?«

»Bereit. *Party on,* Weaver!«

Lichtbögen schlugen aus ihren Plasmagewehren. Der ektoplasmatische Schutzschirm der Werkstatt leuchtete grün auf, leitete die Energie in den Abendhimmel. An ihren Anzügen brach sich das Licht der Energieausbrüche, verwandelte sie in Regenbogenkriegerinnen. Die Erdkruste bebte, und auf dem ganzen Planeten schlugen die Seismografen aus.

Siobhan krampfte es im Kiefer vor Verbissenheit. Sie konnte ihr

Plasmagewehr kaum noch halten, da brach der Strahl zusammen. Ihre Energiepacks waren leer. Weaver und Siobhan fielen, von ihren Tornistern gezogen, kraftlos auf ihre Hintern. Ratlos sahen sie sich an. Was kam nun?

Das Gebäude knisterte und knackte wie ein Backofen beim Abkühlen. Steine platzten und Risse sprangen durch das Mauerwerk. Lärmend brach die Vorderfront der Werkstatt zusammen. Einzelne Ziegel rutschten von den Trümmern herab, Flammen flackerten auf und verloschen.

Seans Stimme erklang aus dem Schutt: »Sie ist erwacht! Was immer passiert ...« Herabprasselnde Ziegel unterbrachen ihn und ließen seine Stimme dumpf klingen. »Drückt auf den Knopf!«

Verständnislos sahen sich die beiden Frauen an.

Im selben Moment schossen mit gewaltigem Krach die Reste des Daches in den Himmel, ein rotglühender Fleck folgte den Trümmern.

»*Jiiihoooaaa!*«

Mit diesem knochenschüttelnden Schrei landete eine Gestalt vor Weaver und Siobhan. Zwischen der schwarzen Sinterkeramik, aus der sie bestand, glitzerte grünes Ektoplasma durch. Muskelähnliche Bewegungen verliehen dem toten Material verstörende Lebendigkeit. Ein Raubtiergebiss leuchtete aus dem attraktiven, dunklen Frauengesicht.

Die Chimäre hockte sich vor die beiden Frauen. Mit einer Kralle fuhr sie spielerisch an Weavers Hals entlang, über den Schutzanzug. Wie bei einem zerschlitzten Daunenkissen quollen die Hightechfasern hervor.

»Verzeihung, Ladys, erst kommt Moranis an die Reihe. Ihr seid später dran. Prioritäten, ihr versteht das.« Sie sprang auf. »*Moranis!*«, brüllte sie so laut, dass der Schutt der Werkstatt prasselnd in Bewegung geriet.

Von außerweltlicher Energie getrieben sprang das Wesen in die

Höhe. Ein Krachen aus Richtung des Herrenhauses deutete den Ort der Landung an.

»Lily! Sean, unser Haus!« Siobhans Ausruf ging in ein heftiges Keuchen über, als Weaver ihr rasch die Hand über Mund und Nase legte.

»Venkman, Sie hyperventilieren, beruhigen Sie sich.« Sie nahm ihre Hand von Siobhans Mund. »Einatmen, ausatmen«, befahl sie. »Ihr Mann hat dem Monster den Körper von Catwoman gebaut. Ausgerechnet eine unsterbliche Teenagerfantasie!« Weaver rückte von Siobhan ab, stand auf und half ihr ebenfalls auf die Beine. »Ich lade unsere Waffen, versuchen Sie inzwischen, Ihrem Mann da drin zu helfen. Er muss irgendwo unter den Trümmern sein, ich glaube, ich kann ihn sogar hören.«

Wen sollte sie retten, Lily oder Sean? Siobhan stand wie gelähmt da. Weaver rannte los zum Panzerwagen. Der stand unversehrt in rauchenden Trümmerresten, seine Konstruktion hatte ihren Zweck erfüllt. Sie hatte gerade frische Energiepacks in die Tornister gerammt, da rauschte es über ihnen in der Luft.

Das Monster landete in einer eleganten Kniehocke vor den Trümmern der Werkstatt. In den Armen hielt es Lily. Die Kleine strahlte über das ganze Gesicht, sie hatte den Sprung offensichtlich genossen.

»Wo ist Moranis hin? Antwortet, dann verschone ich vielleicht euer Balg.«

Siobhan kämpfte gegen ihre Panik an, doch für ihre Kleine schien es bis jetzt nur ein aufregender Spaß zu sein.

»Moranis ist tot, seit über einem Jahrhundert!«, schrie sie hinauf.

Sie zwang sich, ruhig durchzuatmen. In diesem Moment fiel ihr Blick auf die grotesk vergrößerten Brüste, die Sean gestaltet hatte. Signalrote Knöpfe leuchteten da, wo die Brustwarzen einer Frau gewesen wären.

»Was steht da auf dem Bauch des Katzenbiests?«, fragte Weaver, die es ebenfalls bemerkt hatte.

Unter der linken Brust war ein Hinweispfeil, der nach oben zeigte. Darunter stand in großen Lettern: *Push the button.*

Siobhan unterdrückte ein Kichern. Diese Lösung war genau Seans Humor.

»Lily, willst du ein Lied hören?«, rief sie erleichtert. »Spiel mit dem Clown!«

Das Katzenbiest erhob sich drohend zur vollen Größe. »Ich habe keine Zeit für Spielchen!«, fauchte es.

Siobhan senkte ehrerbietig ihren Kopf und stupste Weaver an, es ihr gleichzutun. Diese senkte ebenfalls ihren Kopf, stieß dabei aber ein missbilligendes Geräusch aus, das wie Würgen klang.

»Das wird kein Spiel.« Siobhan klatschte in die Hände.

»Und jetzt drück den Clown, Lily, fest drücken!«

Lily trommelte mit ihrer Rassel auf der Brust der Chimäre herum. Und traf die signalrote Brustwarze.

Siobhan hörte etwas einrasten. Eine Blitzentladung zuckte zwischen den Beinen des Monsters. Ein Teil der schwarzen Rüstung platzte ab. Darunter waberte gestaltloses Ektoplasma. Die beeindruckende Gestalt schien zu schrumpfen, verlor ihre Form, bis die Teile der Rüstung einem Felssturz gleich zu Boden prasselten. Juchzend ritt Lily auf einer Armschiene wie auf einem Surfbrett über den Strom der Rüstungsteile zu Boden und fand den Weg in Siobhans Arme.

Das freiliegende Ektoplasma strömte wie Nebel Richtung Erde. Weaver wischte sich ihre Verblüffung mit einem Kopfschütteln aus dem Gesicht und löste ihr Plasmagewehr aus. »*Hasta la vista, Baby.*«

Ungeschützt, wie es nun war, zerfiel das Ektoplasma zu Staub.

»*Hasta la vista, Baby*«, wiederholte Siobhan mit grimmiger Miene und drückte Lily fest an sich.

Einen Moment war es still, dann drang Seans Stimme gedämpft aus den Trümmern zu ihnen.

»Ist sie weg?«, fragte er hoffnungsvoll. »Wenn ja, könntet ihr Ladys mich hier eventuell herausholen?«

Schattenbande

Kein Licht im Nebel. Keine Sonne, keine Sterne. Unendlichkeit. Der Wind, ja, und auch das Leuchten, manchmal. Von der Ferne.

Es ist Nacht geworden, eine Nacht so dunkel wie der Tag, Stunden so lang wie ein Atemzug, wie ein Jahrhundert, so lang. Es ist einsam geworden.

Kein Licht im Nebel, und damit auch kein Frieden. Keine Schatten. Nur Dunkelheit.

Was hält das Leben? Ein Tauziehen der Erinnerung, ein Ringen mit sich selbst.

Nacht.

Die müde Ebene liegt weit, schorf und brandig die Gestalt, ein Denkmal. Vergessenheit. Müde sind wir alle geworden, ein Ächzen mit dem Wind und ein Flüstern, ein Warten. Worauf?

Ich harre. Bis die Luft nach Blut schmeckt, der Tod sein Kleid, das letzte Bäumen. Und dann: das Nichts. Sein letzter Atemzug. Verderben. Das Maß aller Dinge die flatternde Nacht.

Opfer des Nebels – du bist mein.

Seele des Wanderers – du bist mein.

Und dann wieder: Warten.

Dunkelheit und Warten, im Nebel, vergessen. Ich bin überall, bin alles, das Nichts wie eine Decke, die Sehnsucht, die sie alle lockt. Sie wärmt wie ein Feuer, an dem sie verglühen. Kommt und sucht mich. In der Nacht. Nacht für Nacht. Ewigkeit.

Eins werden mit dem Nebel, eins sein mit dem Warten, mit der Stille, und dann er – Wanderer. Erneut. Sein durstiges Trachten, die Klinge zerbricht, wertlos gegen mich. Rau ist seine Seele am Ufer der Zeit, und ich labe mich an ihm, labe mich, bis seine Glut erlischt, das Prasseln des Regens. Der Atem der Nacht erobert ihn und er geht – dahin.

Und ich warte.

Und dann plötzlich: Licht. Mein Hunger so groß, das Warten, die Nacht, und alles verblasst, mein Atem beschlägt deine Seele, aber nein. Aus dem Nichts dieses Licht, wie eine Sonne, strahlend so hell und golden, das Leben. Deine Seele. Wie Hitze so sengend, ein rauschendes Fest.
Du legst die Klingen nieder.
Du legst die Ängste nieder.

Und meine Zähne brechen an deinem Mut.

Die Nacht verlischt,
das Warten ein Ende.

Lass mich dein Freund sein.

Denn wie alle Schatten brauche auch ich
ein helleres Licht.

Matthias Thurau

Generationen

Die Anreise war eine einzige Strapaze und jetzt stand ich da. Das Meer rauschte, was mir gefiel, aber das Gebäude, in dem die Urlaubswohnung sein sollte, gefiel mir gar nicht. Ein architektonisches Machwerk in Grau, das irgendwann einmal ein Hotel gewesen war. Es lag direkt an den Klippen, abseits des kleinen Ortes, in dem sich meine Großeltern kennengelernt hatten. Rauchend wartete ich auf die Schlüsselübergabe und betrachtete ungläubig die vergitterten Fenster im ersten und das eingeworfene Glas im zweiten Stock des fünfgeschossigen Gebäudes. Reste von Wasserspeiern lauerten über dem Eingang, einer hölzernen Drehtür mit verschmierten Fenstern. Dort oben hatte ursprünglich der Name des Hotels gestanden. Nun war dort schmutziger Beton. Durch Küstendünen und über holprige Trampelpfade hatte ich meinen Koffer gezogen. Ohne GPS hätte ich das Haus niemals gefunden. Der Wind pfiff und drückte mich einen Schritt nach vorn, als sich eine alte Frau vom Dorf aus näherte. Ich zog ein letztes Mal hastig an der Kippe und schnippte sie auf die zerbrochenen Betonplatten vor dem ehemaligen Hotel. Sie nickte mir zu.

Normalerweise erledigte ihre Tochter diese Dinge, sagte sie mir anstelle einer Begrüßung und ging auf den Eingang zu. Sie stemmte sich mit Gewalt zweimal gegen die Drehtür, bevor diese quietschend nachgab. Ich passte kaum mit dem Gepäck hindurch. Dahinter befand sich die Eingangshalle, rechts eine alte Rezeption mit einem Regal voller Fächer und Haken für Zimmerschlüssel. Vor uns klaffte ein leerer Aufzugschacht, unversperrt, ein schwarzes Loch. Die

Dame hob die Augenbrauen. Sie wirkte amüsiert über meinen Gesichtsausdruck, drückte mir eine Taschenlampe in die Hand und knipste ihrerseits eine an, bevor sie auf eine Tür zusteuerte.

»Wir müssen nach oben«, murmelte sie.

Hinter der Tür befand sich das zugige Treppenhaus. Rauschend und donnernd brandete das Meer an die Felswände unweit des Gebäudes. Es klang, als wäre das Hotel auf einer Grotte gebaut, durch die das Wasser brauste. Die Frau rastete auf jeder Etage, während sie so tat, als wartete sie auf mich. Im dritten Stock gingen wir durch eine weitere Tür, dahinter befand sich ein Flur. Der Teppich war abgewetzt, die Tapete hing in großen Dreiecken von den Wänden und die meisten Zimmertüren standen ein Stückchen offen oder fehlten vollständig. Eine Tür lag im dazugehörigen Zimmer. Es sah aus, als hätte sie jemand aus den Angeln getreten. Im Internet hatte ich keine Fotos der Wohnung oder der Umgebung finden können und es waren keine anderen Zimmer innerhalb etlicher Kilometer aufzutreiben gewesen. Allerdings waren die Preise pro Nacht spottbillig. Nun wusste ich weshalb. Am Ende des Korridors hielten wir. Die Frau begann, in ihrer Tasche zu kramen. Zwei große Schlüssel an einem Bund, an dem ein kleines Holzkreuz baumelte, kamen zum Vorschein. Sie öffnete die Tür und blickte hinein. Mir kam es so vor, als wäre sie selbst überrascht. Hier gab es sogar Strom. Links im Zimmer befand sich eine kleine Kochzeile mit einem Küchentresen, auf den ich die Taschenlampe legte, rechts der Eingang zum Bad, daneben ein Durchgang zum Schlafzimmer, ohne Tür, und geradeaus stand ein Ecksofa mit Wohnzimmertisch vor einer Glasfront, die auf einen Balkon führte. Blick aufs unruhige Meer. Das Zimmer an sich wirkte gemütlich und sauber in Anbetracht des Preises. Die Frau blickte hastig auf die Uhr. Sie fummelte einen der beiden Schlüssel vom Bund, übergab ihn mir und behielt den Teil mit dem Kreuz. Dann ging sie zur Tür, atmete tief durch und verließ schnell das Zimmer. Ich zuckte mit den Schultern, warf mein

Gepäck auf den Boden und setzte mich aufs Sofa. Zwar hatte ich das Gefühl, nirgendwo zu sein, doch war ich angekommen.

Meinen Großvater hatte ich nie kennengelernt oder hatte jedenfalls kaum Erinnerungen an ihn, obwohl er bei uns gelebt hatte. Manchmal tauchten Bilder auf, von einer großen Gestalt in einem gepolsterten Sessel. Eine Pfeife in der Hand vielleicht. Ich war mir nicht sicher. Als er gestorben war, war ich noch sehr jung. Seine Geschichte faszinierte mich. Niemand wusste, woher er gekommen war. Eines Tages war er auf dem Dorfplatz gestanden, verschwitzt und verwirrt. Eine junge Frau, meine Großmutter, hatte ihn angesprochen, ihn mit nach Hause genommen, ihn durch ein starkes Fieber gepflegt und sich verliebt. Das war ihre Version. Seine Geschichten begannen alle in einer Zeit, als die beiden bereits verheiratet gewesen waren. Was davor war, erwähnte er nie. Die Großeltern waren gestorben, als ich noch klein war. Sie hatten ihre Geschichten meinen Eltern erzählt und diese erzählten sie mir. Nun waren sie alle fort. Was mir geblieben war, waren ein paar Erinnerungen und eine Erzählung, die eine Verbindung zu den Wurzeln meiner Familie herstellte. An diesem Ort hatte alles begonnen und nun war ich ebenfalls hier, umgeben von Sturm.

   Ich suchte nach einer Zigarette. Doch die letzte hatte ich draußen geraucht. Von Zuhause war ich es gewohnt, zu jeder Zeit Tabak kaufen zu können, aber hier liefen die Uhren anders. Es war Freitagnachmittag, fast Abend. Eine kurze Internetrecherche ergab, dass alle Geschäfte bereits geschlossen waren und es keine Kioske oder Tankstellen in der Nähe gab. In den nächsten Tagen würde ich weit und breit keine Zigaretten bekommen. Unruhe machte sich bemerkbar. Alle Männer in der Familie waren starke Raucher gewesen und es bis zum Tod geblieben. Mein Großvater hatte für einige Jahre aufgehört, als er seine Frau kennengelernt hatte, hieß es. Sie hatte es als rücksichtsvolle Geste aufgefasst, aber er hatte es niemals so gemeint. Später fing er wieder an.

Es war für mich nicht schlimm, ein paar Stunden nicht zu rauchen, aber die Einsicht, tagelang verzichten zu müssen, bescherte mir eine selten gekannte Nervosität. Ich durchsuchte die Jackentaschen, den Rucksack und den Koffer. Ich wusste, dass ich keine weiteren Zigaretten eingepackt hatte, aber ich hätte es mir nicht verziehen, nach der Reise doch welche in der Jacke zu finden. Fehlanzeige. Ich checkte noch mal online nach Einkaufsmöglichkeiten. Fünfzig Wohnhäuser, sonst gab es hier nichts. Langsam bekam ich Panik. Ich war nicht hergekommen, um einen Entzug zu machen. Wieder durchsuchte ich meine Sachen. Dann klapperte ich die Schubladen im Wohnzimmertisch ab und schaute zweimal durch alle Schränke. Eine Verzweiflungstat, keine Frage. In einer Küchenschublade fand ich Streichhölzer. Das gab mir Hoffnung. Der Wind peitschte gegen die Fenster. Für einen Moment flackerten die Lichter im Raum.

Unter der Spüle sah ich einen Putzeimer, ein paar Reinigungsmittel und ein kleines Schächtelchen. Ich schloss den Schrank. Ungläubig öffnete ich ihn ein zweites Mal und griff nach der Schachtel. Sie war vergilbt, aber trocken, mit einer lächelnden Frau in einem Hauskleid darauf. Es waren tatsächlich Zigaretten, ziemlich alte, aber eindeutig Zigaretten. Vorsichtig prüfte ich sie. Staubtrocken waren sie, und rochen nicht verschimmelt. Ich konnte mein Glück kaum fassen und steckte sie ein.

Der Ort, das Rauchen an sich und nun auch noch diese uralten Kippen verbanden mich mit meiner Familie. Es fühlte sich wie Schicksal an. Ich war sofort entspannter. Um die Reise zurück durch die Zeit zu vervollständigen, griff ich mir die Streichhölzer, die noch die verschnörkelten Initialen des Hotels trugen. Erleichtert, ein wenig nostalgisch und mit einer Mischung aus Vorfreude und Spannung trat ich auf den Balkon. Ich testete zunächst vorsichtig, ob er mich überhaupt trug. Aber er bestand aus massivem Stein und schien fürs Erste sicher. Rituell fischte ich eine der Zigaretten aus der Schachtel, hielt sie gegen die untergehende Sonne, pustete auf den Filter und klemmte sie in den Mundwinkel. Dann schüttelte ich die Streichholzpackung, holte eines heraus und zündete es an. Trotz des starken Windes brannte es sicher. Endlich hielt ich die Flamme an den Tabak und zog, bis die Spitze glühte. Das brennende Hölzchen warf ich über die Brüstung. Erst im Meer erlosch das Feuer.

Der Rauch kratzte im Hals. Ich zog ihn tief in die Lunge. Als ich dem fallenden Streichholz nachgeblickt hatte, schien mir, dass kurz ein Licht weiter unten im Haus aufgeblitzt war. Vielleicht eine Reflexion. Das Kratzen nahm zu. Beim zweiten Zug wurde es wirklich unangenehm. Meine Zunge schmeckte bitter. Für einen Moment bekam ich keine Luft. Meine Lunge brannte. Es war, als führen mir glühend heiße Finger über den Körper. Plötzlich hustete ich wie wild. Mir wurde übel. Ich warf die Kippe weg und rannte ins Badezimmer. Vor der Badewanne kniend hustete ich und würgte. Meine Augen tränten. Als es vorbei war und ich wieder Luft bekam, sah ich, dass ich braun-schwarzen Schleim ausgespuckt hatte. Glibberige Sprenkel am Rand waren um einen durchgehenden Schleimsee in der Mitte angeordnet. Mir wurde schwindlig.

Wankend schaute ich in die Wanne, versuchte, mich zu konzentrieren, und wurde nicht schlau aus dem, was ich sah. Ein Teil des Glibbers wurde verdrängt wie von einem Finger, bewegte sich, als würde jemand darin rühren. Langsam formte sich ein Halbkreis in der unteren Hälfte des Schleims und zwei Kreise darüber. Tot grinste mir ein Smiley-Gesicht aus meinem eigenen Auswurf entgegen. Ich taumelte benommen vor und zurück. Angestrengt schaute ich hin und wurde langsam klarer im Kopf. Vom linken Auge des Smileys ging ein Schimmern aus, das durch die Luft nach oben führte, anfangs kaum sichtbar. Ich konnte nicht erkennen, was es war, und rieb mir die Augen. Dann verfolgte ich die verschwommenen Umrisse weiter hinauf. Immer deutlicher zeigten sie sich. Dünne, lange Finger führten zu knollenartigen Rundungen. Es nahm konkrete Form an. In der äußersten Ecke des Zimmers, über der Badewanne, lauerte es. Es kam mir bekannt vor. Dünn, doppelt so hoch wie das Zimmer, tief gebückt und unnatürlich hockend. Ein Gesicht lauernd wie eine Spinne unter der Decke. Qualm und rote Glut statt Augen und Mund. Mein Atem stockte. Ich erstarrte. Es war jetzt ganz deutlich in seiner ungesunden, blassen, gelblich-speckigen Farbe zu erkennen, während es sich näher und näher aus dem Schatten zu mir herunterbeugte. Ein krummer Rücken, lange, angewinkelte Beine und dünne Arme mit Fingern, aus deren Spitzen weitere Finger wuchsen. Es bewegte einen dieser Fortsätze vom Schleim weg und auf mein Gesicht zu, widerlich schlaff und zuckend. Wie die vergilbten Röhren an einem Krankenhaustropf, mit Gelenken, die an die Griffe alter Gehstöcke erinnerten.

Ich rannte los. Hinter mir ein rostig-metallenes Kreischen und Rumpeln. Schnellstens eilte ich aus dem Zimmer, griff mir dabei die Taschenlampe, die die alte Frau mir gegeben hatte, und knipste sie auf dem Flur an. Der Lichtkegel zuckte und ruckelte und ließ die Dunkelheit des Flurs noch schwärzer erscheinen. Rennend versuchte ich, mich mithilfe des hastigen Flackerns zu orientieren. War ich bereits am Treppenhaus vorbeigerannt? Plötzlich kam ein Lichtschein auf mich zu. Ich stoppte abrupt, schaltete die Lampe aus, um nicht gesehen zu werden, kauerte mich an die Wand und horchte.

Es war totenstill. Das Licht war verschwunden. Mein Atem ging schnell und ich versuchte, ihn flach zu halten. Nichts anderes war zu hören. Einatmen, ausatmen, einatmen. Puls in den Ohren und im Genick. Um mich herum war Stille und Finsternis. Und in dieser Finsternis? Ganz langsam stand ich auf. Ich wagte nicht, das Licht einzuschalten, wollte nicht sehen, was möglicherweise vor mir lauerte, sondern streckte meinen linken Arm vorsichtig ins Dunkel. Ich bewegte ihn zaghaft nach links, bis ich an eine Wand stieß und zusammenzuckte, und dann nach rechts. Jeden Moment erwartete ich eine Berührung, doch da war nichts. Einmal atmete ich noch tief ein und knipste die Taschenlampe an. Einige Meter vor mir stand jemand und starrte mir ins Gesicht. Ich schrie auf. Was ich sah, war ein grell leuchtender Punkt, darüber ein Gesicht mit einer zitternden Unterlippe und dahinter ein schmaler Gang, der sich in Dunkelheit verlor. Mein Spiegelbild in einem Fenster. Draußen war es inzwischen dunkel geworden.

Ich war zu weit gelaufen, am Treppenhaus vorbei. Der Flur, der im Fenster gespiegelt war, schien mich einzusaugen, wenn ich zu lange hinsah. Aber mich dem richtigen Flur zuzukehren, machte mir noch mehr Angst. Ein Teil von mir war überzeugt, dass sich hinter mir, in diesem Flur, etwas befand, das nicht reflektiert werden wollte. Ich näherte mich meiner Reflexion, bis ich durch sie hindurch hinausschauen konnte. Unten sah ich einen Mann mit Hut und zwei Koffern. Er stieg aus einem alten Wagen und rauchte. Dann machte er sich auf den Weg, das Hotel zu betreten. Er kam mir bekannt vor. Ich schrie, hämmerte gegen die Scheibe und versuchte, das Fenster zu öffnen, aber nichts half. Er reagierte nicht, sondern verschwand im Gebäude.

Es ging nicht anders. Ich musste zurück zum Treppenhaus und dann runter. Ich drehte mich um. Leere und Staub. Dieses alte Gemäuer spielte dem Verstand Streiche und vermutlich waren die Zigaretten doch angeschimmelt gewesen, was zu Halluzinationen führte. Das war die einzig sinnvolle Erklärung. Meine Angst hielt sich aber nicht an rationale Erklärungen. Ich musste hier raus, an die frische Luft. Der Trick war, so zu tun, als hätte ich Mut. Mit entschlossener Miene und aller Ruhe, die ich aufbringen konnte, ging ich los und spürte, wie das Unwohlsein mit jedem Schritt wuchs. Also sang ich den ersten Song, der mir einfiel: *War Pigs* von *Black Sabbath*. Ich ging weiter. Das Singen half nicht, also beschleunigte ich, hörte auf zu singen, verfiel in einen leichten Trab und wurde immer schneller.

Da war die Tür zum Treppenhaus, kurz aufflackernd im Lichtkegel. Mit einem Stoß war sie offen. Ich eilte die erste Treppe hinab, mehrere Stufen auf einmal nehmend, verlor die Kontrolle, rammte ungebremst gegen die Wand und stürzte zu Boden. Die Taschenlampe fiel mir aus der Hand und rollte langsam den Treppenabsatz entlang. Umrandet von Dunkelheit erschienen Stufen, Boden, Geländer. Immer weiter rollte sie. Dann hörte ich rasselndes, zischendes Räuspern auf dem nächsten Treppenabsatz und sah Qualm. Im Dunkel unter der Treppe, die ich gerade hinuntergerannt war, glühten Löcher in einem Gesicht. Aus dem Schatten krochen Fingerfortsätze, die spielerisch die Wand entlang und auf mich zu krabbelten wie die Itzy-Bitzy-Spinne. Ich hatte vergessen zu atmen und holte es mit einem gewaltigen Atemzug nach. Es kreischte. Ich sprang auf, rannte die Treppe wieder hinauf, eng an die Wand gedrückt. Die Lampe blieb liegen.

Zurück im Flur schmiss ich die Tür zum Treppenhaus zu, stemmte mich mit dem Rücken dagegen. Vor mir befand sich ein rechteckiger Umriss in der Finsternis. Direkt gegenüber lag ein Zimmer, oder? Ich trat blind eine morsche Tür aus den Angeln, um mich im Raum dahinter zu verstecken, da entdeckte ich einige Meter weiter rechts ein Licht, das durch einen Schlitz drang. Mein Zimmer. Mein Handy! Mit ausgestreckten Armen stolperte ich vorwärts, immer an der Wand entlang. Je weiter ich mich dem Zimmer näherte, desto stärker kratzte mein Hals. Ich räusperte mich, so leise es ging. Das machte es nicht besser. Zurück im Zimmer schloss ich leise die Tür hinter mir, schaute mich um, suchte mein Telefon und fand es auf dem Wohnzimmertisch. Ich drückte die Notruftaste und wartete. Tuten, Tuten, Rauschen, Rasseln. *Hallo?*, fragte ich. Etwas kreischte mir metallisch ins Ohr. Ich ließ das Handy fallen, rannte zum Balkon und rüttelte an der Tür. Sie ging nicht auf.

Draußen glimmte noch immer die Zigarette auf dem Boden. Unbeirrt vom Wind schlängelte sich ein dünner, blauer Rauchfaden in den Himmel. Außerdem befand ich mich im dritten Stock, es gab ohnehin nur den einen Weg nach draußen, durch das Treppenhaus. Doch dort lauerte dieses Ding. Irgendwie musste ich es von dort weglocken. Meine Gedanken rasten ohne Unterlass, während ich auf und ab marschierte, bis ich mich zwang, stehenzubleiben. Ich atmete tief ein, während ich bis drei zählte, hielt die Luft an und atmete wieder aus. Nach mehreren Wiederholungen hatte ich die Kontrolle über mich wiedergewonnen, und mit der Kontrolle folgte eine Idee. Ich hob das Telefon auf, stellte den Alarm auf zwei Minuten, legte es auf den Tisch und schlich mich zur Tür, um in den Flur zu horchen. Der Wind vor dem Fenster heulte. Irgendwo im Haus knarrten Bretter. Leise öffnete ich die Tür, ging hinaus, tastete mich vor, bis ich die eingetretene Zimmertür gegenüber des Treppenhauses erreichte, und schlüpfte hinein. Eine Weile kauerte ich dort auf dem Boden, starrte ins Nichts. Ich atmete staubige, tote Luft ein. Es kam mir wie eine Ewigkeit vor. Schwindlig atmete ich aus. Dann erklang Musik. Ein einsamer Streicher, verloren in Raum und Zeit. Das war mein Handy-Alarm. Ich hörte polternde Schritte auf den Stufen. Ohne zu atmen, wartete ich.

Quietschend öffnete sich die Tür zum Treppenhaus und wurde wieder geschlossen. Es schleppte sich durch den Flur, kratzte an der Wand entlang, auf die Musik zu. Zum Kratzen gesellten sich Geräusche, die wie das Pochen eines Gehstocks auf Parkett klangen, gefolgt vom rhythmischen Tippeln ungeduldiger Finger. *Lass mich nach Hause, bitte.* Dann wurde es still. Es war vorbeigezogen und ich schob meine Hand näher an den Ausgang, machte mich bereit, wegzuschleichen. Feiner Staub geriet in meinen Hals und ich hustete. Ich ließ die Vorsicht fallen und sprang auf, stieß hart an beide Seiten des Türrahmens und stürzte geradeaus weiter. Gegenüber riss ich die Tür zum Treppenhaus auf, sprang in zwei Schritten die erste Treppe hinab, griff die Taschenlampe, die dort immer noch lag, und rannte die zweite Treppe hinunter. Ich stoppte. In der Wand hörte ich ein Kratzen, ein gurgelndes Atmen. Es folgte mir im Fahrstuhlschacht! Ich rannte weiter die Treppen hinab, bis ich die Lobby erreichte.

Durch die verschmierten Fenster drang das einsame Licht einer Straßenlaterne. Lange Beine knieten vor der Drehtür. Es wartete auf mich. Auf die Arme und Finger und Fingerfortsätze gestützt lehnte sich das Ding zu mir herab. Vier Meter entfernt. Langsam kroch es auf mich zu. Drei Meter. Zwei. Plötzlich bäumte es sich kreischend zum Angriff auf und ich rannte los, mit den Händen vorm Gesicht, unter ihm hindurch, und stieß dabei gegen einen Teil seines Körpers. Wie durch Schlick rannte ich weiter, wie beworfen mit schwerem Matsch. Endlich war ich im Eingangsportal und stemmte mich mit aller Gewalt gegen die verklemmte Tür, während sich das Ding umwandte und die Finger nach mir ausstreckte. Ich sah nicht hin, aber im Nacken spürte ich ihre Wärme. Angestrengt und langsam brachte ich die Tür in Bewegung. Es kreischte in der Lobby vor Schmerz. Die Fingerfortsätze zappelten hinter mir, eingeklemmt zwischen Rahmen und Tür, aber ich drehte sie Zentimeter um Zentimeter weiter. Der Widerstand wuchs. Mit einem Ruck drehte sie sich schneller, während die Fingerfortsätze des Wesens zu Boden fielen, und ich stand im Freien. Die zuckenden, abgetrennten Finger im Hoteleingang verwandelten sich in braun-schwarzen Auswurf.

Ein letztes rotes Flackern erschien hinter den schmutzigen Fenstern, wurde schwächer und verschwand dann gänzlich. Es war kalt hier draußen. Und einsam. Ich schleppte mich in Richtung des Dorfes. Doch der Schwindel kam übermächtig zurück und mit ihm kam warmes Vergessen.

Möwengeschrei und Sonnenschein weckten mich am Rande eines Trampelpfades auf. Meine Kleidung war schmutzig und feucht, meine Stirn glühte und meine Glieder schmerzten. Schwerfällig stand ich auf und stolperte den Weg entlang. Als ich auf dem Dorfplatz ankam und die Leute mich misstrauisch beäugten, wusste ich nicht, was ich tun oder sagen sollte. Also schwieg ich.

Erschöpft ließ ich mich an einem Brunnen nieder. Die Einheimischen liefen geschäftig hin und her. Manche schüttelten den Kopf, wenn sie mich sahen. Die meisten ignorierten mich. Kurz flammte die Lust auf eine Zigarette in mir auf, aber sofort schüttelte mich der Ekel bei der Vorstellung, zu rauchen. Ich fühlte mich leer und war zu erschöpft, um aufzustehen. Ein Teil von mir war im Hotel geblieben, einen anderen Teil hatte ich dort gefunden. Lange starrte ich verloren vor mich hin. Doch dann war sie da, hob meinen Kopf an, blickte mir besorgt ins Gesicht und drückte mir wortlos den Handrücken an die Stirn. Ich schloss die überanstrengten Augen und presste mich leicht gegen ihre Hand, so angenehm kühl war ihre Haut.

Mühsam erhob ich mich. Mein Hals schmerzte. Während sie mich stützte und zu sich nach Hause führte, schwor ich ihr mit kratziger Stimme: »Ich möchte nicht wie meine Väter werden.«

Leser zwischen den Welten

Lukian schubste den Spielzeugtruck gerade mit so viel Schwung an, dass dessen kleine Plastikreifen rasselnd über das Parkett im Flur bis zur nächsten Tür schlitterten.

»Der Feuerlaster ins Wohnzimmer!«, rief er und lief freudig hinterher. »Feuer für alle!«

Sein Papa kam von der Eckcouch herüber, blieb auf der Schwelle stehen und schaute auf das Löschfahrzeug. »Sollte die Feuerwehr nicht eher Feuer löschen?«, fragte er mit gerunzelter Stirn, während er seine Brille abnahm und sich einen der Bügel zwischen die Lippen klemmte.

»Meine bringt aber Feuer«, widersprach Lukian und ballte die Fäuste. »Gutes Feuer, das niemanden verbrennt. Schau!« Erfreut stellte Lukian fest, dass die offene Wohnzimmertür von den tänzelnden Flammen umringt war, die sich langsam ins Innere des Raumes ausbreiteten. Lukian nickte zufrieden. Er war jedoch noch nicht fertig. Es fehlten noch Zimmer! Ein weiteres Mal hob er das Fahrzeug an und mit Schwung landete es an der Schwelle zur Badezimmertür, kippte dort allerdings um. Egal. »Lieferung für das Badezimmer!«

»Sag mal, Lukian«, sein Papa ging vor ihm in die Hocke, »was meinst du mit gutem Feuer?«

Lukian stemmte die Hände in die Seiten. »Bei Oma ist doch so ein Herd, wenn sie Milch kocht, blitzt es unter dem Topf blau«, erklärte er. »Oma sagt immer: Nicht für Kinder. Heiß und aua.« Zur Bekräftigung pustete er auf seinen Zeigefinger, als hätte er sich verbrannt. »Mein Feuer ist auch blau, aber anders, so wie Mamas Bluse, die mit den Sternchen.«

Lukians Papa nickte. »Du meinst lila.«

Lukian sah, wie der Bart über der Lippe seines Vaters kurz zuckte. »Jaaa und die Flammen bewegen sich und kleben dann an den Wänden.«

»Aber wieso bringst du das Feuer in die Zimmer?«

Lukian schaute nachdenklich auf den Truck. »Weil ... also das ist so: Das brennt jetzt und wenn das aufhört, muss ich neues kriegen und verteilen. Weil«, Lukian riss seine Augen auf, als wollte er seine Aussage damit unterstreichen, »sonst kommen *Monster.*« Das letzte Wort hatte er nur geflüstert.

Sein Papa nahm das Spielauto und betrachtete es ebenfalls von allen Seiten. »Okay?« Er runzelte die Stirn erneut, setzte seine Brille wieder auf. »Monster also«, murmelte er mehr für sich. Dann sah er wieder Lukian an. »Und wo bekommt der Löschwagen das Feuer her?«

»Na, aus den Blumen natürlich. Gib her, ich muss oben weitermachen.« Lukian beförderte das Spielzeug unsanft zur Treppe. »Hy-o-i-da!«, rief er, wobei er bei jeder Silbe auf und ab hüpfte, dann rannte er dem Löschwagen nach.

»Was?« Mit einem Satz war sein Papa bei ihm und hielt Lukian fest. »Warte mal, woher kennst du dieses Wort?«

»Das hat mir die Blume mit dem Feuer erzählt. Aber Papa! Ich muss wirklich weitermachen.« Lukian verdrehte die Augen und versuchte, an seinem Vater vorbeizukommen.

»Gleich darfst du weitermachen. Wie sah das Blümchen aus?« Er ließ Lukian los, sah ihn aber weiterhin über den Rand seiner Brille hinweg an.

»Hm ... es lief auf dicken Wurzeln, aber die Hände waren grüne Blättchen.« Lukian schaute an seinem Papa vorbei. »Da!« Er zeigte auf die einzige Grünpflanze im Flur.

Sein Papa drehte sich um.

»So sah sie aus. Aber am Körper klebten weiß-ähm-lila Blüten. Daraus kam das gute Feuer, glaube ich. Statt Haare hatte sie Zweige und irgendwie sah das Gesicht aus wie Tante Klara.«

»Eine Kaperali«, murmelte sein Papa und bekam einen hochroten Kopf. »Kann das wirklich wahr sein?«

Lukian hüpfte aufgeregt und rief nickend: »Kaperli! Kaperli! *Würzelchen.*«

»Normalerweise kommen sie nicht in unsere Welt. Es muss passiert sein! Du meine Güte, es ist passiert!« Die Stimme seines Vaters überschlug sich vor Aufregung, als er aufsprang. »Schatz? Schatz! Komm schnell!«

Im Nebenzimmer, in dem der Staubsauger lief, wurde die Tür geöffnet.

»Wie bitte? Was ist passiert?«, fragte Lukians Mama laut, um den Lärm des Gerätes zu übertönen. Energisch pustete sie sich eine blonde Strähne aus dem Gesicht.

»Die Prophezeiung. Sie hat sich endlich erfüllt! Nach Jahrhunderten!«, rief Lukians Papa aufgeregt und klatschte in die Hände.

Sie stellte den Staubsauger ab, strich ihren Hausanzug glatt und kam zur Treppe. »Schon wieder das alte Märchen mit der Prophezeiung?«

»Die Prophe-was?« Lukian legte den Kopf schief und rümpfte die Nase.

Papas Oberlippenbart zuckte wieder. »Ich brauche sofort ... ich muss ins Arbeitszimmer, die Kopie des Hüterbuches holen, damit ich es ihm erklären kann«, faselte er, drehte sich aber beim Gehen noch mal um. »Weißt du«, sagte er und beugte sich zu seinem Sohn hinunter, »wir haben in einer fernen Welt eine wichtige Freundschaft mit den Würzelchen, wie du sie so schön genannt hast. Sie stecken in Schwierigkeiten und benötigen Hilfe ... nur ...« Er endete mitten im Satz, so als wüsste er nicht weiter.

»Nur fehlt das passende Reisemittel«, half Lukians Mutter aus. »Man kann keinen Truck oder Bus oder das Auto benutzen. Man muss warten, bis sich eine Tür dorthin öffnet.«

»Und das geht nur unter bestimmten Bedingungen«, sprach sein Vater weiter. »Bis dahin sind wir hier ziemlich machtlos. Und ungeschützt.«

Das verstand Lukian. Er nickte. »Deswegen verteile ich ja gutes Feuer.« Entschlossen stapfte er die Treppe hinauf.

Am Abend kamen Lukians Eltern an sein Bett. Sein Papa setzte sich auf die Bettkannte, seine Mutter davor auf die Kreise des alten Bettvorlegers, den Lukian so liebte, weil er darauf gespielt hatte, seit er ganz klein war. Je ein roter Kreis hatte zwei grüne Fransen eingearbeitet, außer dem letzten. Seine Fransen waren gelb und weiß. Lukian hatte sich oft gefragt, was den Fransen widerfahren war.

»Das hier«, sagte sein Papa und strich liebevoll über den Einband des Buches in seinen Händen, »ist eine Kopie des Buches der Hüter. Das Original ist im Stadtmuseum ausgestellt. Das ist das große Haus, in dem du neulich mit den anderen Kindern aus dem Kindergarten warst. Leider sind Teile der Geschichte bis heute verschollen. Aber«, fuhr er fort und wendete das Buch in den Händen, »es gab immer eine Person in unserer Familie, die sich mit den darin enthaltenen Botschaften und deren Bedeutung beschäftigt hat. Da sich dir ein Wurzelblümchen, also eine Kaperali, gezeigt hat, ist es wichtig, dass du mehr über diese Sache erfährst.«

Sein Papa drehte die Vorderseite des Buches zu Lukian, sodass er die Kopie des alten Einbandes betrachten konnte. Das Blümchen mit dem guten Feuer schmückte den Vordergrund und zwinkerte Lukian schelmisch zu.

Er lachte und streckte die Hand nach ihm aus. »Würzelchen!«

Weiter hinten im Bild waren unbekannte Wesen abgebildet, allerdings wie in einem Nebel verborgen. Nur geschuppte Beine mit Krallen an den Füßen schauten unterhalb der Wolke heraus. Stolz zählte Lukian acht Stück.

»Bevor ich zu lesen beginne, ist da aber noch eine kleine Sache ...« Sein Vater spielte mit den Seiten der Buchkopie, ließ sie durch seine Finger gleiten. »Kaperali leben im sogenannten *Trinity Star Sektor*, das ist ein Planet, wie die Erde. Nur, dass es da andere Bewohner gibt.«

»Sprechende Blümchen!«, rief Lukian dazwischen.

Seine Mutter nickte und wuschelte ihm liebevoll durch die Haare. »Ja, genau!«

»Außerdem gibt es so etwas wie Drachen ... die sind aber keine Gefahr, sondern gutmütig«, fügte sein Papa behutsam hinzu.

Nun hüpfte Lukian im Bett auf und ab, die Augen leuchteten vor Freude. »Drachen!«

Sein Papa sprach unbeirrt weiter. »Und die Hyoidal. Sie sind Wolfsmenschen – also eine Mischung, halb Wolf, halb Mensch.« Er blätterte im Buch. »Hier siehst du einen.«

Lukian stoppte seine Sprungattacke und schaute den aufrecht stehenden Wolf an, der die ganze Seite einnahm. Das Wesen blinzelte nicht, dafür fletschte es die Zähne und Lukian hätte schwören können, dass es knurrte.

»Wie der böse Wolf im Märchen«, flüsterte er und seine Augen weiteten sich.

»Ja, nur ... böser.« Sein Papa blätterte wieder an den Anfang.

»In Kapitel eins steht, welche Wesen in Trinity wohnen. Das überspringe ich erst mal, durch dein gutes Feuer gehen wir gleich in Kapitel zwei.«

»Papa, schau!« Gegenüber Lukians Bett veränderte sich die Tapete. Statt der niedlichen Biber zogen sich plötzlich Striche über die Wand, flossen zusammen und bildeten Muster. Er sah Wasser, Land und schließlich die gesamte Erde. Eine Landkarte! Wie in Papas Atlas.

»Was meinst du?«, fragte seine Mutter und zog die Stirn in Falten.

Sein Papa kniff die Augen zusammen. »Ich sehe es auch.« Er wandte sich Lukians Mama zu. »Wahrscheinlich ist es für dich unsichtbar, weil du kein direkter Nachkomme bist, aber da bewegt sich wirklich was. Das Blümchen muss hier sein«, sagte er und schaute sich weiter im Zimmer um. »Nur wo?« Vor Aufregung hatte er das Buch schon wieder geschlossen.

Lukian schlug behutsam die Decke zurück und zog die Beine an den Bauch. »Sie ist immer da.« Er lächelte seinen Papa wissend an.

Der wechselte einen begeisterten Blick mit seiner Frau, die mit den Schultern zuckte, bevor er zur entsprechenden Seite zurück-blätterte.

»Dann fange ich mal an«, murmelte er, schlug das Buch auf und begann zu lesen:

»Zweites Kapitel des Buches der Hüter: Und es herrscht Zwie-tracht im Land der Zeit. Der erste Hüter der Zeit wird vom Lord der Hyoidal verführt werden, seinen Schwur zu brechen. Dieser Verrat wird das Ende des Stromes der Zeit herbeiführen. Der Lord aber wird erstrahlen mit dem vergossenen Blut der Gefallenen, und wie ein schimmernder Diamant wird er jeden blenden und alles verbrennen, was sich in seinen Weg stellt. Kein Leben im Univer-sum wird je mehr sein, wie es war. Nur die Schalen der Wahrheit bergen die Macht, den Betrug zu erkennen, in ihrem Ritual. Und noch bevor der Auserwählte emporsteigt, wird der zweite Hüter der Zeit den Verrat sühnen und das Licht des ersten Betrügers wird erlöschen, für alle Zeit.«

Mit offenem Mund verfolgte Lukian, was sich auf der Wand gegenüber abspielte. Drei Schuppenwesen waren darauf zu sehen, die entfernt an Drachen erinnerten, aber ein langes Horn auf der Stirn hatten. Sie tranken aus den Gefäßen und hinter einem da-von ging ein greller Blitz auf die Erde, so hell, dass Lukian erschrak.

Danach gab es einen Tumult zwischen den Drachenwesen, ein Kampf auf Leben und Tod, und obwohl es keinen Ton in diesem magischen Wandfilm gab, war allein das zu viel für Lukian. Er konnte den Kampf der Wesen nicht ertragen, hielt sich erst die Hand vors Gesicht, vergrub den Kopf dann aber an Papas Brust.

Sein Papa, der den Film ebenfalls gesehen hatte, legte einen Arm um ihn und seine Mutter setzte sich aufs Bett, an Lukians andere Seite. Sie sah zwar nicht, was auf der Wand vor sich ging, strich Lukian aber sanft über den Rücken.

Als er sich beruhigt hatte, las sein Vater weiter:

»*Der dritte Hüter der Zeit wird Hilfe suchen bei der Aufseherin der Zeit, der Kaperali. Sie wird das Schutzfeuer zum Auserwählten bringen, dem Auserwählten aus der Menschenwelt, doch das Unheil vermag sie nicht aufzuhalten.*

Das Land der Zeit wird in großen Aufruhr geraten, die Verzweiflung unter den verbleibenden Hütern wird wachsen und sämtliche Zeitlinien nach und nach in Verwirrung gestürzt werden. Von den äußeren Galaxien bis zum inneren Ende des Universums.« Lukians Papa unterbrach seine Lesung und schaute wissend auf die Wand, wo Menschen auf der Erde im Zeitraffer statt älter immer jünger wurden, bis sie eine einzelne Zelle waren, andere verschwanden komplett, mitten im Verkehrstrubel und an den Ampeln. »Das heißt, auch die Milchstraße – das ist unsere Galaxie – wird nicht verschont bleiben.« Er hmmmte und schien zu überlegen.

Lukians Mutter sagte gar nichts, seufzte nur wieder.

Lukian hielt die Stille nicht mehr aus. »Papa, wie geht's weiter?«, flüsterte er ungeduldig.

»Ach so. Ja. Entschuldige.« Sein Papa blätterte um und fuhr fort: »*Zwei Menschenwesen werden dazu bestimmt sein, die Linien der Zeit zu richten. Der Erste schreibt die Prophezeiung auf, der Zweite wird sich erheben. Doch zuvor muss er von einem Hüter der Zeit ins Land der Zeit geführt werden.*«

Lukian rutschte unruhig in seinem Bett hin und her. »Ein Mensch soll alle retten?«

Seine Mutter schaute seinen Vater vorwurfsvoll an. »Ich sagte ja, dieses Buch ist nicht gerade die beste Nachtlektüre. Bestimmt kriegt er Albträume.«

»Aber verstehst du denn nicht? Es ist doch offensichtlich!« Sein Papa sprang vom Bett auf und lief aufgeregt zur Wand, auf der nichts mehr zu sehen war außer den niedlichen Bibern, und wieder zurück. »Lukian muss den Inhalt dieses Buches erfahren! *Er* ist es. Es muss Lukian sein. Alles ist genauso wie in der Verheißung – das Schutzfeuer für die Zimmer in der Wohnung, dass Lukian die Kaperali kannte und die Hyoidal, ohne dass wir ihm davon erzählt haben! Und dann dieser Film, besagte Bilder an der Wand ... Ich habe sie auch gesehen, sie waren real!« Er wedelte mit der Buchkopie in der Luft herum. »Seit Urahn Siegfried beschäftigt sich meine Familie mit diesem Buch. Und seit Jahrhunderten hieß es immer nur: ein Ammenmärchen, Zeitverschwendung!«

Lukians Mund klappte vor Erstaunen auf und blieb vorerst offen stehen, so hatte er seinen Papa noch nie gesehen. Außerdem verstand er kein Wort.

Sein Vater rief quer durch den Raum: »Aber die Zufälle sind einfach zu groß!« Endlich setzte er sich wieder.

Lukian atmete erleichtert auf. Diese Unruhe, die so gar nicht zu seinem sonst eher ruhigen, nachdenklichen Papa passen wollte, übertrug sich irgendwie auf ihn.

Seine Mama strich ihm über die Stirn. »Dein Papa meint, du könntest der zweite Auserwählte nach Urururururururururopa Siegfried sein.«

Sie drückte Lukian an sich und Besorgnis schwang in ihrer Stimme mit, als sie sagte: »Das alles erscheint mir auch nicht ganz ungefährlich ... Ich hoffe trotzdem, dass es nicht wahr ist. Ich meine, was ist, wenn *wirklich* ein Hüter der Zeit kommt, um Lukian zu holen, und es ein Portal gibt und dann ... keine Ahnung ... schließt es sich, während Lukian noch dort ist? Dann muss er für immer auf Trinity bleiben.«

Lukian schaute seine Eltern fragend an. »Was muss ein Auserwählter machen? Feuer verteilen kann ich.«

Bis eben hatte sich der Blick seines Papas verfinstert, aber nun wurden seine Gesichtszüge etwas weicher. »Auserwählte«, antwortete er auf die Frage und lächelte, »bewachen einen Schatz. Das kennst du aus dem Märchenbuch. Nur dass du den Schatz hier nicht anfassen kannst. Es ist kein Schmuck oder Geld oder so was.«

»Und was ist es dann?« Lukian knabberte vor Aufregung an einem Fingernagel.

Seine Mutter nahm ihm die Hand aus dem Mund und hielt sie liebevoll fest.

»Der Schatz ist unsichtbar. Wie ein einzelner Sonnenstrahl, den kannst du ja auch nicht sehen. Du siehst nur, ob die Sonne scheint oder nicht.« Sein Papa schlug das Inhaltsverzeichnis auf, während Lukian neugierig auf den Buchdeckel schaute, der hatte sich nämlich verändert. Statt Nebel sah er jetzt klar die Drachenwesen. Und den Blitz. Er bekam eine Gänsehaut.

Das Blümchen auf dem Einband zwinkerte nicht mehr, es sah besorgt aus.

»Schau«, fuhr sein Papa fort, ohne das Würzelchen zu bemerken. »Es gibt noch eine genauere Prophezeiung zum Auserwählten selbst.« Er blätterte in der Abschrift des Hüterbuches hastig an die richtige Stelle. »Hier, Seite einhundertneunzig.«

Lukian richtete seinen Blick furchtsam auf die Wand. Das Blümchen hatte echt ängstlich ausgesehen. Was für Bilder ihn wohl diesmal erwarteten?

»Prophezeiung vier.« Sein Papa räusperte sich, einmal, zweimal, dabei schaute er immer wieder vom Buch auf die Wand.

Aber die Biber blieben Biber, nichts bewegte sich.

»Was ist?« Lukians Mutter zupfte am Kissenbezug, eine Augenbraue hochgezogen, wie immer, wenn Lukian mit Papa ein Geheimnis teilte und sie ihr nicht verrieten, was es war. »Ist das Blümchen, das ich nicht sehe, etwa wieder weg?«, fragte sie mit spöttischem Unterton.

Aber in diesem Moment begann sein Vater zu lesen und mit seinen Worten kam auch das Blümchen zurück und malte bunte Bilder auf die Wand.

»*Der erste Auserwählte*«, hörte Lukian seinen Vater, »*kommt auf die Welt, geboren, um sich in den Schatten zu stellen. Als zweiter Auserwählter wird er noch einmal geboren, um der Schlüssel für das Fortbestehen allen Lebens zu sein. Als Kind ist er vor dem unheilvollen Treiben der Hyoidal geschützt, verborgen durch das Feuer der Kaperali.*«

»Das gute Feuer!«, rief Lukian begeistert, als er die lila Flammen über die Wand lodern sah.

Seine Mutter verschränkte die Arme vor der Brust.

Sein Vater aber nickte und fuhr fort: »Genau! *Ihr Schutz wird so lange währen, bis der letzte Hüter der Zeit einen Weg findet, den wiedergeborenen Auserwählten nach Trinity zu holen. Denn nur der Auserwählte kann den Aufruhr beenden.*«

Auf der Wand schlüpfte ein kleines Drachenwesen aus einem winzigen Apparat und wurde dann immer größer und größer, bis es die halbe Wand einnahm.

»*Und der Auserwählte kann eine richtige Entscheidung treffen und die Zeit vermag durch sein Kommen wieder ins Gleichgewicht gebracht zu werden. Alle Bindungen, die zuvor zersplitterten, werden erneut geeint. Doch damit er siegen kann, muss er seine Aufgabe erkennen.*«

Lukians Mutter, die noch immer die Arme verschränkt hatte, stand vom Bett auf. »Das ergibt doch alles keinen Sinn«, sagte sie verärgert. »Was soll denn das bedeuten?«

»Ja, Papa, was heißt das?«

Überrascht von dieser Frage schaute sein Vater vom Buch auf. »Ich nehme an, dass der Auserwählte in Trinity einige Aufgaben bestehen und dabei Entscheidungen treffen soll, bevor er alles gelernt hat, was er wissen muss, um den Zeitstrahl wieder in Ordnung zu bringen.«

Lukian kratzte sich am Kopf. »Hmmm.«

»Beispiel: Wasser. Wenn dort drüben alles anders ist als hier auf der Erde und das Wasser aus dem Wasserhahn, sagen wir, nicht ins Waschbecken fließt, sondern an die Zimmerdecke hinauf ... dann ist der Auserwählte erst mal so verwirrt, dass er sich gar nicht mehr auskennt. Wie soll er da den Hütern der Zeit helfen?«, versuchte sein Papa zu erklären.

»Das mit dem Wasser ist doch toll.« Lukians Augen blitzten auf.

Sein Papa warf seiner Mama einen verzweifelten Blick zu, aber die zuckte wieder nur ratlos die Schultern. »Vielleicht ist er einfach zu jung für diese Hirngespinste«, sagte sie.

»Ja also, jetzt ist das noch toll«, versuchte sein Vater es noch einmal, »aber wenn du älter bist, wird das kompliziert. Da kann dich so etwas schon ganz schön aus der Bahn werfen, weißt du? Und das ist dann auch gefährlich, weil du dann leichter angreifbar bist und ... « Sein Papa brach ab, als er Lukians verständnislosen Blick sah und schüttelte nun seufzend den Kopf.

»Also ich bin mir ziemlich sicher, dass er das nicht versteht. Immerhin ist er erst fünf«, warf Lukians Mutter ein, dann gähnte sie. »Außerdem ist es auch spät geworden, wir sollten alle ins Bett gehen und morgen in Ruhe weiter darüber reden.«

Lukian zerrte an Papas Arm. »Aber was heißt das alles? Ich bin kein bisschen müde!«

»Okay, dann noch etwas Wichtiges zum Schluss. Unser Urahn Siegfried hat ein Buch geschrieben, um den Kaperali-Blümchen zu helfen. Als Beschützer wusste er, was passieren könnte, und er hoffte, dass der Hüter der Zeit bald einen Weg finden würde, den zweiten Auserwählten nach Trinity zu holen. Deshalb muss dieser natürlich vorher schon Bescheid wissen, worum es geht. Und das ...« Sein Papa holte Luft.

Lukian aber nutzte die Atempause gleich für die nächste Frage. »Aber warum müssen *wir* das machen?« Eigensinnig verschränkte er die Arme vor dem Körper, wie seine Mutter zuvor.

»Weil deine Zellen, das, was du da als Haut hast und so weiter«, Papa stupste Lukians Hand an, »wahrscheinlich eine Art Verbindung zum allerersten Auserwählten aufweisen. Er hatte vielleicht ähnliche.« Etwas leiser fügte er hinzu: »Wenn nicht gar dieselben.«

Lukians Mutter schüttelte vehement den Kopf. »Ich weiß, wie sehr dir diese Legende am Herzen liegt, aber es reicht! Das Ganze ist völlig absurd.«

»Aber irgendwie muss er ja ausgewählt worden sein«, beharrte Lukians Papa auf seiner Meinung. »Und in der Legende ist ganz klar von Wiedergeburt die Rede.«

Lukian sah, wie seine Mama die Augen verdrehte, und machte ein nachdenkliches Gesicht. »Wie ist Urururur...« Er versuchte, die *Urs* an den Fingern abzuzählen. »... Ururopa Siegfried da eigentlich hingekommen, wenn es doch keinen Bus gab?«

Seine Mutter nahm Papa das Buch aus der Hand. »Das weiß niemand. Vielleicht hat die Erde ja früher magische Tore besessen oder so, die nach und nach verschwanden.« Sie warf ihrem Mann einen vielsagenden Blick zu. »Wir gehen morgen alle ins Museum und du schaust dir das Originalbuch an. Okay, mein Schatz?« Sie gab Lukian einen Gute-Nacht-Kuss auf die Stirn.

»Na gut.« Auf allen Vieren hüpfte er zum Kopf des Bettes und kroch unter die Decke. »Aber ich verstehe das nicht. Die Zeit kann man nicht anfassen. Wie kann man sie dann hüten?«

Sein Papa deckte ihn ordentlich zu. »Stell dir die Zeit wie eine

Ziegenherde vor. Ziege eins ist ein Uhr, Ziege zwei ist zwei Uhr und so weiter. Die kann man schon hüten.«

»Und was frisst die Zeit?«, fragte Lukian, konnte aber ein Gähnen nicht mehr unterdrücken. »Nicht, dass sie verhungert, bevor ich die Würzelchen retten kann.«

Lukians Papa lächelte.

Sogar seine Mama schmunzelte ein wenig. »Da hast du ihm ja einen Floh ins Ohr gesetzt.«

»Die Zeit frisst alles, was atmet. Jedoch passiert es für jeden anders. Denk mal an Großtante Klara. Sie war neunzig, als sie gestorben ist. Es ist ein ewiger Zyklus, alles, was lebt, muss gehen ...«

Lukians Mutter räusperte sich. »Wie ich das aus den ganzen Erzählungen deines Papas verstanden habe, ist es so: Wenn dieser Zyklus gestört wird, wie bei den Blümchen auf Trinity, weiß die Zeit nicht mehr, was sie wann fressen soll, also frisst sie einfach wahllos alles. Ein Chaos entsteht, wie in deiner Spielzeugkiste.«

Lukian schielte zur genannten Kiste. Alles lag durcheinander, Legos, Autos, ein Püppchen, Teile von Malbüchern. »Und wie kann ich das verhindern?«

»Indem du gut auf sie achtgibst. Denn der Einzige, der Herr über die Zeit ist, der sie formen kann, ist der Auserwählte. Und das, Lukian, bist wahrscheinlich du. Wenn du etwas größer geworden bist, wirst du das besser verstehen.« Er legte seinem Sohn den Plüschesel ins Bett und erhob sich wieder. »Und jetzt gute Nacht, mein Schatz.«

Lukian schaute auf den Plüschesel, dann zur Tür. Er zog die Decke weit hoch, bis ans Kinn. Irgendwie ließ es ihm keine Ruhe. »Papa?«

»Ja?«

»Ich weiß nicht, ob ich die Zeit als Haustier haben möchte.« Er drückte den Esel ängstlich an sich. »Was ist, wenn sie aus Versehen *mich* frisst?«

Sein Papa lächelte wieder, blieb aber auf der Schwelle stehen. »Davor brauchst du keine Angst haben. In gewisser Weise ist sie immer bei jedem zu Gast, ein bisschen wie das Blümchen, nur viele ignorieren sie. Denk an die Sonne: Du kannst ihre Strahlen nicht sehen, aber du fühlst ihre Wärme. Und nun versuch ein bisschen zu schlafen.«

Seine Mutter kam zurück, deckte Lukian wieder zu und gab ihm noch einen Kuss auf die Stirn. Dann verließen beide den Raum.

Lukian blickte auf das gute Feuer, welches an seinen Wänden flammte.

Sein Papa hatte recht, er musste keine Angst haben. Schließlich hatte er das Würzelchen. Und seinen Esel. Auf ihn warteten Abenteuer!

Er musste unbedingt herausfinden, was in dieser merkwürdig anderen Welt los war.

»Nacht, Kaperli«, flüsterte er mutig. »Ich verspreche dir, ich werde euch helfen.«

Vanessa Glau

Rituelle Reinigung mit Apfelessig

Die Geburten waren das erste Zeichen.

Weißt du, ich hatte in meinem ganzen Leben nie einen Säugling in Händen gehalten und kannte den Duft neugeborener Kinder nur aus entzückten Erzählungen. Vielleicht musste es deshalb so kommen. Ja, bis dahin hatte ich dabei stets mildes Unbehagen verspürt, die Angst, etwas falsch zu machen und etwas so Reines durch meine Berührung zu verderben.

Dann schwollen die Bäuche dreier Frauen aus dem Dorf an, die keinerlei Verbindung untereinander besaßen und nicht einmal alle im gleichen Alter waren. Der Kreis des Lebens drückte selbst bei geschlossenen Lidern gegen meine Augäpfel. Die einzige Verbindung zwischen den Frauen war ich selbst, die Beobachterin. Ich stellte mir vor, wie neue Menschen in diesen Körpern wuchsen, und fand doch keine Erklärung für diese Gleichzeitigkeit.

Die Magie des Alltags, formulierte ich zögernd eine Antwort, mit der ich mich anfreunden könnte.

Eine der drei Frauen meckerte gerne über Hebammen, die jungen Müttern nichts zutrauten und Babys jegliche Überlebensinstinkte absprachen. Die zweite erntete erstaunte Blicke, da ihre Brüste sichtlich gewachsen waren. Die dritte klagte über Gelenkschmerzen und verschanzte sich in ihrem abgedunkelten Schlafzimmer.

Wenige Monate hintereinander gebaren alle drei jedoch gesunde kleine Menschen: zwei Jungen, ein Mädchen. Plötzlich war der Tratsch vergessen und alle beglückwünschten sie. Ich hieß die Flut an Neuigkeiten und kleinen Geschichten willkommen, die durch das Dorf rauschten, genoss sie aber nur aus zweiter Hand.

Eines Tages legte ich Apfelschalen und Kerngehäuse in Zuckerwasser ein, um Essig herzustellen, und zusammen mit dem Geruch überreifer Äpfel stieg die Erinnerung auf, die ich tief in Friedhofserde vergraben hatte: Damals hatte ich eine Puppe aus Kerzenwachs geknetet und einige Haare des Mannes daran befestigt. Ich hatte genug von seinen Beschwerden über meine Zerstreutheit und seinen verschwitzten Händen gehabt, die gierig zwischen meine Beine gegriffen hatten. Also hatte ich die Puppe geformt und Blut vergossen. Ohne etwas zu ahnen, hatte ich mit diesem kleinen Akt auch das Feuer in meinem Inneren getötet und seitdem nichts als tote Asche hervorgebracht.

Drei Wochen später kam das zweite Zeichen: der letzte verstreichende Tag, mit dem sich diese ungeheuerliche Tat dreimal jährte. Verstehst du? Dreifach war das Feuer zurückgekehrt und hatte mich verschlungen, dreimal hatte ich mich wieder aus den Trümmern erhoben. Drei Jahre lang hatte ich die Glut der Leiche ausgetragen und das liebgewonnen, wofür ich zuvor nur eisigen Hass übriggehabt hatte, um es im ersten Frühlingshauch endlich zu gebären.

Dies war das dritte Zeichen: Es verbrannte mich von innen, schickte dicke Rauchwolken voraus, die faulig nach Schwefel stanken. Zuerst klammerte ich mich noch an vernünftige Erklärungen, dann löschten der Schmerz und das rote Flackern hinter meinen Lidern alle Gedanken und Gefühle aus. Ich habe keine Worte dafür. Lange Zeit schwebte ich im Nichts dahin und sah gleichgültig zu, wie mein Körper schwelte und rauchte, wie rote Blitze unter der ergrauten Haut zuckten, wie die Haare kokelten und der Geruch verbrannten Fleisches in den Himmel aufstieg. Sogar die Sterne hatten sich abgewandt und so blieb der Himmel, unter dem ich lag, schwarz.

Im letzten Moment vor dem Ende wähnte ich mich in einem dunklen Haus. Vor dem Fenster saß eine alte Frau und ließ im sanften Mondlicht das Holzschiffchen auf ihrem Webstuhl vor- und zurückklappern. Dann sah die Weberin auf und in ihren Augen spiegelte sich der Sternenhimmel, den ich verloren geglaubt hatte.

»Wenn du bleibst«, sagte sie leise, »wird dieses irdische Feuer dich restlos verzehren. Kehre stattdessen zum Schicksalsrad zurück, wo du den Tod antreffen wirst. Begrüße ihn wie einen alten Freund. Wenn du das tust, wird der Baum des Lebens dein Geschenk sein.«

Und als ich wieder zu mir kam, lag dieses Geschenk zwischen meinen Beinen: nur ein Häufchen zerknitterter Kohle, bis er den dunkelroten Mund aufriss und kreischte. Seine scharfen Zähne rissen mir die Haut auf, aber er saugte und ich fühlte mich zum ersten Mal wieder würdig, etwas von der Welt Unbeflecktes in den Armen zu halten. Mit seiner kohleschwarzen Haut und den Obsidianaugen war er unzerstörbar und wunderschön.

Ich badete ihn im Wasser des Vollmonds und rieb ihn mit Apfelessig ein. Im Feuer auf dem Dorfplatz, an das ich mich setzte, um meine müden Glieder zu wärmen, brannte Salbei. Während ich diese nötigen Arbeiten verrichtet hatte, war die Zeit wieder angelaufen. Ich spürte sie in meinen Knochen knirschen. Dann holtest du tief Luft, mein Obsidiankind, und sagtest …

»Mutter.«

M. D. Grand

Inika oder der Staub des Lebens

Ten sagte immer, der Regen röche nach Stille, aber für Inika roch er einfach nur nach Erde und Staub. Sie hatte noch nie einen Sinn für Regen gehabt. Sie mochte es nicht, wie das Wasser aus dem Boden kroch, wie sich die ganze Stadt in ein schillerndes Labyrinth verwandelte, bei dem man knöcheltief einsank, auch Stunden später noch. Um ihre Gummistiefel schmatzte es beim Gehen, überall lösten sich klitzekleine Tröpfchen aus dem Boden, wirbelten erst zittrig, dann immer kühner empor, fingen sich taumelnd in Inikas Haaren und in der Luft und reflektierten bei ihrem Aufstieg das schummrig gelbe Licht der nächtlichen Stadt.

Ten sagte, in der Welt vor der Wand fiele der Regen vom Himmel zur Erde.

Inika mochte es, wie Ten über die Welt sprach, an deren Grundrissen ihre entstanden war, wie ein verkehrter Durchschlag einer jeden Wand. Wenn er mit ruhiger Stimme erzählte, Wort für Wort sorgsam wählte, während sie nebeneinander auf den nassen Ziegeln lagen und ihre Schultern sich berührten. Über ihnen nichts als der Himmel.

Inika liebte Worte wie Ten den Regen.

Er gehörte nicht hierher. Er war aus dem Nichts aufgetaucht, einfach durch die Wand gestiegen, und nun war er da. Er gehörte nicht hierher wie die Flussfakire, die Knarzlotterchen oder die Wunschagronomen. Er gehörte vielleicht auf die Dächer, gehörte zum Regen, zu den Regenmachern, die das aufsteigende Wasser schöpften, um es von oben auf eine Welt fallen zu lassen – die *Welt vor der Wand.* Aber er gehörte nicht hierher.

Was in einer Welt verschwindet, taucht in der anderen wieder auf.

Ein ewiger Kreislauf, *das Karussell der ewigen Dinge,* zumindest da waren er und ihr Großvater sich einig. Es war in Bewegung, wenn der Regen von einer Welt in die andere fiel oder Träume durch die Mauern sickerten, verarbeitet wurden und als Wünsche wieder zurückgelangten – was in einer Welt verschwand, tauchte in der anderen wieder auf. Der Regen, die Träume, die Wünsche, manchmal auch Katzen, Socken oder andere Dinge, die keinen festen Platz in einer Welt hatten. Das war normal. Aber nicht Menschen. Menschen blieben normalerweise, wo sie waren.

Und weil Ten nicht geblieben war, wo er hätte sein sollen, blieb für ihn auch kein Weg zurück.

Alles, was ihm blieb, war das Echo. Wenn die Stadt geschäftig war, hörte man es nicht. Aber in der Dämmerung, wenn alles schlief, so wie jetzt, dann war es unüberhörbar. Leise Musik, die von nirgendwo kam, manchmal sanft und melodisch, dann wieder laut und ungezähmt, ein fernes Wummern, oftmals ein Lachen, selten ein Schreien. Manchmal hörte man auch ein leises Trommeln und Grollen auf den nachtleeren Straßen oder den Schlag einer Glocke aus der anderen Welt.

Wenn Inika die Augen fest zusammenkniff, so wie jetzt, und der Mond das Licht im richtigen Winkel warf, glaubte sie hin und wieder sogar Schemen auszumachen. Einsame Spaziergänger, die durch die Dunkelheit schlenderten. Eng umschlungene Liebende am Straßenrand oder Umrisse von Fahrzeugen, von ächzenden Kutschen und einfachen Karren, die über Straßen holperten oder lautlos dahinglitten. Ein Nachhall aller Jahrhunderte, aller Leben, die das Mauerwerk durchdrungen hatten, die daran haften geblieben waren wie Schmutz. Die Flüsterer nannten es die *relative Gleichzeitigkeit der Ereignisse,* denn wie eine solche wirkte es, gemessen von Inikas einsamem Spaziergang zwischen den Wänden. Ein Gaukelspiel der Weltenverwebung, von der man vor der Wand – das wusste Inika – gar nichts verstand.

In der Welt vor der Wand glaubte man immer noch, eine Wand sei eine Wand und der Regen käme aus Wolken und die Wolken hingen am Himmel, genau wie die Sonne, die Sterne, die Farben, der Tag und die Nacht. Vor der Wand glaubte auch jeder an nur ein Gesicht. Ein Gesicht und ein Leben. Hier jedoch besaß jeder drei Leben und tausend Gesichter, jedes geboren aus einer fremden Sicht.

Für Inikas Großvater zum Beispiel sah Ten gefährlich aus, er hatte ihm das Gesicht eines Ganoven gemalt, mit Rabenhaaren und Brombeerlippen, die nur Unglück brachten, Geschichten erzählten, die besser ungesagt blieben. Geschichten, in die Inika nicht passte, sein kleines Mädchen mit den langen blonden Zöpfen und dem fröhlichen Erdbeermund. Doch Inika war kein kleines Mädchen mehr. Nicht für sich und schon gar nicht für Ten. Nicht, wenn er sie ansah, wenn ihre blonden Zöpfe zu kurzen, verspielten Locken wurden, die in den Farben des Herbstes leuchteten, mit dem Wind tanzten und, ja, auch mit dem Regen. Und ihr Mund war nicht fröhlich, sondern frech und ihre Augen strahlten mit einem Wissen, das sie selbst nicht von sich kannte. Das Wissen um mehr.

Nur ein Geschenk durfte man anderen machen, ein Gesicht fürs ganze Leben, so war die Regel, wohlüberlegt.

Inika aber hielt nichts von Bräuchen: Sie malte für Ten hundert Gesichter, sorgsam gestaltet, in allen Farben der Welt. Für sie war er mal klein und frech, ein Lausbub, der sie zu immer neuen Abenteuern anstiftete. Dann wieder alt und runzelig, ein weiser Mann, der ihr Geschichten erzählte und sich ihrer Sorgen annahm, oder ein mürrischer Erwachsener, der melancholisch in den Regen starrte. Meistens aber war er jung. Und meistens – meistens war er unglücklich.

Es ist nicht normal, sagte ihr Großvater, *dass jemand so eine Sehnsucht hat.*

Großvater war Luftverkäufer, er verstand nichts von geteilten Leben. Seine Welt bestand aus Wüstenluft und Regenluft, aus feiner Stadtluft und weniger begehrter Landluft. Hongkong Rushhour, London Fog, Senegal Heat – das waren die Spezialitäten, mit denen er seinen Lebensunterhalt verdiente. Feinblättrig mit dem Holzmesser geschnitten, oder gröber, blockweise, mit dem Stößel zermalmt. Wie jemand sich nach einem Ort sehnen konnte, an dem man Lungen hatte und Luft atmete, statt sie zu essen, überstieg seinen Horizont. Ten hätte Grenzenzieher werden können, vielleicht sogar Lichtermaler, mit seinem Wissen und seinem Talent!

Aber Inika wusste, wie es war.

Sie wusste, dass er die Dächer nicht zurücklassen würde. Sein Zuhause. Seine Welt.

Ten sagte immer, der Regen röche nach Stille, aber sie wusste, für ihn roch er genauso nach Heimat, nach Heimweh, nach all den ungesagten, ungetanen Dingen, die er zurückgelassen hatte, vor der Wand.

Sie wusste, der Regen würde Ten nicht zurücklassen.

Genauso wenig wie sie. Denn wenn sie gemeinsam auf den nassen Ziegeln lagen und ihre Schultern sich berührten, roch der Regen wirklich ein bisschen nach Stille, und der Staub schmeckte nach Leben, und wenn sie wirklich hinhörte, wenn sie sich wirklich darauf konzentrierte, während sie mit ihm auf den nassen Ziegeln lag, dann sah sie ganz genau, was Ten sah.

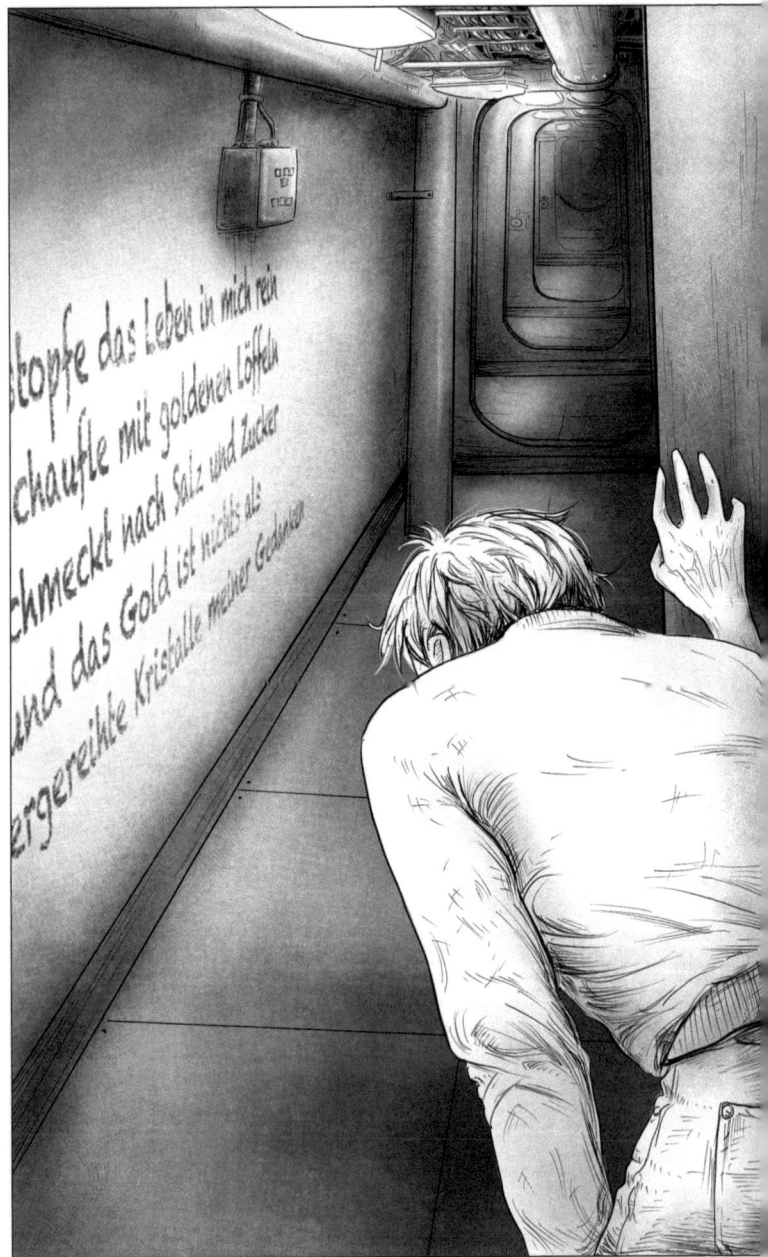

Gezeiten

Ich stopfe das Leben in mich rein
ich schaufle mit goldenen Löffeln
es schmeckt nach Salz und Zucker

Es stank nach Diesel und Teer. Karl wurde übel. Die ganze Seemanns-
romantik war ein Schwindel. Der Song auf dem aktuellen Album
kam gut an, er war der Kracher, doch jetzt schämte er sich dafür.
Er sang über schaukelnde Wellen und das Läuten der Glocken der
einfahrenden Boote, über schuftende Männer und volle Netze, über
Nächte im Hafen unter vollem Mond.

»Scheiße«, sagte er, und da er allein vor dem Schiff stand, sagte er es
wohl zu sich selbst. »Es ist nicht wahr.« Das war ihm zuwider. Seine
Lieder waren echt, sie krochen aus seiner Seele, und jetzt das. Jetzt
stand er hier und hätte am liebsten über diese Absperrungspfeiler ins
Wasser gekotzt. War das überhaupt schon das Meer? Das Wasser floss
ins Hafenbecken, doch was geschah dort mit ihm? Wurde es nicht
verwandelt? Streifte es nicht die Böden der Schiffe, wurde vergiftet
durch Öl? *Nein, das ist nicht das Meer,* entschied Karl. *Das ist nur
der Hafen, entzaubert durch das Anhängsel Industrie.*

Das Schiff, mit dem er nach Hause fahren würde, hieß Maria.
Das störte ihn. Wie konnte man einem so hässlichen Kasten einen
Namen geben, der sich nach Liebe anhörte? Der Name stand in
fetten Buchstaben quer über dem Bug. Karl schüttelte den Kopf
und griff nach seinem Koffer.

»He, komm hoch!«, brüllte jemand von oben.

Karl sah einen Mann am Ende der steilen Treppe stehen, die aus der Mitte des Schiffes nach unten führte. Er hatte einen beeindruckenden Bart, doch keine Mütze. War das der Kapitän?

Karl ging los. Die Treppe schwankte unter seinen Schuhen, er klammerte sich am Geländer fest. Den Koffer zerrte er hinter sich her, das Leder ächzte bei jeder Stufe, auf die der Koffer aufschlug. Kurz blieb Karl stehen, sicher, dass er sich übergeben musste. Ein Geruch von abgestandener Luft und Diesel kroch ihm entgegen.

»Karl, was?«, brüllte der Mann von oben und hielt ihm eine Pranke entgegen. »Wir sind schon fertig mit dem Einladen, ist uns noch nie passiert. Aber die ganzen Innereien wollten sie hierbehalten, also hatten wir wenig zu tun. Und jetzt soll er nach England, wo sie ihn ausstopfen und ins Museum hängen. Irgendwie trostlos, was?«

Karl machte ein paar letzte Schritte und griff nach der Hand. Sie war stark behaart, irgendwie fühlte er sich getröstet. Wer solche Hände hatte, würde ihn beschützen können.

»Ich bin Matthias, wir haben telefoniert.«

Karl faszinierte die englische Aussprache von *Matthias*. Er sollte einen Song schreiben, der so hieß.

»Die sind hierhergekommen und haben ihn ausgenommen«, redete Matthias, während er Karl und den Koffer ins Innere der Maria zog.

»Die vom Meeresmuseum?«, mutmaßte Karl mit brüchiger Stimme.

»Europäische Forscherstation«, korrigierte Matthias und machte ein bedeutsames Gesicht. Unter dem riesigen Bart und den mächtigen Brauen blieb nicht viel Platz für Ausdruck, Karl gefiel das.

»Warum trägst du keine Mütze? So ein Kapitänsding?«

Matthias lachte schallend. »Na, du bist mir ja ein Bursche. Komm rein, ich stell dir die Mannschaft vor.«

Karl wusste nicht, was es zu lachen gab, doch er sagte nichts.

Der Gestank krallte nach ihm und tastete nach seiner Kehle. Die Maria schaukelte, ganz leicht nur, doch ausreichend, um seinen Gleichgewichtssinn zu alarmieren. *Ein Tag,* dachte er. *Ein Tag.*

Die Maria lief von Hamburg aus, an Bord Kapitän Matthias Slummer und dreizehn Besatzungsmitglieder.

Und ein Grauwal, der den Labornamen Z56 bekommen hatte. Karl hatte bereits fünf Lieder geschrieben, Oden an den Grauwal. Der Riese des Meeres, der letzten, uneingenommenen Bastion der Erde. Wie ein Geheimniswächter. Es gab nichts, das Karl poetischer fand. Nun würde er mit einem nach England fahren.

Doch die Romantik war tot. Der Wal stank, das Schiff war immens laut, Karl ernüchtert. Was hatte er sich vorgestellt? *Durchhalten, was ist schon ein Tag?*, dachte Karl und erbrach sein Frühstück auf Kapitän Slummers blankgewienerte Schuhe.

»Na, geht's besser?« Zuerst sah Karl den Bart, dann den ganzen Mann. Matthias schob sich in die Kajüte herein. »Hier ist Tee, schwarz. Der sollte helfen.«

»Scheiße, Mann, es tut mir leid.« Karl fühlte sich wie ein Stück Holz. Er versuchte, sich nicht zu bewegen, seine Glieder waren steif.

»Das doch nicht. Ich kann dir gar nicht sagen, wie viel Kotze ich schon gesehen habe.«

Karl stöhnte nur. Das Wort *Kotze* brachte seinen Magen dazu, Karussell zu fahren. Er versuchte, sich aufzurichten. »Ich kann wohl kein Fenster aufmachen, hm?«

Wieder lachte Matthias schallend. »Bist wohl ein Komiker. Ich muss mir mal deine Sachen anhören. Hab ein Album runtergeladen. Natürlich legal! Also bezahlt und so.«

»Cool.« Karl tastete nach dem Teeglas. Auf dem Teller lag eine geviertelte Zitrone.

»Du hast einen Preis gekriegt, hab ich gelesen.«

»Wir«, sagte Karl. »Die ganze Band.«

»Ah«, machte Matthias. »Wie an Bord. Eine Mannschaft.«

Karl nickte. Das fand er gut. Eine Mannschaft.

»Wenn du Luft brauchst, musst du jetzt an Deck gehen. Hier unten gibt's nur aus der Konserve. Weiter draußen kommen Wellen, also die richtigen. Da schaukelt selbst unsere Maria ordentlich, auch wenn sie 5000 Tonnen hat. Spätestens dann solltest du schlafen.«

Karl starrte ihn an. Matthias nickte, dann verschwand er.

Der Tee hielt ihn wach. Karl überlegte, ob er einen Spaziergang durchs Schiff machen sollte. Ein Blick ins Handbuch, das in seinem Zimmer auf dem Tisch lag, zeigte die Maria und was sie wirklich war: ein Labyrinth aus Stahl und Technik. Nicht auszumalen, wenn er sich in dem Ungetüm verirren und bei hohem Seegang verloren in dunklen Gängen wanken würde. Gutes Material für einen Song, doch nichts für die Realität. Zumindest nicht für seine. Vielleicht würde er über jemanden schreiben, der durch ein Forschungsschiff stolperte. Der Marsch zu seinem Quartier hatte reichlich Stoff geliefert.

Schreiben.

Karl blickte zum aufgeschlagenen Block und dem abgewetzten Federmäppchen neben dem Handbuch der Maria. Er hatte Lust, zu schreiben, doch sein Körper gestattete es ihm nicht. Er war gezwungen, mit den Augen einen Punkt zu suchen, an dem er sich festhalten konnte. Verließ er diesen länger als zehn Sekunden, war es vorbei mit der Kontrolle über sein Gleichgewicht. Dann würde er erneut die hübsche Schüssel im Waschraum aufsuchen müssen.

»Das kann doch nicht sein. Ich werde jetzt aufstehen und mir eine Reisetablette besorgen«, sagte er entschlossen zu sich selbst. *Haha,* setzte er in Gedanken hinzu. *Die Crew braucht sicher keine Antikotzmedizin.* Er hatte die Frauen und Männer kennengelernt, alle beinharte Gestalten. Er fühlte sich nicht willkommen, wie ein Störfaktor in einer eingeschworenen Gemeinschaft. Nur einer Gefälligkeit des Kapitäns war es zu verdanken, dass Karl an Bord war. Egal. Er wollte nach Hause nach London, das allein zählte. *Wohin wollte Z56? Und bringen wir ihn jetzt heim? Warum wurde er so weit von seiner Heimat entfernt angeschwemmt?* Irgendwie wurde Karl missmutig bei dem Gedanken, dass der ausgeschlachtete Kadaver nach England gebracht wurde. *Ausgeschlachtet, das ist ganz richtig. Wir haben dich benutzt für unsere Sehnsucht nach irgendwas, was wir uns nicht selbst geben können, weil wir zu dumm sind. Ich sollte meutern, das Schiff unter meine Gewalt bringen und dich in den Pazifik bringen, irgendwie. In dein Zuhause.* Karl brummte über diesen Größenwahn. Er schaffte es nicht mal, seine Schuhe anzuziehen, ohne würgen zu müssen.

Er erhob sich wie in Zeitlupe und fixierte das Bullauge mit seinem Blick. *Fenster, eins, zwei, Schritt, Tür, eins, zwei, Schritt, Klinke, eins, zwei, Schritt.* Karl trat in den schmalen Korridor.

Den Weg zum Aufenthaltsraum hatte ihm Matthias auf der Karte des Hauptdecks eingezeichnet. Es gab nicht allzu viele Abzweigungen, was Karl gelegen kam. Immer wieder stützte er sich ab, um innezuhalten und durchzuatmen. Die Maria bewegte sich leicht hin und her, ihr Innerstes ächzte. Sie war schon zu lange im Einsatz, das hier sollte ihre letzte Fahrt sein. Karl verzog das Gesicht. Warum suchte ihn ausgerechnet jetzt dieser Gedanke heim? Vor seinem inneren Auge erschien ein Schiffsgerippe aus Stahl, das stöhnend zerfiel. Das Schiff sank und zog alles, was sich an Bord befand, in den schwarzen Rachen des Ozeans. Karl ballte die Hände, seine Nägel gruben sich ins Fleisch. *Die Maria bringt mich sicher nach Hause,* befahl er sich zu denken. *Uns alle.* Er dachte an Matthias.

Matthias würde ein neues Schiff bekommen, frisch aus der Werft, mit Fitnessraum und Sauna und einem Dutzend Laboren.

»Scheiß drauf«, hatte Matthias gesagt. »Ich liebe die alte Dame. Was soll ich mit einer Sauna?«

Im Unterdeck lag Z56, eingehüllt in Kühlaggregaten und Tonnen von Eis. Auch die Maria war ausgeschlachtet worden, sämtliche Forschungsgeräte bereits entfernt. »Es ist so leer da unten«, hatte Matthias berichtet. »Gut, dass wir auf der letzten Fahrt noch einen Gast im Bauch der Maria haben.«

So gesehen schwamm der Wal nochmal durchs Meer.

Karl hatte den Aufenthaltsraum erreicht und trat ein. Die Mannschaft saß an zu einer Tafel zusammengestellten Tischen und blickte hoch. Karl sah einige Crewmitglieder lächeln. Auch wenn es nur aus Mitleid war, es tat gut.

»Sagt mal, hat wer von euch was gegen Seekrankheit? Oder Krankheit allgemein? Oder einen Vorschlaghammer?«

Jemand erhob sich; Karl wusste nicht mehr, wer das war. Ingenieur, Offizier?

»Der Doc ist nicht an Bord, der hat schon Urlaub«, sagte der Mann und ging zu einem der Hängeschränke. »Aber hier hast du was aus den Vorräten. Tropfen oder Tabletten?« Er musterte Karl und packte sämtliche Dosen und Fläschchen. »Hier, nimm alles mit. Du siehst echt nicht gut aus.«

»Ja, meine letzte Kreuzfahrt ist schon etwas her.« Karl lächelte gequält und steckte die Medizin ein. »Ich bin echt dankbar.«

»Schreib mir einen Song.«

»Oh«, machte Karl nur, und der andere hob die Schultern.

»Ich hatte mal 'ne Freundin, die war verrückt nach deiner Band. Ich hab mir geschworen, dir eine reinzuhauen, wenn ich dich mal treffe, weil mich das so genervt hat. Schätze, ich war eifersüchtig. Lange her.«

»Jetzt wäre ein guter Zeitpunkt«, sagte Karl. »Ich kann mich nicht wehren.«

Der Mann lachte und boxte ihm leicht vor die Brust. »Willst du dich zu uns setzen? Zu essen biete ich dir lieber nichts an, aber Kartenspielen lenkt vielleicht ab.«

Karl betrachtete die Crewmitglieder. Sie sahen müde aus. Und bedrückt. Sicher schmerzte sie der Abschied. Zwei Jahre waren sie bereits gemeinsam auf dem Wasser, hatte Matthias ihm erzählt.

»Das ist sehr nett. Aber ich lege mich lieber wieder hin.«

»Alles klar.«

Er bekam noch eine Flasche Scotch und einen Eimer. Karl versprach, sich später über das Bordtelefon zu melden, und verabschiedete sich. Der Weg zurück in seine Kajüte gelang ihm weniger stöhnend, die Tablette schien bereits zu wirken. In der letzten Kurve blieb Karl stehen. Auf der Wand standen Worte. Karl las:

Ich stopfe das Leben in mich rein
ich schaufle mit goldenen Löffeln
es schmeckt nach Salz und Zucker
und das Gold ist nichts als aneinandergereihte Kristalle meiner Gedanken

Karl richtete sich vorsichtig auf. »Ein bisschen schwulstig, aber gut. Ich will auch mal Leben löffeln.« Er sah sich um. Stand da noch mehr? Er entdeckte keine weiteren Texte. Vielleicht sollte er beim nächsten Gang die Taschenlampe mitnehmen, oder zumindest sein Handy. Die Korridore waren nur spärlich beleuchtet, deswegen hatte er vermutlich die Worte vorher nicht gesehen. *Das und weil du wie ein Bückling hier durch bist.*

In seiner Koje war es gemütlich warm. Karl streckte sich. Er hatte vergessen, wie es sich anfühlte, wenn die Übelkeit nachließ. Herrlich. Fantastisch. Ein Freudenfest. Er beschloss, dass der nächste Song mit diesen Worten beginnen würde und schloss die Augen. Vielleicht sollte er einen Schluck vom Scotch nehmen, damit er besser schlafen konnte. Doch die Müdigkeit überrollte ihn wie ein Lastenzug.

Karl stöhnte. Ein Kratzen hatte ihn geweckt.

»Mann. Muss das sein?«

Er hielt still, um zu spüren, ob der Wellengang bereits zugenommen hatte. Sein Handy zeigte kurz nach Mitternacht. Karl richtete sich auf und nahm vorsorglich eine weitere Tablette. Die Maria bewegte sich noch immer leicht schaukelnd.

»Alles gut, alles gut«, sagte Karl vor sich hin. Er wandte zögerlich den Kopf, um die Übelkeit nicht herauszufordern. Das Kratzen kam aus der Wand, direkt über dem Kopfteil des Bettes. Ratten in einem Schiff? Das hier war ja kein Piratenkahn. Karl kletterte auf sein Lager und klopfte mit der Handfläche auf die Stelle. Das Geräusch verstummte und fing wieder an.

Karl stöhnte und legte sich nieder. Er zog das Kissen über den Kopf. Jetzt, da sein Gehirn das Geräusch kannte, spielte es dieses in sein Bewusstsein zurück. Als es an der Tür klopfte, zuckte er zusammen.

»Ja?«

Matthias steckte den Kopf herein. »Tim sagte, du wolltest dich melden. Die Crew sorgt sich um dich.«

»Das ist nett. Ich hab endlich schlafen können.«

Karl überlegte, ob die Besatzung sich tatsächlich sorgte oder lediglich keine weitere Leiche an Bord haben wollte.

»Ich hab dich geweckt? Tut mir leid.«

»Nein, nicht du. Da ist was in den Wänden.« Karl stand auf und setzte sich an den Tisch. Vielleicht würde er was aufs Papier bringen können. »Sind das Ratten? Ist doch alles Stahl hier? Ich dachte, die gibt es nur in Gebälk. Das kenne ich von zuhause.«

Matthias trat ein und hielt den Kopf schief. »Ratten?«

Zusammen lauschten sie.

»Da!«, rief Karl und deutete auf die Stelle über dem Kopfkissen.

Matthias nickte. »Ja, ich hör sie. Aber das sind keine Ratten.«

»Was dann?« Karl nahm die Hand vom Federmäppchen. Er wurde neugierig.

»Gezeiten«, sagte Matthias. »Ich hätte nicht gedacht, dass du sie hörst.«

»Gezeiten?«

»Ja. Schiffsgeister.«

Karl blieb der Mund offen stehen. »Was?«, fragte er schließlich.

»Geister. Gezeiten, Déjà-vu, Generationen; nenn sie, wie du willst.«

Karl sah zu der Stelle in der Wand. »Geister«, sagte er leise. Dann nickte er Matthias zu. »Setz dich doch. Ich hab Scotch da.«

Matthias lachte, sein Bart bewegte sich auf und ab.

»Hab schon gehört. Gut, dass es dir besser geht.«

»Geister, hm? Gibt es sie auf jedem Schiff?«

»Eigentlich leben sie auf dem Meer. Sie bleiben an Schiffen haften wie Muscheln, und wenn es ihnen gefällt, bleiben sie.«

Karl lauschte dem Kratzen. »Und diese hier? Sind sie schon lange da?«

»Ich denke ja. Sie waren schon vor mir auf der Maria.«

»Was machen sie?«

Matthias lachte. »Was sie machen?«

»Na ja, außer kratzen. Sie wollen doch irgendwas, oder?«

Der Kapitän maß ihn mit einem forschenden Blick. »Du bist Deutscher, richtig? Ihr Deutschen glaubt nicht an sowas, dachte ich.«

»Es gibt eigentlich nichts, an das ich nicht glaube«, sagte Karl. »Warum sollte ich zweifeln?«

»Weiß nicht. Die Menschen zweifeln. So ist das eben.«

»Ja, da ist was dran. Willst du einen Schluck? Ist ja eigentlich dein Whisky.«

»Nicht im Dienst. Na ja, nicht im letzten auf der Maria.«

»Verstehe. Haben die Gezeiten etwas mit dem Gedicht zu tun, das da in der Wand eingeritzt ist?«

Matthias kniff die Augen zusammen. »Welches Gedicht?«

»Draußen auf dem Gang. Das über Leben und Glück.«

»Ach, das. Kann sein. Die Maria hat ihre eigene Geschichte. Ich bin mit ihr verbunden, doch wir führen verschiedene Leben.«

Karl fröstelte. Er wagte nicht zu fragen, was mit dem Schiff geschehen würde.

»Deine Crew ist toll«, sagte er stattdessen. »Ihr bleibt zusammen, oder?«

Matthias nickte. »Es sieht so aus, ja.«

Sie blickten zur Wand. Das Kratzen verstummte.

»Warum dachtest du, ich höre es nicht?«, fragte Karl.

»Besucher hören sie nicht. Landmenschen. Die auf dem Meer kennen die Geister, wenn sie lang genug auf dem Wasser sind.«

»Meinst du, sie wollen etwas von mir? Wollen sie etwas von Menschen?«

Matthias schüttelte den Kopf. »Geister wollen gar nichts. Das denken wir nur immer, weil wir arrogant sind. Der Mensch kann sich nicht vorstellen, dass etwas außerhalb seines Seins existiert. Er soll der Mittelpunkt sein.«

»Da hast du schon wieder recht.« Karl fühlte sich wohl. Die Übelkeit schlummerte, sie war noch da, doch sie war leise. Das Knarzen des Schiffes kam ihm mit einem Mal vertraut vor.

»Hast du sie gesehen? Die Gezeiten?«

»Hunderte Male.«

»Und wie?«

Der Blick seines Gegenübers wurde starr. Vermutlich gingen die Gedanken hinter diesen buschigen Brauen auf Reise. »Schwierig zu erklären. Sie erzählen Geschichten.«

»Über was?«

»Über dich. Über einen selbst.«

Das Kratzen fing wieder an, Karl zog die Schultern hoch.

»Wie meinst du das?«

»Der Mensch ist nicht nur ein Körper, sagen sie. Er ist aus Schichten zusammengesetzt; wie vielen, kann ich nur ahnen.«

»Ich verstehe nicht.«

»Das Leben, das wir führen, ist eine Schicht. Andere Schichten liegen darüber. Wir selbst sehen nur eine. Die Gezeiten bewegen sich zwischen ihnen.«

Karl lehnte sich zurück. »Soll das heißen, mich gibt es öfter als nur einmal?«

»Dein Bewusstsein. Ja.«

»Aber ...« Karl verspürte den Drang, nach einem Füller zu greifen und alles aufzuschreiben, was ihm seine Gedanken entgegenschrien. Am liebsten hätte er Matthias zur Tür rausgejagt, damit er seine Ruhe hatte. Aber er musste ihm noch etwas erzählen.

»Was, wenn mir eine andere Schicht besser gefällt? Ist dir das schon mal passiert?«

Der Bart zuckte, als Matthias lächelte. Ein ganzes Buch schien sich vor seinem geistigen Auge aufzuschlagen. Matthias lächelte. Er sah selig aus. »Das werd ich dir nicht erzählen.«

»Einen Versuch war es wert.«

»Sicher.« Matthias erhob sich. »Ich muss mal was tun. Der Bericht schreibt sich nicht von selbst.«

Karl fragte sich, ob er sich mit seiner Unruhe verraten hatte. Immer wieder tasteten seine Finger nach dem Mäppchen. »Dann schreiben wir beide.«

»Sieht so aus«, erwiderte Matthias. »Der Bericht ist allerdings schnöde. Das, was du zu Papier bringen wirst, ist es wohl nicht.«

»Ich hoffe doch.«

Der Kapitän nickte wieder. »Wenn du deine Band anrufst, grüß Lydia.«

»Mach ich. Der Gefallen, den du ihr schuldest, muss wohl groß gewesen sein, wenn du mich dafür auf deinem Schiff mitnimmst.«

Matthias blickte zum Bullauge. Sein Blick war verträumt.

»Allerdings. Und ich stehe trotzdem noch in ihrer Schuld.« Er schwieg, und Karl tat es ebenfalls, um seinen Gedanken Platz zu lassen. Matthias' Blick wurde klar.

»Schlagzeugerin, was? Das passt zu ihr. Wie gesagt, grüß sie von mir. Auch wenn sie dir dafür eins mit den Drumsticks überzieht.«

Karl zog die Brauen hoch. »Das liegt im Bereich des Möglichen.«

Der Kapitän hob die Hand und schob sich zur Kajüte hinaus. »Zum Mittag gibt es was Gutes. Schau, dass du bis dahin schlafen kannst.«

»Aye«, machte Karl und grinste.

Das zweite Mal wurde er weit unsanfter geweckt. Karl schlug mit dem Kopf auf dem Boden auf.

» Scheiße!« Er stützte sich auf und tastete nach seinem Gesicht. Kein Blut. Wieder wurde er zu Boden gedrückt. Jetzt war ihm klar, warum das Bett ein Gitter hatte. Er hätte es hochziehen müssen. Die Übelkeit kehrte schlagartig zurück, er konnte noch nach dem Eimer greifen, doch die Hälfte landete auf dem Linoleum. Karl hatte nichts mehr im Magen, also erbrach er nur Schaum, und der Anblick brachte noch mehr Übelkeit.

Es dauerte länger als eine halbe Stunde, bis er sich aufgerichtet und die Schweinerei einigermaßen beseitigt hatte.

Er verbrachte weitere dreißig Minuten, in denen er an seine Koje gelehnt saß und sich mit dem Blick am Tisch festklammerte. Der Geruch seines Erbrochenen war ekelhaft, er musste es entsorgen. Er krabbelte bis zur Tür und schob den Eimer vor sich her. Die Maria bewegte sich auf den Wellen hin und her, als würde sie tanzen.

Karl griff nach der Klinke wie ein Ertrinkender. Der Weg zum Waschraum kam ihm wie eine Distanz vor, die er niemals überwinden würde. Doch die Alternative – den Eimer in der Kajüte zu behalten – kam ihm nicht besser vor. Erbärmlich wäre der passende Begriff.

Karl stolperte in den Korridor. Das Licht tauchte den schmalen Gang in gelbes Licht.

Krrr Krrr machte der Eimer, als er ihn über den Flur zum Waschraum schob. *Krrr Krrr* machte etwas, als der Eimer stand. Karl wandte den Kopf. Das Geräusch kam aus der entgegengesetzten Richtung. Er ließ den Eimer stehen und ging in die Knie. Der Seegang drückte ihn gegen die Wand, er krabbelte zurück in die Mitte des Flures und duckte sich, um den Schwerpunkt so niedrig wie möglich zu halten. Sein Magen zog sich bei jeder Welle zusammen und vor seinen Augen flimmerte es. Er schleppte sich bis zur ersten Biegung und hielt inne. Jemand hockte dort.

»Hallo«, krächzte Karl.

Die schmale Gestalt erstarrte. In der Hand hielt sie etwas. Und nun konnte Karl auch erkennen, was sie dort tat. Sie ritzte Buchstaben in die Wand.

Er runzelte die Stirn. Das war doch die Stelle, an der er das Gedicht gelesen hatte!

»Wer bist du?«, fragte er. »Bist du ein Schiffsgeist? Willst du mir ...« Er hielt sich die Hand vor den Mund, als die Gestalt sich umdrehte. »Haaaa!«, schrie er auf.

Der, der da hockte und die Worte schrieb, war er selbst. Eine dünne Ausgabe von ihm, mit langen, fusseligen Haaren und tiefen Ringen unter den Augen. In ihnen sah Karl Wahn, aber auch etwas anderes. Begehren und Glück. Eine makellose Komposition.

»Ich will dich nicht vertreiben«, sagte er und hob die Hand. »Ich habe gelesen, was du da schreibst, ich kenne es. Es ist wundervoll. Ich bin ...« Was sollte er sagen? »Ich war neidisch.«

Der andere Karl starrte ihn an, noch immer dieses pralle Glück im Gesicht, das Leben. Er richtete sich auf, stand breitbeinig vor ihm. Karl betrachtete seine Kluft, er war ein Matrose. Er schwankte hin und her, balancierte den Tanz auf den Wellen perfekt aus.

Dann drehte er sich um und lief davon. Karl blickte ihm mit zusammengekniffenen Augen nach. Es sah aus, als würde sich die Gestalt auflösen, noch während sie lief. Schließlich war sie verschwunden und übrig blieb das, was sie in der Hand gehalten hatte. Es war eine Scherbe. Karl kroch an die Wand und las die Worte.

... und das Gold ist nichts als aneinander...

Er griff nach der Scherbe und vervollständigte die Zeile:

...gereihte Kristalle meiner Gedanken.

Karl lehnte sich gegen die Wand und suchte einen Punkt, den er fixieren konnte. Es schien, als würde der Wellengang zunehmen.

»Was wolltest du mir sagen, hm? Dass ich Matrose bin? Dass ich einer sein kann? Dass ich alles sein kann? Du siehst so verdammt glücklich aus. Und du bist ich. Ich will das auch. Ich will ...« Er stürzte nach vorn und würgte.

Als die Maria in den Londoner Hafen einlief, stand Karl auf dem Containerdeck und blickte aufs Meer.

»Du siehst besser aus.« Matthias stellte sich neben ihn und folgte seinem Blick in die Weite.

»Lügner.«

Sie schwiegen eine Weile.

»Ich habe einen von ihnen gesehen«, sagte Karl schließlich. »Von den Gezeiten. Ich habe mich selbst gesehen. Auf dem Hauptdeck, in der Nähe meiner Kajüte. Das Gedicht über das Leben, ich selbst habe es dort in die Wand geritzt.«

Matthias blickte weiter aufs Wasser. »Dachte mir schon, dass eine Schicht dazugekommen ist. Deine Augen. Da sieht man das.«

Karl schüttelte den Kopf. »Wie kann das sein? Es fühlt sich so ...«

Matthias schaute erwartungsvoll, dann lächelte er. Er haute Karl auf die Schulter. »Dafür gibt es keine Worte. Und es braucht auch keine. Nun entschuldige mich, ich lege jetzt ein letztes Mal mit der Maria an.«

Karl schaute ihm nach. Er sah das Dock, sah einige Menschen dort stehen und warten. Es dauerte eine Weile, bis er den roten Mantel ausmachte. Er war ihr Lieblingskleidungsstück, doch sie musste ihn über ihrem gewölbten Bauch geöffnet tragen. Karl kniff die Augen zusammen. Dort stand seine Frau mit dem ungeborenen Kind. Sie würde ihn in die Arme schließen, und wenn sie ihn auf den Ausdruck in seinen Augen ansprach, würde er ihr davon erzählen.

Eine Rose im Schnee

Der Sonnenuntergang tropfte wie Blut vom Himmel und versickerte im Horizont. Darunter kam die Haut der Nacht zum Vorschein, auf der die Sterne schimmerten wie Sommersprossen. Grellweißer Schnee widersetzte sich trotzig der aufziehenden Dunkelheit.

Wie ein einzelnes, blindes Auge hing der Mond über den nackten Bäumen, die Äste mit Frost gesäumt wie mit eisigen Dornen. Die Dornen zischten, als der Wind hindurchpfiff und in übersprudelndem Irrsinn lachend durch den Wald tobte.

Gerade wollte er sich über den Waldrand und hinaus auf die verharschte Ebene stürzen, da entdeckte der Wind etwas und hielt so abrupt inne, dass er beinahe vornübergefallen wäre.

Eine Gestalt ging über die Ebene, aber sie *ging* nicht, wie Menschen das taten, sondern ...

Der Wind erbebte. Misstrauisch geworden pirschte er sich hinter einer Brise versteckt über die Ebene heran und blies der Gestalt mit einem sachten Pusten die Fellkapuze vom Kopf.

Dann erkannte der Wind, welches Wesen sich darunter verborgen hatte, und erstarrte. Dass er zuletzt eine von *ihnen* gesehen hatte, lag unzählige Winter zurück. Niemand wusste, woher sie kamen und wohin sie gingen. Niemand hatte sie vermisst. Dass sie wieder da waren, verhieß nichts Gutes.

Die Gestalt blieb stehen und wandte den Kopf. Die blassblauen Lippen verzogen sich zu einem Lächeln. Im Licht des blinden Mondes blitzte eine Reihe feiner, spitzer Reißzähne auf. Da wusste der Wind, dass sie ihn gesehen hatte.

»Hallo, Schneeflockenmädchen«, wisperte der Wind und kräuselte sich angespannt. Auf der Schneedecke unter ihm bildeten sich kleine Wirbel. Am liebsten wäre er davongestürmt und hätte sich im heißesten Wüstenwind versteckt, den er finden konnte, doch nicht einmal dort wäre er ganz sicher vor ihnen gewesen.

Dem Gefängnis aus Reißzähnen entkam ein klirrendes Lachen und es klang wie zerbrechende Eiszapfen.

»Nicht heute, mein lieber Wind«, sagte das Schneeflockenmädchen, aber sie *sprach* dabei nicht, wie die Menschen es taten. Ihre Worte fielen vom Himmel und sanken in das Bewusstsein des Windes, wo sie schmolzen, bis er sie verstand. Trotzdem blieb die Angst. Einem Schneeflockenmädchen konnte man ebenso wenig vertrauen, wie man ihm entkommen konnte.

Mit einer traumwandlerischen Geste, so als würde sie sich nicht heimlich an der Angst des Windes laben, fuhr sich das Mädchen durch die farblosen Haare. Ein einzelner, wunderschön geformter Eiskristall löste sich aus den Strähnen und sank zu Boden. Dort, wo er den Grund berührte, brach die Schneedecke auf und eine Rose kämpfte sich an die Oberfläche. Sie stand in voller Blüte, leuchtete in einem kräftigen Herzblutrot.

Eine Farbe, die nicht in diesen Winter, in diese Zeit gehörte. Der Mond wusste es, der Wind wusste es und die Rose wusste es auch. Vor allem die Rose. Sie wollte sich gerade empört zurückziehen, da bemerkte sie das Schneeflockenmädchen, welches sich nun zu ihr niederkniete. Der Wind konnte noch den entsetzten Ausdruck der Rose sehen, bevor das Schneeflockenmädchen ihren Atem zärtlich über die Blume streichen ließ und diese buchstäblich erstarrte. Frost setzte sich auf dem Herzblut der Blütenblätter ab und kroch in ihre Adern, bis jedes Leben in der Rose zum Stillstand gekommen war.

Das Schneeflockenmädchen richtete sich wieder auf und legte

den Kopf in den Nacken. Den Wind würdigte es keines Blickes. Stattdessen sah es hinauf zu seiner alten Mutter Mond, deren blindes Auge nun weit offenstand. Zollte ihr still seinen Tribut. Der Mond antwortete nicht.

Als das Mädchen den Kopf wieder senkte, glühten seine Augen türkisgrün und gefährlich wie gefrorene Winterseen.

Es würde Tote geben. Und der Wind würde den Geruch der Leichen forttragen müssen. Irgendwohin, weit weg. Vielleicht ins Land der Wüstenwinde.

Am Horizont löste sich die Silhouette einer Stadt aus der Morgendämmerung. Teilnahmslos verblasste der blinde Mond. Von der Himmelhaut lösten sich Sommersprossen und rieselten zu Boden. Es begann zu schneien.

Als der Wind erneut hinsah, war das Mädchen verschwunden.

Endlich konnte er sich wieder regen. Vorsichtig strich er um die erstarrten Blätter der Rose herum und betrauerte still das aus seiner Zeit gerissene Leben.

Nun verstand er.

Die Rose war eine Nachricht. Eine Botschaft. Eine herzblutrote Einladung an jenen, der die Schneeflockenmädchen jagte.

Eine Liebeserklärung.

Ch'la, das Schlafmonster

Das Meer ist.

Ich bin auch.

Es ist so schön, dass wir gemeinsam sein können.

Das schwere Holz knarrt, als sich der Mast nach Lee eindreht. Jetzt bekommt der Mast mehr Wind ab, und wir nehmen an Fahrt auf. Die See ist rau, die Wellen schwanken, preschen gegen den Bug und schreien immer lauter. Ich habe keine Angst. Fietje hat keine Angst. Er dreht am Steuerrad, ruft Kommandos aus und die kleinen Helfer ziehen an Seilen, brüllen vom Ausguck herunter oder wuseln geschäftig über Deck. Gleich ist es soweit. Fietje atmet tief durch, seine Lungen füllen sich mit der kalten Luft des Meeres. Das tut er immer, kurz bevor es geschieht. Das Meer wird wilder, eine riesige Welle entsteht und wir steigen immer höher. Ich wage einen Blick nach unten. Unsere Welle hebt uns weiter nach oben, immer weiter, die Inseln in der Ferne schrumpfen, bis sie kaum mehr sind als winzige Ideen von Land.

»Abheben, jetzt!«, ruft Fietje, reißt das Steuerrad herum. Die Helfer, sie sind jeweils kaum einen Meter groß, tummeln sich um das Ankerrad, kurbeln den Anker hoch, höher als das Schiff. Er fliegt an uns vorbei, steigt in den Himmel auf, bis auch er nur noch ein winziger Punkt in meinem Sichtfeld ist. Das Schiff wirbelt herum, immer wieder dreht es sich um seine eigene Achse, bis die Welle in sich zusammenbricht. Ich liebe diesen Moment. Unter mir fallen Dutzende Tonnen Wasser zurück ins Meer. Das Schiff fällt ein Stück mit, und die Kette des Ankers spannt plötzlich. Er hält uns, doch wir werden ordentlich durchgeschüttelt. Der Anker ist in den Wolken festgehakt. Ich sehe nach oben. Eine schöne Wolke, die sich Fietje ausgesucht hat. Sie ist nicht rein weiß, sondern ein bisschen lila und rosig, an der Sonnenseite erkenne ich auch ein bisschen gelb. Sie erinnert mich an Zuckerwatte. Bestimmt kann ich später von ihr kosten.

Die Helfer versammeln sich um den Kapitän und applaudieren. Ich applaudiere mit, aber Fietje sieht mich nicht. Dabei ist er mein bester Freund. Jetzt verlässt er das Steuerrad unter tosendem Applaus, es wird ganz warm, und die See unter mir ist ruhig, als habe sie noch nie eine einzige Welle aus der Ruhe gebracht. Fietje zündet nach und nach alle Kanonen. Aus ihnen schießen die goldenen Flügel, die sofort einsatzbereit durch die Luft rudern, damit wir vorwärtskommen.

Ich krabble zu Fietje hinüber und warte, bis er mich bemerkt. »Wo fliegen wir heute hin?«, frage ich.

Er beugt sich zu mir herunter und tätschelt meinen Kopf. »Keine Angst, Lucky, wir können nicht abstürzen«, sagt er.

Heute hält er mich also für einen Hund. Das ist mir recht. Ich mache es mir im Hundekörbchen bequem, das am Fuß des Mastes erscheint. Ich schaue ihn mit meinen großen Hundeaugen an und warte auf das Abenteuer, das uns diese Nacht erwartet. Aber Fietje bleibt wie angewurzelt stehen.

»Hörst du das, Lucky?«

»Nein, was denn?«, frage ich, doch aus meinem Mund kommt nur ein »Wuff«.

Dann plötzlich höre ich es auch.

»Fietje, du kommst zu spät!«, hallt eine göttliche Stimme aus den Wolken. »Aufstehen!«

Mit einem Mal ist alles weg. Die Helfer sind verschwunden. Das fliegende Segelschiff ist fort. Fietje ist fort. Und, wie immer, verschwinde ich zuletzt.

Das war ein schöner Traum.

Fiete rieb sich die Augen, als er sich im Bett aufsetzte und noch nicht ganz klar war. Mama stand neben ihm und redete auf ihn ein. Dabei wollte Fietje viel lieber weiterschlafen. Sein Traum hatte doch erst begonnen!

»Mach dich fertig«, befahl Mama. »Ich fahr dich hin, vielleicht kommst du so noch pünktlich.«

»Mama, ich bin krank«, murmelte Fietje.

»Bist du nicht.«

Widerwillig schälte er sich aus der Wärme seiner Bettdecke und stand auf, um sich anzuziehen.

Mama verließ das Zimmer. Fietje hatte noch drei Minuten, hatte sie gesagt. Also musste er schnell sein. Er öffnete den Kleiderschrank, griff nach dem Erstbesten und versuchte, sich anzuziehen, während er gleichzeitig die richtigen Schulbücher in seine Tasche steckte. Das war keine gute Idee: Er stolperte über seine halb angezogene Hose und ließ beinahe alle Bücher fallen.

Da hörte er ein Seufzen.

Fietje hielt inne.

Ja, da war ein Seufzen, und es kam aus seinem Kleiderschrank.

Mama brüllte von unten die Treppe hoch: »Fietje, du hast noch eine Minute! Ich hab dir dein Frühstück für unterwegs eingepackt!«

Fietje verharrte noch kurz mit dem Kopf im Kleiderschrank und lauschte. Doch das rätselhafte Seufzen wiederholte sich nicht. Er würde seinen Kleiderschrank später untersuchen müssen, denn Fietje war wirklich spät dran. Er schnappte sich seine Schultasche und eilte die Treppe hinunter.

Natürlich hatte er die falschen Sachen mitgenommen. Mit dem Deutschbuch hatte Fietje weder in Bio, noch in Mathe oder Sport etwas anfangen können, und auch die Hausaufgaben hatte er auf seinem Schreibtisch vergessen. Er streckte sich auf dem Bett aus, in dem er seine Hausaufgaben immer auf dem Bauch liegend erledigte. Es war Abend. Er hatte keine Lust, seine Hausaufgaben zu machen, also malte er vor sich hin. Er malte so lange Skizzen von fliegenden Segelschiffen, bis ihm die Augen zufielen. Ohne sich die Zähne zu putzen, schlüpfte er unter die Bettdecke. Er hoffte, wieder in seinen Lieblingstraum zu gelangen.

Kaum war Fietje weggedämmert, hörte er ein Schmatzen. Er schreckte hoch. Etwas war in seinem Zimmer!

Fietje schluckte die Angst hinunter, die kurz in ihm aufkam. Als Abenteurer und Entdecker musste er dem Neuen immer neugierig gegenübertreten! Also sah er sich um, untersuchte jede Ecke wie ein richtiger Detektiv und war ganz leise, um kein Geräusch zu verpassen. Das Schmatzen hörte nicht auf, also suchte er sogar unter der Wäsche, im Mülleimer und in der Schultasche. Er hielt inne und lauschte genau. Das Geräusch kam von unter dem Bett.

Er sprang auf, ging in die Mitte des Raums und starrte auf den schwarzen Spalt unter dem Bett und hielt die Luft an. Prompt hörte das Schmatzen auf. Fietje ging auf alle Viere, pirschte sich heran und starrte in die Dunkelheit. Da bewegte sich was!

»Mama!« Fietje sprang erschrocken auf. Er riss die Tür auf und schrie weiter. »Da ist etwas in meinem Zimmer!«

Hinter ihm polterte es. Er hörte weiche, tapsige Pfoten auf dem Boden, dachte kurz an sein Haustier Lucky, aber was er dann sah, konnte kein Hund sein. Ein violettes Wesen huschte über den Teppich und verschwand eilig im Kleiderschrank, dessen Tür noch von heute Morgen einen Spalt weit offenstand.

Jetzt war auch Mama da. »Was ist los?«

»D-d-da!« Fietje zeigte auf den Kleiderschrank.

»Ist Lucky wieder nach oben gehuscht?«, fragte sie.

Fietje schüttelte den Kopf. Brave Hunde durften nur im Erdgeschoss rumlaufen und Lucky war ein braver Hund.

»Ich schaue nach.« Mama legte ihre Hand sanft auf Fietjes Kopf. »Bestimmt hat sich da nur ein Marder verirrt.« Sie lächelte ihr beruhigendes Lächeln. Dann hastete sie zum Papierkorb, drehte ihn um – obwohl er voll war! – und ging zum Kleiderschrank. Wenn Fietje all das zerknüllte Papier auf den Boden geworfen hätte, hätte er mächtig Ärger bekommen. Aber Mama durfte alles. Sie hielt den Papierkorb mit der Öffnung in Richtung des Kleiderschranks und zog dessen Tür auf.

Eine Weile geschah nichts. Dann begann Mama, die akkurat zusammengelegten Kleiderstapel aus dem Schrank zu ziehen. Erst der eine, nichts geschah. Dann der zweite, nichts geschah. Doch beim dritten fielen ihr die T-Shirts aus der Hand, sodass sie unordentlich auf dem Boden landeten.

Ein kleines, dickes Wesen mit verfilztem Fell schaute Mama kurz an, als stünde es unter Schock, dann hüpfte es blitzschnell aus dem Kleiderschrank, lief unter dem Papierkorb durch und raus aus der Tür. Mama war wie erstarrt, sie hielt den Papierkorb noch immer fassungslos in der Hand.

Wie in Zeitlupe drehte sie sich zu Fietje um. Sie sah ihn mit großen Augen an. »Hast du das gesehen?«

Fietje nickte. Ihm kullerten Tränen über die Wangen, so sehr hatte er sich erschrocken.

»Wo ist es hingelaufen?«

Fietje starrte in den Flur hinaus. »Ich glaube, die Treppe runter. Aber vielleicht ist es auch hier oben geblieben. Wir müssen es suchen!«

»Bleib im Zimmer«, sagte Mama. Sie tauschte ihren Papierkorb gegen den Teppichklopfer, der im Flur an der Wand hing, und schloss Fietjes Zimmertür.

* * *

Ich schleppte mich von Kiste zu Kiste, nahm nacheinander Zeug heraus und sah es lustlos an. Hier war das Spielzeugschiff, das Fietje früher so gern gemocht hatte. Erst hatte sich ein Weberknecht zwischen den Segeln eingenistet, inzwischen hatte eine Kreuzspinne ihre Fäden dort gespannt. Ich hatte sie gefragt, ob sie meine Freundin sein wollte, aber sie hatte nie ein Wort mit mir gesprochen. Bestimmt konnte sie mich nicht ausstehen. Ihr Netz war nun rissig und leer; vermutlich war sie umgezogen. Ich hätte auch umziehen können, doch in all den Jahren hatte ich es nie über das Herz gebracht. Auch wenn mein Fell immer noch lila und mein Bauch kuschelig war, fühlte ich mich grau und leer.

Der nächste Karton: Schulbücher und Notizen. Einer der Hefter, den ich vor mich auf den Boden legte, war voll von witzigen Zeichnungen zwischen Mitschriften aus dem Unterricht. Bei all der Nostalgie merkte ich, dass ich traurig wurde, packte alles wieder zusammen und schlich zurück in den gelben Sack voller Kuscheltiere.

Hier war es gemütlich. Ich wohnte schon seit zehn Jahren hier, seit ich mich nicht mehr unters Bett traute.

Ich hatte große Angst, runterzugehen. Alle hassten mich. Die Menschen hassten mich. Ich hatte Angst vor der Angst meiner Familie. Sch'm hatte mir geraten, ich sollte die Familie wechseln, wenn ich so große Angst hätte. Aber ich wollte nicht weg. Ich mochte Fietje.

Dann hatte er gesagt, dass ich mager aussähe, und sogar ein bisschen krank wirkte. So war das, wenn ein Schlafmonster nicht genügend Träume abkriegte. Nachdem ich ihm aber gesagt hatte, dass ich keine anderen Träume als die von Fietje mochte, hatte Sch'm immer weniger mit mir gesprochen. Bis ich ganz allein war.

»Ch'la, du wirst noch zur Vernunft kommen«, hatte er gesagt. Immer wieder, und inzwischen war ich sicher, das waren auch seine letzten Worte gewesen, bevor er mich nicht mehr besuchen gekommen war.

Ich kuschelte mich zwischen die Schildkröte Peppy, den Tiger Ming

Ming und den Plüschhund, den Fietje noch nicht gehabt hatte, bevor seine Mutter mich vertrieben hatte. Sein Fell war weiß und braun und schwarz, und auch die Schlappohren sahen genauso aus wie die von Lucky. Ich hatte Fietjes Hund seit ein paar Jahren nicht mehr bellen gehört. Bestimmt hatte er sich in dieses Plüschtier verwandelt. Und jetzt kuschelte ich mit diesem Plüschhund und hörte nach wie vor alles, was die Menschen sagten. Jedes Wort, das Fietje in den letzten zehn Jahren in diesem Haus von sich gegeben hatte, hatte ich gehört. Aber ich, ich hatte kein einziges Wort gesagt. Und auch keines mehr geträumt.

Fietje stapfte die Treppen polternd hoch und wieder runter. Hoch, runter, hoch, runter. Immer wieder. Draußen war es offenbar zu kalt für Sport, deshalb musste er seinen Trainingsplan heute drinnen absolvieren. Wenn es Zeit für Training war, dann war es Zeit für Training. Für Fietje gab es keine Ausnahmen.

»Jetzt ruh dich doch mal aus«, brüllte Mama aus der Küche.

Ich robbte näher zur Dachbodenluke und linste in den Eingangsbereich. Fietjes Mama kam aus der Küche. »Meinst du nicht, du könntest langsam mal deine Sachen packen? Ein bisschen ausmisten?« Sie stemmte die Hände in die Hüfte und schaute Fietje dabei zu, wie er die Treppe rauf- und runterlief.

»Ausmisten steht um 21:25 auf dem Plan«, keuchte Fietje. Er lief auf der Stelle, um sich warm zu halten.

Jetzt verschränkte Mama die Arme unter der Brust. »Wie wäre es, wenn du mal umdisponierst? 21:25 Uhr schlafen, und morgen stehst du früher auf? Wenn du nicht immer so lange schlafen würdest, könntest du deinen Zeitplan auch etwas flexibler gestalten.«

»Flexibilität ist für Waschlappen«, sagte Fietje. Er nahm in dieser Runde zwei Stufen auf einmal. Die letzten vier Stufen übersprang er und landete mit beiden Füßen auf dem Boden. Er hob sein Handgelenk. Die Uhr daran begann sofort zu leuchten. Darauf stand eine

147. Eigentlich konnte ich die Uhr lesen, aber dieser Zahl fehlte etwas. Eine wirklich komische Uhrzeit.

Ich schreckte hoch. War wohl eingenickt. Ich schaute von der Dachluke aus nach unten. Jetzt war die Wohnung still, dafür standen überall Kartons. Schlaftrunken kroch ich zurück und machte es mir in meinem geliebten Kuscheltierversteck gemütlich. Ich wollte mein Schläfchen gerade fortsetzen, als ich verstand. Ich riss die Augen auf und war plötzlich hellwach. Der Tag, den ich erfolgreich verdrängt und vor dem ich mich monatelang gefürchtet hatte, war gekommen: Er zog aus! Fietje ging fort!

Wenn er wirklich verschwand und ich all die Jahre oben auf dem Dachboden darauf gewartet hatte, dass meine Angst verflog, war das Warten dann umsonst gewesen?

Ich wollte noch einmal träumen, doch das Risiko, entdeckt zu werden, schmerzte mir im Bauch. Doch auch wenn es schief gehen würde, ein letztes Mal wollte ich auf das schöne Schiff, auf dem Fietje die letzten dreitausendsiebenhundert Nächte ohne mich geflogen war. Meine Nase zuckte, als ich mich an die salzige Seeluft erinnerte, die mir ins Gesicht geblasen hatte, wenn wir mit dem Schiff abgehoben waren. Ich dachte an die vielen fantastischen Wesen, die Abenteuer, die neuen Freunde. Und daran, wie furchtlos Fietje schon als kleiner Junge gewesen war. Ich war schon ein altes Monster und sollte mindestens so mutig sein wie er!

Also schüttelte ich mich, kroch aus dem gelben Sack und hielt inne. Ich kehrte um, griff Lucky und zog ihn hinter mir her, während ich zur Treppe robbte. Zum Glück war der Spalt der geschlossenen Dachluke kein Problem für mich. Ich hakte meine Kralle in die Kante, zog sie ein wenig auf und schlüpfte hindurch. Auf der anderen Seite angekommen, zog ich an Fietjes Stoffhund. Etwas hakte. Ich rüttelte an Lucky. Er passte nicht durch den Spalt!

Ich war nervös und glaubte für einen kurzen Moment, dass ich es ohne ihn nicht schaffen konnte, aber dann ließ ich mutig los und machte mich auf den Weg. Von der Dachbodenluke bis zu Fietjes Zimmer waren es nur wenige Meter. Ich huschte über die Decke in das Kinderzimmer und versteckte mich sofort hinter dem Kleiderschrank. Für einen Moment hielt ich die Luft an und erwartete lautes Geschrei. Meine Ohren wurden ganz heiß und empfindlich. Ich erwartete seine Angst, während meine Angst mich lähmte.

Ein paar Minuten lang geschah nichts. Dann aber traute ich mich, hinter dem Kleiderschrank hervorzukommen, und näherte mich Fietjes Bett. Darin lag er, fast doppelt so groß wie damals. Draußen war es dunkel. Wie immer hatte er die Rollläden nicht runtergelassen. Eines Tages wollte ich auch so mutig sein wie er. Die dunkle Nacht vor den Fenstern hatte uns früher immer Angst gemacht, denn sie ist wie Schlaf ohne Träume.

Unter seinem Bett angekommen, konnte ich kaum glauben, was ich gerade geschafft hatte. Stolz und müde von meinem Wagnis rollte ich mich zusammen und türmte etwas Staub vom Boden auf, damit die grauen Staubbüschel noch gemütlicher würden. Sie waren keine Plüschtiere, aber mit Staubmäusen konnte ich gut kuscheln. Er war bequem, der Ort, den ich seit so langer Zeit schmerzlich vermisst hatte. Dann fielen mir auch schon die Augen zu.

Menschen schreien. Sie fuchteln mit den Armen, schubsen sich und brüllen Unverständliches durcheinander. Ich bin ganz klein, sehe nur die Schuhe, die auf dem Boden herumtrampeln. Niemand beachtet mich. Sofort renne ich los, so weit wie möglich aus der Menschenmenge hinaus, immer weiter, bis ich an eine Hauswand gelange. Dort husche ich hoch, bis ich das Treiben gut überblicken kann.

Ich habe noch nie so viele Menschen gesehen. Sie sind nicht wütend, aber auch nicht glücklich. Sie alle richten ihren Blick auf ein Gebäude. Es ist groß und umgeben von einem weitläufigen Park.

Die Tür öffnet sich, aus ihr heraus tritt Fietje. Die Menschenmenge ist für einen Moment still. Dann fängt einer an zu lachen und alle anderen machen mit. Sie lachen aber nicht aus Fröhlichkeit. Es ist ein böses Lachen.

Fietje bricht in Tränen aus und flieht. Die Menschen laufen ihm hinterher. Ich tue es ihnen gleich, bin schneller als sie und hole ihn ein. Als ich mit ihm auf einer Höhe bin, schaue ich zurück, und die Menschenmenge ist verschwunden.

Verwirrt drehe ich meinen Kopf zu Fietje, der mich entsetzt anschaut. Er hört nicht auf zu weinen, dann beugt er sich zu mir und hebt mich hoch.

»Wer hat dir das angetan?«, fragt er flehentlich.

»Mir geht es gut!«, sage ich. Doch aus mir kommt kein Ton. Ich bin nicht einmal sicher, ob sich mein Mund, Maul, Schnabel oder was ich heute habe, überhaupt bewegt.

Im nächsten Moment legt Fietje mich in eine Kiste. Sie ist nicht weich, sie ist kein Bett. Es riecht nach neuen Schuhen, die hier vor nicht allzu langer Zeit gewohnt haben.

»Mach's gut«, sagt Fietje. »Ich werde dich vermissen.«

Weinend schließt er den Deckel. Die Kiste wird bewegt. Irgendwo abgestellt. Dann klingt es wie Regen, der von oben auf die Pappe prasselt. Aber es ist schwerer, wie Hagel, Sand … oder Erde.

Ich warte ein paar Minuten ab, bis das Geräusch verschwunden ist. Dann klettere ich an den Wänden des Schuhkartons hoch und hebe den Deckel an. Vor mir sehe ich einen langen, kalten Flur. Auf ihm stehen ein Mädchen und ein Junge, aber Fietje ist nicht in Sicht.

Das Mädchen drückt den Jungen an die Wand. Ihre Gesichter sind sich ganz nah, es sieht aus, als würden sie einander aufessen. Das ist kein guter Traum. Ich ziehe mich zurück in meine Kiste.

Dann plötzlich purzelt die Kiste runter, der Deckel fällt ab und ich kullere heraus. Verwirrt schaue ich mich um. Auf der einen Seite das

Mädchen und der Junge, beide erstaunt. Auf der anderen Seite Fietje, kreidebleich und furchtbar anzusehen.

»Was ist das?«, fragt das Mädchen und zeigt auf mich.

»Dein Geburtstagsgeschenk, du blöde Kuh!«, ruft Fietje und geht strammen Schrittes auf sie zu. Mit einem Satz flüchte ich zur Wand, um nicht von ihm getreten zu werden.

Der Junge boxt Fietje ins Gesicht, der sofort taumelt. Die beiden streiten sich, Fietjes Nase blutet und ich bin so schockiert, dass ich gar nicht merke, dass das Mädchen mich längst auf den Arm genommen hat.

Sie hält mir die Ohren zu, aber ich höre, was sie ruft: »Hört auf! Ihr macht ihm Angst!«

Fietje hält inne und starrt das Mädchen und mich an. »Ich wollte ihn mit dir großziehen«, sagt er weinend. »Weil du doch Lucky so sehr vermisst und wir –«

Weiter kommt er nicht, denn hinter ihm stehen plötzlich drei weitere Jungen und alle dreschen auf ihn ein. Mir wird übel.

Ich muss hier raus.

Schlagartig wachte ich auf, zog mich mit meinen zweifingrigen Krallen unter dem Bett hervor und am Bettgestell hoch. Nachdenklich schaute ich Fietje an. Das war kein schöner Traum und doch lag er dort seelenruhig in seinem Bett. Merkte er nicht, wie schlecht es ihm ging?

Mein Impuls, die Flucht zu ergreifen, erlosch in dem Moment, in dem ich sein Gesicht von Nahem sah. Wir waren Freunde, zumindest waren wir einmal welche gewesen, also musste ich ihm helfen.

Ich ging zurück in meine Ecke und streichelte sanft über mein Fell. Die filzigen Zotteln machten dabei ein herrliches Geräusch, es ratschte wie die Haarbürste von Fietjes Mama, wenn sie über ihre verknoteten Haare schimpfte. Ich liebte Knoten! Ich fuhr weiter mit den Krallenspitzen über die Zotteln. Ratsch, ratsch, rrrrtsch. Das hatte mich schon immer beruhigt. Innerhalb weniger Minuten war ich zurück im Traum.

Diesmal bin ich kein Hund. Ich bin ich. Nur fünf Mal so groß. Ich bin mindesten so groß wie Fietje. Die Schlägertypen erstarren kurz. Es verschlägt ihnen den Atem, mich zu sehen. Im nächsten Moment rennen sie schon los, bis ans Ende des Flurs und von dort aus in verschiedene Richtungen. Fietje liegt am Boden und sieht mich müde an.

»Wer bist du?«, fragt er schwach.

»Ich bin Ch'la«, antworte ich.

»Ah«, macht er.

Ich hebe Fietje auf und trage ihn wie etwas sehr Zerbrechliches. Er stöhnt bei jedem meiner Schritte, als verletze ihn jede Bewegung.

Schließlich bin ich aber angekommen, auf dem Schiff, das hinter dem steinernen Gebäude geparkt hat. Ich habe schon immer ein Händchen dafür gehabt, es zu finden. Ich lege Fietje in das Hundekörbchen, das mit mir gewachsen ist. Es ist riesig, darin hätten mindestens drei Fietjes Platz gefunden. Obwohl auch er fast doppelt so groß ist wie früher.

Das Körbchen heilt ihn. Ein paar Augenblicke vergehen, da sieht er wieder quicklebendig aus. Er springt auf und schaut sich um.

»Das ist mein Schiff!«, ruft er aus.

Er läuft umher, berührt das Holz, die Flügelkanonen, das Steuerrad. Dann dreht er sich zu mir um. »Danke.« Er steckt die Hände in die Hosentaschen und schaut zu Boden. »Warum tust du das für mich?«

»Du darfst dein Schiff nicht vergessen«, sage ich. »Es ist viel schöner als Scham, Verlust und Gewalt.«

»Auch schöner als die Angst?«

Fietjes Frage macht mich baff. Mein schlechtes Gewissen drängt sich mir auf. Ich schrumpfe auf die Hälfte meiner Größe. »Ja, es ist schöner als Angst.«

»Warum warst du so lange weg?«

»Du weißt, wer ich bin?«

Fietje schüttelt den Kopf. »Nein. Aber ich glaube, dass du früher immer da gewesen bist.« Seine Worte tun mir weh, obwohl ich nicht weiß, warum.

»Was ist passiert?«, fragt er. »So etwas wie dich habe ich noch nie gesehen.«

»Doch. Du hast mich einmal gesehen und furchtbare Angst vor mir gehabt«, gebe ich zu. Dann atme ich tief durch und erzähle ihm die ganze Geschichte. Wie ich unter seinem Bett gewohnt habe und durch seine Träume das glücklichste Schlafmonster auf Erden war. Wie ich auf den Dachboden gezogen bin, wie Sch'm mir geraten hat, die Familie zu wechseln, und wie das alle Schlafmonster tun, wenn ihre Traumgeber erwachsen werden und aufhören zu träumen. Dass ich nie einen anderen Traum als diesen wollte, und dass er mich im Traum immer nur dann sehen kann, wenn ich einer Form seiner Fantasie entspreche.

Jetzt kann ich in seinem Gesicht wieder den achtjährigen Fietje erkennen.

»Ich wohne oben bei Lucky. Der ist sowas wie mein bester Freund geworden.«

»Wie, bei Lucky? Lucky ist schon seit zwei Jahren nicht mehr da.«

»Doch, er ist noch da. Lucky hat sich in einen Stoffhund auf dem Dachboden verwandelt.« Während des Gespräches habe ich gar nicht gemerkt, wie ich auf meine ursprüngliche Größe zurückgeschrumpft bin. In seinen Augen sehe ich, dass Fietje mich wiedererkennt. Ich beginne zu weinen. Weil es so schön ist, dass ich ihm noch einmal begegnen darf? Oder weil es so traurig ist, dass ich Fietje nicht schon früher aus seinen schlimmen Träumen gerettet habe?

»Komm«, sagt er. Er reicht mir seine Hand und wir gehen zur Reling. Unter uns ruht das Meer, die Sonne scheint warm auf mich herab und ich fühle, wie eine zweite, warme Sonne in meinem Inneren scheint. Wir könnten abheben, mit dem Schiff ins Abenteuer fliegen, doch dieses Mal starren wir einfach nur schweigend auf das Meer.

Der Wecker, der Fietje aus seinem Traum reißt, kommt von den Wolken, wie damals die Stimme seiner Mama, wenn er wieder einmal verschlafen hatte. Das Schiff verschwindet. Fietje verschwindet. Dann bin auch ich weg.

Ich wachte auf und verkroch mich dieses Mal nicht wieder sofort auf den Dachboden, sondern verstecke mich auf dem Bücherregal neben der Treppe. Ein guter Beobachtungsposten.

»Fietje, ist alles im Wagen?«, rief Mama die Treppe hoch.

»Ich komme sofort!« Fietje sah sich in seinem leeren Kinderzimmer um und atmete noch einmal kräftig ein und aus. Alles war erledigt. Seine Jugend befand sich in Kartons, die bereit waren, ein Teil seines Erwachsenenlebens zu werden.

Er lief die Treppe hinunter. Draußen lehnten die beiden Frauen vom Umzugsunternehmen am Transporter. Mama stand daneben und wirkte hibbelig. Eine von den beiden Arbeiterinnen rauchte eine Zigarette. Als Fietje die Haustür hinter sich zuziehen wollte, hielt er inne.

»Moment, ich habe etwas vergessen«, entschuldigte er sich und machte auf dem Absatz kehrt.

»Wir haben nicht ewig Zeit!«, rief Mama ihm hinterher.

Die Luke des Dachbodens ließ sich leicht öffnen. Ein staubiger, muffiger Geruch kam ihm entgegen, als Fietje nach oben stieg. Er versuchte, sich einen Überblick über die Kisten und Säcke zu verschaffen, die hier schon so lange lagerten, dass niemand mehr zu glauben vermochte, dass sie jemals wieder von irgendwem gebraucht werden würden.

Etwas krabbelte über den Boden. Es war schnell und das tapsende Geräusch endete mit einem Rascheln. Igitt. Seit wann hatten sie Ratten auf dem Dachboden?

Ganz weit hinten, beim blind gewordenen Spiegel an der Wand, stand, was er suchte. Fietje ging auf den gelben Sack zu. Das oberste Plüschtier schaute aus dem Sack heraus. Es war Lucky. Er nahm ihn in die Hand und bekam sofort ein wohliges Gefühl. Für ein paar Momente schaute er sich die anderen Kuscheltiere an. Da waren Peppy und Ming Ming und das Nilpferd und der Teddy! Er erkannte nicht mehr alle seine Stofftiere, aber er sah einladende Stücke von ihnen. Braunes Fell, grünes Plüsch, lilafarbenes, filziges Haar und den Hintern eines Leoparden.

Lächelnd legte er den Plüschhund zurück in den Sack, schnürte ihn zu und schulterte ihn, bevor er die Treppe hinunterstieg und einen gelben Sack voller Kindheit mit in sein neues Leben nahm.

Babsi Schwarz

Das hungrige Wasser

Hier sollte kein Wasser sein.

Der flüchtige Gedanke huschte durch Milos Kopf wie ein Schatten und wurde von dem grellen Licht vertrieben, das nun aus zwei Taschenlampen auf ihn gerichtet wurde.

»Halt mal, Milo.« Sam drückte seinem Kumpel eine der Lampen in die Hand und schaltete die kleine Kompaktkamera an, die er sich vor einem Jahr extra für seine Videos zugelegt hatte.

»Soll ich dich filmen oder machst du das Intro als Vlog?«, fragte Ariana, die eine größere und weitaus professionellere Filmkamera geschultert hatte.

»Eigentlich will ich alles im Vlog-Format aufnehmen. Das Ding hat einen Nachtsicht-Modus, das will ich gleich mal testen. Verwackelte Bilder, unscharfe Aufnahmen, so Found-Footage-mäßig. Mit der Großen kannst du so ein paar Rundumaufnahmen vom Gebäude machen.«

Ariana seufzte schwer. »Dafür hätten wir tagsüber herkommen sollen. Oder zumindest ordentliche Beleuchtung mitbringen müssen.« Sie klang müde. Ari hätte anstatt klickfreudigen Gruselvideos lieber stechend scharfe Aufnahmen besonderer Plätze gemacht, aber Sam war schon immer die treibende Kraft der Gruppe gewesen. Ob Ari nach dem Abi in eine neue Stadt ziehen und andere Freunde suchen würde? Manchmal hatte Milo Angst, dass sie ihn zurücklassen und vergessen würde.

Milo hielt die Taschenlampe, um den beiden zu leuchten, als

Sam die ersten Probeaufnahmen anfertigte. Sams Stimme hallte gespenstisch laut von den Wänden wider.

»Hey Leute! Ich bin heute im alten Schwimmbad am Rande der Stadt. Das Gebäude soll im Frühjahr abgerissen werden und ist seit ... Fuck! Wann war das noch?« Sam kramte in seiner Hosentasche nach seinem Spickzettel, bevor er den ersten Teil des Satzes in exakt der gleichen Tonlage wiederholte. »Und ist seit 1979 geschlossen. Knapp 30 Jahre steht es also leer und der Zahn der Zeit hat wirklich daran genagt.«

Sam machte eine Pause und kratzte sich am Kinn, seine effekthascherische Erzählweise wich klaren Anweisungen. »Ari, hier bitte im Schnitt ein paar Visuals einfügen. Graffitis, zerbrochene Scheiben, die rostigen Schränke in der Umkleide und so.«

»Willst du den Ton nicht lieber nachträglich mit dem Mikro von zuhause aus aufnehmen? Es hallt hier so«, merkte Milo an und wischte sich die schwitzigen Hände an der Jeans ab, bevor er seinen Freunden Licht schenkte.

»Das schau ich mir im Schnitt an. Generell wäre es cool, wenn das Video möglichst unbearbeitet wirkt. Wir müssen sehen, ob du als *Geist* viel faken musst oder ob wir wirklich etwas Übernatürliches entdecken!« Sam formte mit den Händen einen Trichter vor seinem Mund und heulte ins Nichts. Die hohen Wände warfen ein leises Echo zurück.

»Boah, hör auf, Alter. Es ist schon gruselig genug, hier zu sein. Außerdem sollten wir nicht zu lange machen, falls doch die Bullen vorbeikommen«, meckerte Ariana. Mit gerunzelter Stirn sah sie sich um und kaute auf ihrem Lippenpiercing.

»Ihr Schisser«, stöhnte Sam auf und begann, rückwärts an der Seite des Pools entlang zu gehen, während er einige Dinge über das Schwimmbad und seine Geschichte erzählte. Seine Stimme klang so entsetzlich laut und fehl am Platz. Als würden seine Geräusche die Stille des Ortes zerreißen und somit eine unausgesprochene Regel brechen. Splitter und Dreck knirschten unter seinen Schuhen, das tiefschwarze Wasser gurgelte vor sich hin. Milo und Ariana folgten ihm schweigend mit den Taschenlampen, möglichst bedacht, keinen zusätzlichen Lärm zu machen.

»Angeblich spukt es hier, seit ein kleiner Junge in den Sechzigern ertrunken ist. Seither berichteten Angestellte des Schwimmbads immer wieder von leisem Schluchzen und Weinen. Wenige Jahre später starb ein älterer Mann an einem Herzinfarkt. Er wurde in einer der Umkleiden gefunden, mit weit aufgerissenen Augen, die Hände um das goldene Kreuz gekrallt, das er um den Hals trug. Kurz vor der Schließung des Schwimmbads rutschte eine junge Frau auf den Fliesen so ungeschickt aus, dass sie sich den Schädel brach. Man munkelt, sie habe sich vor irgendetwas erschreckt, was niemand sonst gesehen hat. Ihr Blut sickerte ins Becken und färbte das Wasser rot. Zu dieser Zeit waren zahlreiche Familien mit ihren Kindern anwesend. Dieser weitere Zwischenfall besiegelte das Ende der Schwimmhalle.« Sam schaltete seinen Camcorder aus und schnappte sich eine Wasserflasche aus dem Rucksack.

»Echt gruselig«, kommentierte Ariana und sah sich nervös um. »Ich kann schon verstehen, warum danach niemand mehr herkommen wollte. Allein die Erzählungen geben mir ein ungutes Gefühl. Aber wir haben im Psychologiekurs letztes Jahr auch über sowas geredet. Suggestion, fehlerhafte Interpretation von Geräuschen und so. Unsere Hirne können krasse Halluzinationen produzieren.«

»Meine Eltern waren damals hier«, erzählte Milo und zupfte am Saum seines T-Shirts.

»Krass, haben sie gesehen, wie ihr Schädel geplatzt ist?« Sam klang fasziniert – wie immer, wenn es um brutale oder grauenhafte Ereignisse ging.

»Sam!«, ermahnte ihn Ariana und fluchte in ihrer Muttersprache Russisch. »Ey, du bist manchmal so unsensibel.« Sie sah Milo mit einem schwachen Lächeln an.

Er schluckte und fuhr fort. Ein Schauer lief ihm über den Rücken, als er sich vorstellte, wie es sich für seine Eltern angefühlt haben musste.

»Nein, sie waren in der Umkleide und wurden direkt vom Personal wieder nach Hause geschickt. Aber sie haben die Krankenwagen und viele weinende, leichenblasse Menschen gesehen.«

»Das ist ja auch schrecklich. Mit sowas rechnet doch keiner, wenn man ins Schwimmbad geht. Und zack! Dann biste einfach tot.« Ari schüttelte sich leicht. Sie hob die Kamera und spähte durch das Objektiv, als würde sie dadurch mehr sehen können als mit bloßen Augen.

»Kann dir überall passieren«, brummte Sam und wischte damit das Thema beiseite. Er redete lieber als zuzuhören. »Lasst uns einfach schnell fertig drehen. Wollen wir rüber zu den Umkleiden und da ein paar Aufnahmen machen? Bisschen Séance-mäßig reden und dann wieder hier rüber, weil wir angeblich unerklärliche Geräusche hören. Milo, wäre gut, wenn du von hier drüben einfach ein paar Geräusche machst. Wirf irgendwas ins Wasser, stöhn rum oder so. Das hört man dann auf der Aufnahme nur ganz leicht, das wird super.«

Milo nickte, auch wenn ihm der Gedanke, alleine zurückzubleiben, nicht behagte. Sein Bauch fühlte sich an wie ein Sack voller Steine, doch er versuchte, die Nervosität weg zu atmen.

Inzwischen drehten sie diese Videos seit knapp zwei Jahren. Sie waren in alte Häuser eingestiegen, hatten in einem Waldstück gezeltet, ein Schloss besucht. Es hatte einige gruselige Erlebnisse gegeben. Stimmen, Schatten, seltsame Geräusche. In jedem Gebäude mit wenig Licht gab es etwas davon; das Meiste sortierten sie sich einfach zurecht, sodass ein spannender Kurzfilm daraus wurde. Meistens brauchten sie eine ganze Nacht für ein Video von 10 Minuten. Sam war ein großartiger Schauspieler und Ariana ohnehin so schreckhaft, dass allein das Knacken von Holzbalken ausreichte, um sie aufschreien zu lassen.

Sam lief selbstbewusst in die Dunkelheit, das Licht seiner Kamera lediglich ein kleiner Kegel auf dem Boden. Ariana folgte ihm mit einem schweren Seufzen, während Milo in der Dunkelheit zurückblieb. Er schaltete die Taschenlampe aus und konzentrierte sich auf seinen Atem.

Die Luft in der Schwimmhalle war modrig und schwer, Milos Kopf dröhnte und er spürte einen sauren Geschmack auf der Zunge. Neben ihm gluckerte das Wasser.

Hier sollte eigentlich kein Wasser sein.

Diesmal drängte sich Milo der Gedanke förmlich auf. Die schmalen Fenster, die sich unter dem Dach der Schwimmhalle befanden, waren teilweise zerbrochen. Schwarze, schimmlige Spuren, die zeigten, wo das Wasser hinabgelaufen war. Aber selbst bei Starkregen und Stürmen waren die Löcher nicht groß genug, um ein Schwimmbecken dieser Ausmaße bis zum Rand zu füllen. Oder? Außerdem sollten sich in so einem Fall doch auch Blätter oder Frösche oder irgendwelche Käfer im Wasser finden. Aber da war nichts. Nur Wasser, das im Strahl der Taschenlampe schwarz und irgendwie schlammig aussah. Auch der Boden der Schwimmhalle war trocken und staubig, außer dort, wo das Wasser gemächlich über die Ränder des Beckens schwappte und gurgelnd in den Abflüssen verschwand. Milo blinzelte verwirrt und sah sich um.

Warum war das Wasser in Bewegung?

Er stampfte mit dem Fuß fest auf den Fliesenboden, doch die Erschütterung reichte nicht, um die Flüssigkeit in Wallung zu versetzen. Also musste sich doch etwas im Wasser bewegen, oder?

Vielleicht doch Fische?

Milo schluckte den Kloß herunter, der sich in seiner Kehle bildete. Der Geruch von Chlor stieg ihm in die Nase. Er nahm ihn zum ersten Mal so präsent wahr, seit sie die Schwimmhalle betreten hatten. So beißend und intensiv, als wäre er kopfüber in den Pool gesprungen.

»Leute?«, fragte er ängstlich in die Dunkelheit. Undeutlich hörte er Sam im Nebenraum reden. Milo sollte zwar in der Finsternis in Position bleiben, bis Sam herüberkam, aber die Angst saß ihm im Nacken. Er versuchte, den Strahl der Taschenlampe zu vergrößern, um über die Wasseroberfläche zu leuchten.

Er dachte zurück an die Schauergeschichten, die man sich über den Ort erzählte. Dass der Geist des ertrunkenen Jungen hier spukte und man die junge Frau, die sich den Kopf aufgeschlagen hatte, in ruhigen Nächten wohl stöhnen hörte. Es war Milo, als könnte er die Erinnerungen des Ortes vor seinem inneren Auge sehen. Die stummen Schreie des Kindes und das grässliche Knacken, mit dem der Schädel der jungen Frau brach, das Blut, das ins Schwimmbecken lief, genauso kirschrot wie ihr Badeanzug.

Milo hatte irgendwo gelesen, dass bereits wenige Tropfen Blut ausreichten, um einen Liter Wasser komplett einzufärben. Er schüttelte den Kopf. Bestimmt gab es eine logische Erklärung für das Wasser und die Bewegung. Womöglich hatte sich ein Bach durch das Fundament gefressen. Unwahrscheinlich. Aber vermutlich nicht unmöglich. Es reichte, um die Angst ein wenig zu zügeln.

Das dunkle Wasser warf Wellen, als würde jemand darin schwimmen und Milo fröstelte. Er konnte seine Augen nicht von der sumpfigen Oberfläche lösen. Die Erwartung, etwas zu sehen, Schemen oder Glieder erkennen zu können. Hinter ihm fiel ein Tropfen laut hörbar auf den Fliesenboden und Milo fuhr herum.

Da war nichts.

Natürlich war da nichts!

Er bildete sich all das nur ein. Zu viele Horrorfilme geschaut, zu viele Sorgen im Kopf.

Es waren doch nie die Orte, die verflucht und heimgesucht waren, immer nur die Menschen. Milo wusste nicht, woher der Gedanke kam. Ihm war, als hätte Sam das irgendwann einmal gesagt.

Wieder ein Tropfen, diesmal weiter entfernt. Das Licht von Milos Taschenlampe wurde schwächer. Hatte Sam die Batterien vorher nicht ausgetauscht? Das sah ihm ähnlich! Ohne Ariana, die immer an all das Equipment und die Akkus dachte, wäre Sam aufgeschmissen!

In den Umkleiden hörte er beide über das Quietschen und Knarzen der rostigen Schränke lachen. Aber Tropfen für Tropfen wurde Milo nervöser, als würde sich die klammfeuchte Luft wie Finger um seine Lungen schließen und ihm das Atmen schwer machen. Als würde das dunkle Wasser im Schwimmbecken verdunsten und in seine Lungen kriechen, den Sauerstoff fressen, den er einatmen wollte, und mit jedem Ausatmen tiefer in seinen Rachen vordringen. Ob es hier wohl noch Spuren von verdunstetem Blut gab?

Himmel, er musste sich auf seine Arbeit konzentrieren. Über irgendwas anderes nachdenken, sonst würde er sich noch in die Hosen machen. Ganz schön schwach für einen Urban-Explorer! Er löste eine lose Fliese vom Boden und warf sie ins Wasser. Es platschte und sie ging unter. Ein ganz normaler Ort, ganz normale Dreharbeiten. Ariana und Sam waren nur einen Raum entfernt. In ein bis zwei Stunden konnten sie diesen Ort vermutlich verlassen, würden Witze reißen und sich beim Drive-in noch ein paar Pommes und Cola holen.

Laut Sam war ein Paket mit neuem Merchandise am Morgen eingetroffen, aber er wollte mit dem Auspacken auf Ari und Milo warten. Bald, wenn sein Kanal die fünf Millionen Abos knackte, würden sie den Verkauf starten. Wie schnell und rasant dieses Hobby zu etwas Geschäftlichem gewachsen war. Dennoch sehnte

Milo sich zu der Zeit zurück, als sie einfach nur in verfallene Bauernschuppen und Heulager eingestiegen waren und den ganzen Nachmittag in Zeitschriften geblättert hatten. In den schmutzigen Heftchen ihrer Väter natürlich nur, wenn Ariana nicht dabei gewesen war. Mann, waren sie damals bis über beide Ohren in ihre Freundin verknallt gewesen.

Was für schöne, sorglose Zeiten. Kaum zu glauben, wie viel sich in zwei Jahren verändern konnte. Und jetzt standen sie kurz vor dem Abitur und fragten sich, wie es weitergehen würde. Sam wollte seine Karriere als Vlogger vorantreiben und mit seinen Videos Geld machen. Ariana wollte etwas mit Tontechnik oder Schnitt studieren. Aber Milo war sich unsicher. Manchmal fühlte er sich zurückgelassen. Er blieb im Schatten des Schuppens stehen, während Sam und Ariana lachend hinaus über das sonnige Feld rannten.

Plötzlich ein spitzer Schrei. Milo zuckte zusammen, blieb aber an Ort und Stelle stehen. Schließlich drehten sie ein gruseliges Video, Ariana kreischte öfter und erntete regelmäßig viele Kommentare dafür.

»Milo!«, rief Sam und diesmal setzte er sich in Bewegung. Hinter ihm platschte etwas, doch er hatte zum Glück keine Zeit, sich darum zu sorgen. Als er in die Umkleide kam, war es stockfinster. Mit dem flackernden Strahl seiner Taschenlampe suchte er nach Ariana und Sam.

»Hier, wir brauchen Licht!«

Milo folgte den Geräuschen und schlug ungeduldig gegen seine Lampe, in der Hoffnung, dass die Batterien nur verrutscht und nicht leer waren.

»Was ist los? Was ist mit euren Taschenlampen?«, fragte Milo in die Dunkelheit, seine Kehle war kratzig und er wünschte sich einen Schluck Wasser. Er leuchtete durch den Raum, sah leere und rostige Schränke, aber seine Freunde nicht.

»Meine ist kaputt gegangen. Ohne Vorwarnung. Ich hab mich richtig erschrocken!«, hörte er Ariana mit zittriger Stimme sagen und lief weiter.

»Das Licht meiner Kamera ist auch ausgefallen. Scheißzeug. Aber zumindest ist unsere Wut und Verzweiflung dann authentisch auf Band«, bemerkte Sam trocken.

Milo hörte, wie Ariana Sam boxte. »Vollidiot! Dir geht es nur um die Klicks!«

Endlich fand Milo die beiden am Ende des Raumes am Eingang zu den Duschen.

»Schau dir das an! Hier steht alles unter Wasser. Muss irgendeinen Rohrbruch gegeben haben«, brummte Sam.

Milo leuchtete an seinen Freunden vorbei. Im Duschbereich stand ebenfalls dunkle Brühe in den Wannen der Dusche. Hier stand das Wasser still und bewegungslos.

Es tarnt sich.

Der Gedanke war schnell wieder verflogen, als Ariana an seiner Jacke zupfte.

»Leuchte mal in meine Tasche, Milo. Ich hab' noch Ersatzakkus und so eingepackt.«

»Auf dich ist immer Verlass, Ari«, lobte Milo sie. Er wandte den Blick nur widerwillig vom Wasser ab, um seiner Freundin Licht zu schenken. Sie wühlte in der Tasche, während Sam die Taschenlampen aufschraubte und die alten Batterien in seine Hosentasche stopfte.

»Wusstet ihr, dass Geister wohl gerne Elektrogeräte anzapfen, um Kraft zu tanken? Damit sie Signale senden, Gegenstände bewegen oder sich bemerkbar machen können. Krass, oder?«, erklärte Sam. »Die ganzen Profi-Geisterjäger geben zumindest jedes Mal einem Geist die Schuld, wenn irgendeine Batterie leer ist.«

»Boah, hör auf, ich find's gruselig genug hier!«

»Warum hast du eigentlich vorhin geschrien?«, fragte Milo. Er schwitzte. Die Tropfen rannen an seinem Hals hinab und wurden vom Saum seines Shirts aufgesogen. Er wollte nicht zugeben, dass er Angst hatte, aber alles in ihm schrie ihn an, diesen Ort sofort zu verlassen.

»Wir wollten uns die Duschen genauer anschauen. Bei manchen sind die Vorhänge zugezogen und ich schwöre, ich habe hinter dem Linken einen Schatten gesehen. Als würde da jemand stehen. Und dann fängt meine Taschenlampe das Flackern an und fällt aus. Ich dachte, ich krieg 'nen Herzinfarkt!«

»Alles nur Streiche, die dir dein Gehirn spielt. Pure Psychologie. Du erwartest, etwas zu sehen, also siehst du es auch«, erklärte Sam beinahe gelangweilt. »Aber der Schrei war Gold wert! Und das Wasser hat sich sogar ein bisschen bewegt als ich den Vorhang beiseitegezogen habe. Richtig nice Aufnahme. Hoffe nur, dass die Kameralampe nicht komplett hin ist. Die Aufnahme läuft noch, ich mach die Kamera aus, vielleicht ist sie nur überhitzt.«

»Spar dir deine Erklärungen, Sam!«, maulte Ariana und fummelte die neuen Batterien in ihre Taschenlampe. Als diese ohne Probleme wieder ansprang, atmeten alle erleichtert auf. Auch Sams Kamera funktionierte nach einem Neustart wieder.

»Gut, weiter geht's! Danke, Milo. Gehst du drüben wieder auf Position?«

»Klar«, sagte Milo, auch wenn ihm der Schweiß immer noch auf der Stirn stand. Ein Tropfen rann seine Wange hinab und er wischte ihn sich mit dem Jackenärmel weg. Ein zweiter lief in sein Auge, es brannte salzig.

»Halt mal kurz, ich ziehe meine Jacke aus.«

»Bist du sicher? Ich find's arschkalt hier«, sagte Ariana und nahm die Taschenlampe entgegen.

Milo schälte sich aus der Jacke, die bereits komplett nassgeschwitzt war. Er hatte gar nicht bemerkt, wie heiß ihm gewesen war.

»Hey Mann, warst du in der Plörre baden?«, fragte Sam. Verwirrt sah Milo zu seinem Freund.

»Warum?« Milo zog die Augenbrauen hoch. Hatte er vor Nervosität so geschwitzt, dass man es ihm ansehen konnte?

»Milo. Das ist nicht lustig, sondern voll eklig!«

Milo trat unsicher einen Schritt zurück, um an sich hinunter zu sehen. Seine Schuhe machten ein schmatzendes Geräusch. Das war kein Schweiß. Er war von oben bis unten durchnässt.

»Das habe ich gar nicht gemerkt bis eben. Milo, du Fuchs! Sieht natürlich gruseliger aus, so könnten wir dich sogar von hinten auf Kamera aufnehmen. Als Ertrunkener! Richtig nice.«

Milo begann zu zittern. Nein, er war nicht in den Pool gesprungen. Er wrang den Ärmel seiner Jacke aus und dunkelbraunes Wasser tropfte auf den Boden.

»Ich war bis eben nicht nass ...«, sagte er mit brüchiger Stimme. »Irgendwas stimmt hier nicht!«

»Warte, lass mich die Kamera anmachen, bevor du solche Sätze raushaust!«

»Sam, ich glaube nicht ...«, begann Ariana, die mit aufgerissenen Augen zwischen ihnen hin und her sah.

»Bitte, lasst uns von hier verschwinden. Etwas stimmt nicht. Ich schwöre bei Gott, ich war nicht im Pool, ich dachte, ich schwitze. Ich war bis eben noch nicht nass! Glaub mir, sonst hätte ich doch alles vollgetropft!«

Inzwischen stand Milo in einer kleinen Pfütze. Sam leuchtete an ihm vorbei über den Boden und wurde blass. Ein trockener, staubiger Boden. Nicht mal Fußabdrücke waren zu sehen, geschweige denn Wassertropfen.

»Du verarscht uns, Keule.«

»Ich verarsche euch nicht!« Milo wollte weinen und schreien. Er wischte sich das Wasser aus dem Gesicht und fuhr sich verzweifelt durch die nassen Haare.

»Okay, es gibt sicher eine logische Erklärung dafür.«

Sam schluckte und richtete dann den Strahl der Taschenlampe an die Decke über Milo. Angsterfüllt folgte er dem Lichtkegel. Nichts. Kein Loch in der Decke, kein Rohrbruch, keine Quelle.

Das Wasser roch nach Chlor und leicht nach Eisen. Es fühlte sich schwer und kalt an. Milo rieb sich die Arme.

»Was hat das zu bedeuten?«, fragte er ängstlich.

Er sah auf die Pfütze zu seinen Füßen. Auf der spiegelnden Oberfläche sah er sein eigenes Gesicht, verzerrt wie die hässliche Fratze eines Blobfisches. Etwas bewegte sich darin, blubberte. Ein loser Augapfel blinzelte ihm entgegen. Milo war wie festgefroren. Was war real? Was war Illusion?

Hinter ihnen gluckerte es. Sam und Ariana fuhren herum. Die Duschwannen liefen über. Die schwarze Suppe plätscherte über die Kanten und sammelte sich auf dem Boden. Doch anstatt in den tiefergelegten Ausguss zu laufen, floss es zielstrebig daran vorbei. Immer mehr davon.

»Oh Gott«, wimmerte Ariana.

»Leute, raus hier. Schnell«, sagte Sam mit zittriger Stimme und schulterte den Rucksack. Erst als er Milos Schulter berührte, konnte sich dieser aus seiner Starre lösen.

»Bloß weg hier, Mann. Komm schon!«

Milo rieb sich das Wasser aus den Augen und sah erst jetzt, wie sich die Flüssigkeit aus den Duschen zu einer Gestalt auftürmte. Er glaubte, einzelne matschige Finger und Augen darin zu sehen. Als hätte dieses hungrige Wasser bereits unzählige Menschen in die Tiefe gezogen. Nun rannte auch Milo.

Sie mussten denselben Weg zurücknehmen, über das Fenster im ehemaligen Geräteraum. Sie mussten wieder an der Schwimmhalle vorbei. Doch das Adrenalin trieb Milo voran.

Der Gestank war überall, das Wasser rauschte wie eine Stromschnelle in seinen Ohren. Endlich konnte Milo den metallischen

Geruch zuordnen: Blut. Chlor und abgestandenes Wasser und Blut.

Ariana bremste abrupt am Eingang zur Schwimmhalle. Im vorhin noch ruhigen Becken türmten sich in den Wellen Figuren auf. Mit unzähligen Armen aus Wasser und fauligem Fleisch. Zähne und Augäpfel wurden nach oben gespült.

»Der Geräteraum ist rechts. Scheißt auf das Equipment«, rief Sam. »Wir rennen auf Drei. Eins, zwei …«

Das Wasser bäumte sich auf, auch hinter ihnen rauschte es verdächtig.

»Drei!«

Sie rannten. Das Hallen ihrer Schritte wurde vom Grollen des Wassers übertönt, das über die Ränder des Beckens schwappte und seine Arme nach ihnen ausstreckte. Milo glaubte, den fauligen Geschmack von Verwesung auf der Zunge zu schmecken. Vor ihm stolperte Ariana und fiel auf die Knie. Die Taschenlampe zerschellte auf dem Boden und nun besaßen sie neben Milos flackernder Taschenlampe nur noch das schwache Licht von Sams Kamera. Gemeinsam packten Sam und Milo Ariana unter den Schultern und halfen ihr auf die Beine. Sie schluchzte und weinte vor Angst, doch sie kämpften sich weiter.

Das Wasser sprudelte über den Boden, ihre Schritte platschten auf dem schleimigen Untergrund. Milo warf einen kurzen Blick zurück und erschauderte. Es hatte sich bis zur Decke aufgetürmt, Tropfen schwebten verheißungsvoll in der Luft, während einzelne Fetzen von Fleisch aus der matschigen Brühe zu Boden flossen. Dann schoss es mit einem Mal nach vorne und wie ein Wasserfall auf sie zu.

»Schneller!«, rief Milo verzweifelt. Aus den Pfützen griffen kleine Ärmchen nach ihnen. Sie rissen an Milos Fuß, er taumelte, konnte sich gerade so aufrecht halten und ohne zu zögern ließ er seinen Schuh zurück. Als sie endlich den Geräteraum erreichten, zog Sam die schwere Metalltür hinter sich zu. Ariana humpelte auf das offene Fenster zu. Milo folgte ihr, warf aber einen Blick zurück.

»Sam, worauf wartest du?!«, schrie Ariana.

Er atmete durch und schien zu lauschen.

»Sam, jetzt komm schon!«, bettelte Milo.

»Sowas gibt es nicht! Da will uns jemand verarschen!«

»Ist doch egal, aber komm jetzt«, brüllte Ariana und kletterte aus dem Fenster. »Ich will weg von hier!«

Milo sah Sam flehend an. »Bitte, Mann.«

Als das Wasser unter und über der Tür hindurchquoll, fasste sich Milo ein Herz. Er packte Sams Arm und zog ihn mit sich. Sie kletterten durchs Fenster und liefen über den Rasen.

Ariana war bereits vorausgehumpelt. Hier draußen spendete der Mond ihnen genug Licht. Sie krabbelte durch das Loch unter dem Maschendrahtzaun hindurch, das sie gegraben hatten. Diesmal achtete niemand von ihnen darauf, dass ihre Kleidung sauber blieb oder nicht an losen Enden des Drahtes zerriss.

Sam kramte in seiner Hosentasche nach dem Autoschlüssel. Milo warf immer wieder hektische Blicke zurück zum Schwimmbad. Doch anscheinend folgte ihnen das Wasser nicht mehr. Im Mondlicht sah das verfallene Gebäude beinahe schön aus. Moos und andere Pflanzen kletterten an der Fassade des kastenförmigen Hauses empor. Die verblichenen Farben erinnerten an glücklichere Zeiten, versprachen Geheimnisse vieler schöner Sommer hinter den zerbrochenen Scheiben. Beinahe einladend. Doch als sie endlich im Auto saßen, startete Sam den Motor und sie warfen keinen Blick mehr zurück.

»Was war das? Was zur Hölle war das?«, murmelte Ariana immer wieder vor sich hin. Milo zitterte am ganzen Körper. Er fror jämmerlich, weil seine Sachen noch ganz durchnässt waren von diesem widerlichen Wasser. Wenn er nach Hause kam, würde er diese Sachen wegwerfen, verbrennen, was auch immer.

Sams Hände umklammerten das Lenkrad und sein Kiefer war angespannt, sein Blick fest auf die Straße vor ihnen gerichtet.

Als das Schwimmbad außer Sichtweite war, entspannten sich alle ein wenig.

»Sollten wir die Polizei rufen?«, fragte Milo kleinlaut.

»Nein, Mann! Das glaubt uns doch kein Mensch. Die denken sicher, das ist irgendein dummer Streich. Oder schlimmer, sie gehen auch dort hinein und sterben«, erwiderte Ariana und kaute auf ihrer Lippe, während sie sich immer wieder durch die Haare fuhr. Sie murmelte einige Worte, die sich wie ein Gebet auf Russisch anhörten.

»Ich glaub das nicht!«, knurrte Sam. »Irgendwas stimmt da doch nicht. Vielleicht haben wir Pilzsporen oder irgendein Gas eingeatmet und halluziniert.«

»Aber dann sollten wir nicht alle dasselbe sehen, oder? Und warum bin ich klitschnass?«

»Woher soll ich das wissen?«, brüllte Sam und schlug mit der Faust auf das Armaturenbrett. »Lasst uns zum Drive-in fahren und was zu essen mitnehmen. Wir schauen die Aufnahmen an, gehen morgen bei Tageslicht unsere Sachen holen und finden heraus, was passiert ist.«

»Sicher nicht. Ich will das nicht sehen, das ist sicher verflucht! Und mich kriegen keine zehn Pferde zurück in dieses Gebäude!«, sagte Ariana.

Milo atmete tief durch. »Wir sollten uns beruhigen! Essen klingt nach einer guten Idee. Ich will unbedingt aus diesen Klamotten raus. Wir beruhigen uns, atmen durch und dann entscheiden wir, was wir machen.«

Milo wachte schweißgebadet in seinem Bett auf. Die fetzenhafte Erinnerung an dieses Schwimmbad verfolgte ihn seit einer Woche regelmäßig in seine Träume. Er schauderte und rieb sich übers

Gesicht. Es war noch mitten in der Nacht. Die Gedanken an all das Wasser schienen seine Blase gefüllt zu haben. Schwerfällig schwang er die Beine über die Bettkante und schlurfte in Richtung Bad.

Hier sollte kein Wasser sein, dachte Milo noch, als er beim Betreten des Bades mit einem platschenden Geräusch in eine dunkle, modrig riechende Brühe trat.

Eva-Maria Obermann

Gedankensammler

Der blaue Schuh hat eine dünne Ledersohle, ist innen aber mit weicher Wolle gefüttert. Das Kind ist vielleicht etwas über ein Jahr, denn es läuft schon auf tapsigen Schritten durch das Wohnzimmer. Es greift den Schuh mit einem Juchzen, kaut ein bisschen darauf herum. Dann wird er geworfen, ans andere Ende des Zimmers. Es lacht, tapst hinterher. Das Spiel beginnt von vorne.

Ich warte.

Das Warten ist mir eigen, es ist meine Natur geworden. An das Davor kann ich mich nicht mehr erinnern. Es ist besser so. Erinnerungen können schmerzhaft sein, sie lösen Sehnsüchte aus und Wünsche. Doch meine Aufgabe macht es nötig, dass ich einen klaren Kopf behalte. Ich verwahre das Heiligste der Menschen, ich kenne sie alle, nur mich selbst kenne ich nicht mehr. Auch das *Wie* habe ich vergessen. Kurios. Ausgerechnet ich. Jetzt vergesse ich nichts mehr.

Ich atme das Warten ein und langsam aus, fokussiere mich. Wieder fliegt der Schuh, das Kind lacht und tapst. Ich konzentriere mich auf die Mutter. Sie sitzt auf der Treppe und beobachtet ihr Kleines. Müde, wieder eine zu kurze Nacht. Ich wittere, dass auch sie wartet. Wie ich, auf den geeigneten Moment.

Sie kann mich nicht sehen. Niemals würde sie sonst wagen, was sie jetzt tut. Sie steht langsam auf, das Kind im Blick. Vorsichtig geht sie rückwärts die zwei Treppenstufen hoch, die das Wohnzimmer von der Wohnküche trennen. Doch das Kind kümmert sich nicht darum. Es spielt mit dem Schuh. Eine weiße Wolke ziert den blauen Stoff. Es drückt auf die flauschige Applikation, steckt die Hand in die Öffnung, fühlt die Fütterung.

Erleichtert dreht die Mutter sich um, rückt ab, in die Küche. Ich höre Wasser rauschen, ein Rascheln und Knacken. Dann das Spülen der Kaffeemaschine.

Ich habe nicht viel Zeit. Das Kind dreht mir den Rücken zu. Mit einer Handbewegung beschwöre ich einen Windhauch aus dem Nirgendwo. Als der Schuh wieder fliegt, wird er zu mir geweht, landet nur wenige Zentimeter vor meinen Füßen. Das Kind quäkt.

»Ja, mein Schatz«, ruft die Mutter aus der Küche, doch sie kommt nicht. Der Kaffee ist noch nicht ganz fertig; außerdem höre ich, wie sie sich am Kühlschrank zu schaffen macht. Aber nicht nur sie hat Hunger.

Neugierig kommt das Kleine jetzt näher. Es kann mich nicht erkennen, aber vielleicht spürt es eine Vertrautheit. Denn ich bin immer da, auf die eine oder andere Art. Es dauert nur einen Wimpernschlag und ich bin sichtbar. Das Kind weitet die Augen, bleibt aber ruhig. Diese Vertrautheit verlieren die Menschen, wenn sie älter werden.

Kinder sind angenehme Geschöpfe. Sie verhandeln nicht lange, sondern erkennen, dass es zwecklos ist. Erwachsene klammern sich an alles, was sie haben, oft noch mehr als an ihre Erinnerungen. Dabei sind gerade sie so wichtig. Die Erwachsenen schreien uns an, beschimpfen uns, wimmern. Manchmal wollen sie uns mit Geld abspeisen und ja, manche von uns gehen darauf ein. Aus Mitleid, aber auch, weil wir es genießen, uns unter die Menschen zu mischen, ab und zu wie sie ein Café oder einen Buchladen zu besuchen.

Mich zieht es nicht hinaus in die Gesellschaft, aber ich gestehe, auch ich habe einen kleinen Vorrat an Geld. Manchen Menschen wäre es das Liebste, sie würden mir einfach ein altes Buch oder ihre Lieblingstasse überlassen, aber ich brauche etwas, woran ihr Herz hängt – und wenn es Münzen sind. Allerdings finde ich es frevelhaft, es einfach für meine eigenen Gelüste zu verwenden. Das ist nicht meine Aufgabe. Das Geld gehört zu dem Schatz, den ich sammle und hüte, der mir aber nicht wirklich gehört.

Das Kind ist mittlerweile bei mir angekommen. Es hält sich an meinem Bein fest, um aufzustehen. Eine ungewohnte Berührung. Die Nähe durchzuckt mich. Das ist der Nachteil an Kindern. Sie sind so neugierig. Immerzu wollen sie einen anfassen. Ihnen fehlt die Angst vor uns. Vor dem, was wir ihnen nehmen. Und sie schaffen es, dass Wünsche wach werden, die ich tief in mir versteckt habe. Wünsche von Nähe und Vertrautheit, von Miteinander und der Erinnerung, die ich längst verloren habe.

Ich weiß nicht, wann das mit den Dingen angefangen hat, oder ob es von Anfang an so war. Der Mensch ist ein Wesen, das gerne besitzt. Kleidung, Essen, später auch Spielzeug und Unnützes. Niemand braucht eine Kerze, die wie eine Katze aussieht, oder eine Miniaturausgabe eines Motorrads, aber die Menschen wollen es. Sie häufen an und packen alles in Schubladen und Kästen, in Schränke und Keller. Sie würden sich darunter begraben, wenn sie könnten, und manchmal tun sie es auch.

Aber es können nicht die Dinge gewesen sein, die uns geschaffen haben. Sonst wären wir Dingesammler, und ich bin verdammt froh, kein Dingesammler zu sein. Sie bewachen keinen Schatz, sondern häufen wahllos an, sie nutzen ihrer Familie nicht, sondern wollen nur besitzen. Sie sind Kapitalisten durch und durch. Wir sind anders. Wir sind Gedankensammler, Hüter der Erinnerungen. Nein, die Dinge sind mehr als nur eine Bezahlung. Wir verbinden die Erinnerung, die wir nehmen, mit dem Gegenstand, der Teil unseres Schatzes wird. Je wertvoller er dem Menschen ist, desto mehr Energie ziehen wir daraus, desto mehr Kraft haben wir.

Wobei kaum jemand von uns weiß. Das ist Teil der Vereinbarung, die vor aller Zeit getroffen wurde, als die Menschheit selbst noch ein Neugeborenes war. Als die Angst vor dem Vergessenwerden eine uralte Magie heraufbeschwor, die eine Person aus jeder Familie verdammte, um alle anderen zu retten. Unser Geheimnis ist Teil des Gedankens, den wir nehmen.

Die ersten Erinnerungen sind wie Schmuckstücke. Wenn mein Schatz ein Tempel wäre, lägen sie auf Podesten, angestrahlt von goldenen Leuchtern. Das Kind vor mir hat gerade erst angefangen, sich zu erinnern, eigene Gedanken zu fassen und sie zu nutzen. Deswegen ist es so wichtig, sie von Anfang an zu sammeln und zu behüten. Dann wird die Erinnerung an das Kind nicht nur in den Gedanken der anderen Familienmitglieder in meinem Schatz aufgenommen, sondern auch durch seine eigenen. Solange sich ein Gedankensammler um ihn kümmert, ihn entstaubt und sicher verwahrt, wird das Kind, wie alle aus seiner Familie, nicht in Vergessenheit geraten. Mehr noch. Es wird sich an alles erinnern können, abgesehen von den Momenten, die es mir geschenkt hat.

Außer der Schatz selbst gerät in Vergessenheit. Etwa wenn ein Gedankensammler sich nicht mehr um ihn kümmern kann, vielleicht sogar aufhört, zu existieren, und kein anderer sich dazu bereit erklärt, zu übernehmen. Dann zerfallen die Dinge und mit ihnen die Erinnerungen. Die Menschen vergessen alles, sie vergessen ihre Familie, sie vergessen sich selbst. Ich weiß, wie das ist, denn auch ich habe alles vergessen. Die Leere der fehlenden Erinnerungen füllt mich aus. Vielleicht sorge ich deshalb so gewissenhaft für die meiner Familie.

In meinem Schatz gibt es Erinnerungen, die so alt sind wie die Steine, aus denen das Haus gebaut ist, in dem das Kind die Arme unwissend nach mir ausstreckt. Ich gehe zu ihm in die Hocke.

»Na«, hauche ich.

Die Menschen hassen es, uns die Gegenstände zu überlassen,

dabei ist es der Verlust der Erinnerungen, den sie fürchten sollten. Sie gehören für immer uns und unserem Schatz. Doch nur so können wir unsere Familie beschützen, ihnen verloren geglaubte Erinnerungen wiedergeben, solange sie nicht Teil unseres Schatzes sind. Wir führen ein Museum, eine gewaltige Bibliothek der Vorstellungen.

Doch viele wollen uns mit Plunder abtun. Angeschlagene Gläser, kaputte Elektronik, langweilige Bücher. Tut das nicht. Tut das niemals. Wir wittern euren Betrug, egal wie sehr ihr dabei lächelt. Er ist das Einzige, was uns rasend macht. Ein wütender Gedankensammler wird rachsüchtig und gefährlich. Er wird euch Dinge nehmen, ohne Erinnerungen, oder Erinnerungen ohne Dinge. Und ohne Gefäß kann er sie nicht halten, sie verlieren sich für alle Zeit. Nichts wird mehr zusammenpassen und ihr werdet nicht wissen wieso. Ein wütender Gedankensammler wird eure Gedanken verwehen und euer Gedächtnis zerstören.

Das Einzige, was gefährlicher ist als ein rachsüchtiger, ist ein verlorener Gedankensammler. Einer, dessen Familie ausgestorben ist. Einer, dessen Schatz dabei ist, sich aufzulösen. Er selbst wird sich auflösen, vergehen zu einem Windhauch, der die Menschen frösteln lässt. Die Angst davor sitzt tief in ihm. Unfähig, selbst noch einen klaren Gedanken zu fassen, wird er bis zum Äußersten gehen. Er wird einen neuen Gedankensammler schaffen. Und dafür gibt es nur eine Methode. Ich denke darüber nicht gerne nach, denn es erinnert mich an das, was ich verloren habe, was ich vergessen habe. Ein verlorener Gedankensammler wird jemanden entführen, meistens ein Kind, je jünger, desto besser. Er wird ihm all seine Erinnerungen rauben und sich selbst einverleiben, eine unbändige Energie, die nur einem Ziel dient. Damit rettet er seinen Schatz vor dem Vergessen. Er verbindet die Familien, ohne dass sie im Leben eine Verbindung haben. Doch dazu nimmt er einer von ihnen ein Kind. Es wird nie mehr krank werden, nie mehr hungern, nie mehr frieren. In wenigen Tagen wird es ausgewachsen sein und alles wissen, was es wissen muss, doch an sich selbst kann es sich nie mehr erinnern. Sein Name, sein Geschlecht, seine Eltern, alles wird vergessen sein. Es wird nie wieder zurückkönnen. Seine Gefühle werden verstummen, zu seiner eigenen Sicherheit. Es weiß, dass es zu jener Familie gehört, die noch jahrelang einen Namen wimmern wird, der ihm fremd ist. Die Vermutung, zu diesem Namen zu gehören, wird verhallen in der Bedeutungslosigkeit, die notwendig ist, um nicht vor Sehnsucht zu vergehen. Er verstummt schnell, dieser Name, in der Zeit und der Größe der Familie. Gemeinsam werden sich die Gedankensammler um die Erinnerungen der neuen Familie kümmern und den alten Schatz mitbewahren. Es kann sein, dass die Gedanken der vergangenen Familie nach und nach nicht mehr gepflegt werden, doch niemand wird es merken.

Manchmal, wenn ich mir meine Schätze anschaue, ist es, als wäre da etwas. Eine Stimme, so leise, dass ich sie nicht hören kann. Weit entfernt und doch tief in mir. Ich lausche auf sie, obwohl ich das nicht sollte, aber ich kann sie nie verstehen. Dann wandere ich durch die Reihen meines Schatzes und suche nach etwas, das ich nicht erkennen kann.

Ich gehe vor dem Kind auf die Knie. Wie entfernt wir verwandt sind, kann ich nicht mehr sagen. Meine Familie ist ebenso groß wie mein Schatz; es muss Jahrzehnte her sein, wenn nicht Jahrhunderte, dass ich selbst ein Kind war. Vielleicht erkennt das Kleine mehr als ich. Habe ich die Augen seiner Mutter oder die Nase des Vaters? Es legt seine Arme um meinen Hals, als wolle es hochgehoben werden. Und ich folge dem Impuls, ehe ich darüber nachdenken kann. Wie leicht es ist. Etwas in mir rührt sich. Die Wärme des Kindes geht auf mich über. Sie durchflutet meinen Körper und mit einem Mal sehe ich ein Bild vor mir. Ein anderes Kind, ein anderes Haus. Es hat schwarze Locken, die auf und ab wippen, als es rennt. Eine glockenhelle Stimme ertönt, ganz nah und unerreichbar fern.

Etwas greift an meine Wange. Ich drehe den Kopf und sehe das Kind, keine schwarzen Haare, sondern blonde. Stolz hält es mir den Schuh entgegen und ich weiß schon die ganze Zeit, dass nur er das Ding sein kann. Das, das ich mit mir nehme.

»Danke«, flüstere ich und verstaue den Schuh in meinem Mantel. Sein Teil der Vereinbarung ist erfüllt. Ich beuge mich wieder hinunter und küsse das Kind beim Absetzen auf die Stirn. Die Erinnerung flutet in mich. Sie ist wirr. Einzelne Bilder, Wörter, Gefühle. Unordentlich, aber so echt und rein, wie sie nur bei Kindern sind. Ich schließe die Augen, werde unsichtbar, und hole den Schuh aus meiner Tasche. Erst als er vor meinem Mund ist, atme ich vorsichtig aus. Schon höre ich es leise knistern. Die Erinnerung verknüpft sich mit dem blauen Stoff, dem dünnen Leder, der warmen Füllung.

Da erfasst mich die Energie. Ich richte mich auf, scheine zu wachsen. Es knistert auch in mir. Ich seufze leise auf. Die Erinnerung an den Moment, den das Kind mir geschenkt hat, bleibt. Ein Tropfen in der Leere, die in mir herrscht. Ich verfolge, wie er durch mich rinnt und seine Spuren hinterlässt.

Das Kind sitzt vor mir auf dem Boden. Es schaut sich ratlos um, hat mich bereits vergessen. Auch dafür sorgt mein Kuss. Nun gehört es zu mir. Ich werde es besuchen, immer wieder, und sein Leben wird sich in winzigen Erinnerungen in meinem Schatz widerspiegeln. Wie jemand, der immer wieder ein Foto von ihm macht und dadurch die Veränderungen seines Lebens einfängt, werde ich seine Gedanken einfangen. Wieder quäkt es und nun kommt die Mutter, die Kaffeetasse in der einen Hand, einen Teller in der anderen.

»Was ist denn los? Wo hast du deinen Schuh hin?«

Sie seufzt und stellt ihr Frühstück auf dem Tisch ab.

»Dann lass ihn uns mal suchen.«

Ich schaue ihnen nicht zu. Das macht mich nur traurig. Sie werden den Schuh nicht mehr finden. Stattdessen bringe ich mein neuestes Juwel zu meinem Schatz. Es ist blau und eine kleine weiße Wolke ist darauf. Und in mir wird ein unscheinbarer Tropfen zu einem anderen Juwel. Eines ohne Hülle, eines, das in mir fortbesteht.

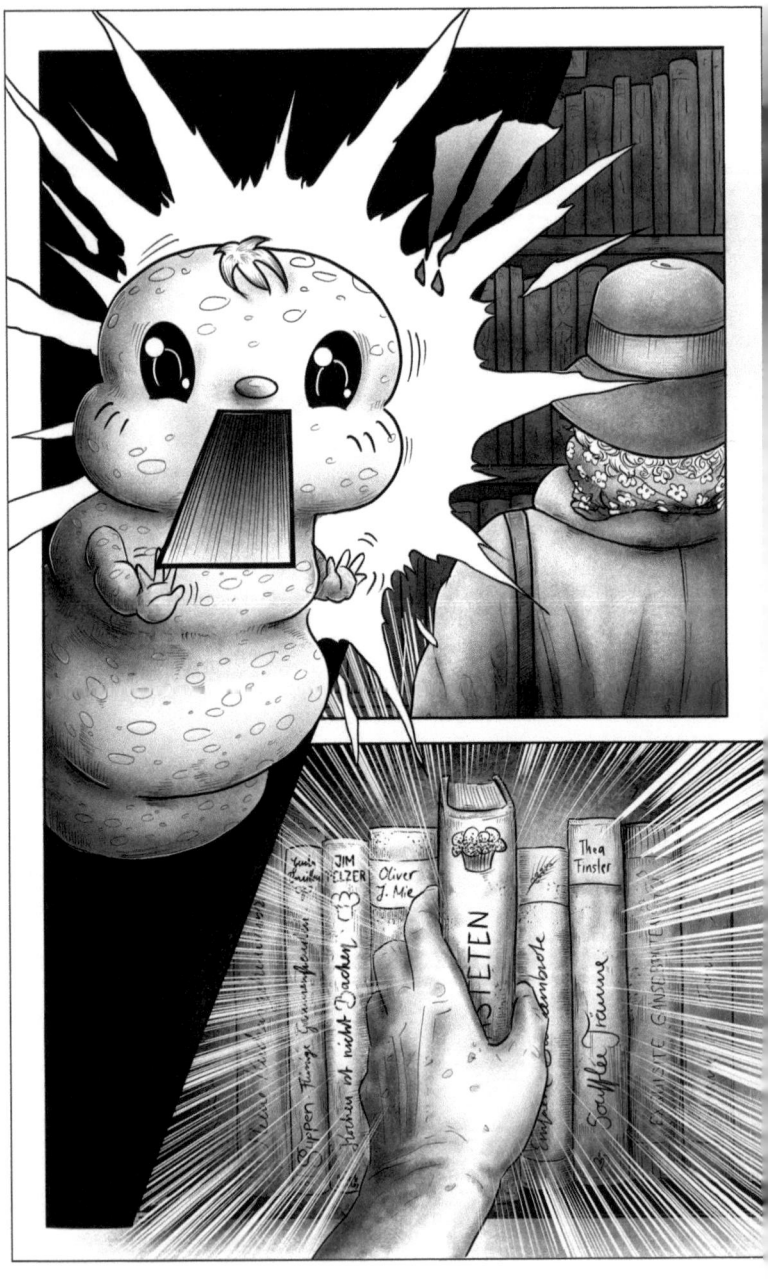

Karl

Zaghaftes Klingeln begleitete frische Morgenluft in die Weiten von Arthurs Buchladen. Die offene Türe ließ sie in den Laden, wo sie neugierig um die zahlreichen Bücher strich. Sie folgte den leuchtenden Fingern der Sonne, die behutsam in den Raum tasteten. Im Schutz einer Wand aus dicht beieinanderstehenden Buchrücken lag eine dunkelgraue Gestalt. Einen Arm auf dem runden Bauch liegend, den anderen quer über dem Gesicht, war Karl ein Buchwurm aus dem Bilderbuch. Sein runder, beinloser Körper war weich wie Gelee. Wo immer es eine Lücke zwischen den Bänden gab, fand er ein passendes Fleckchen zum Schlummern.

Nachdem er den Abend bei den Krimis verbracht hatte, hatte ihm die überbordende Fantasie viel zu lange den Puls hochgehalten. Er musste die gesamte linke Regalwand entlangkriechen, um genug der Aufregung abzubauen. Erst bei den Kochbüchern war er zur Ruhe gekommen und mit der Vorstellung an herzhafte Pasteten irgendwann schmatzend eingedöst.

Als das kühle Lüftchen ihm neckend über den Wanst strich und für wohliges Frösteln sorgte, ließ der Morgen ihn die Augen einen Spalt breit öffnen.

Pasteten.

Die Vorstellung von letzter Nacht hatte nichts von ihrer Faszination verloren. Knurrend meldete sich der Magen und beanspruchte den Gedanken sowie das daran gebundene Verlangen für sich. Doch Karl hungerte nicht nach fester Nahrung. Als Buchwurm waren es einzig Worte, die seine Gier stillen konnten, und das auf vielfältige

Weise. Doch diese heimliche Spezies an Buchwürmern aß Bücher nicht, sondern verleibte sie sich ein. Buchstäblich. Das breite Maul eines Buchwurms war flexibel und vor allem groß. Die kurze Seite eines Buches voran, passte es problemlos in den Schlund. Die Würmer lutschten und schmatzten daran, spürten die Worte, schmeckten die Geschichten und genossen die Facetten blumiger Sprache. Zogen sie ein Exemplar wieder aus ihrem Bauch hervor, war es meist gelb und sah um viele Jahre gealtert aus. Findige Buchhändler wie Arthur erfreuten sich daran, konnten sie doch anschließend dafür einiges mehr verlangen. Sie hatten auch maßgeblich dazu beigetragen, den Begriff des Bücherwurms zu prägen. Meist auf das junge Klientel bezogen, dessen Begeisterung für Worte für volle Regale sorgte – aber immer in Anlehnung an die echten Würmer, die zwar selten zu Gesicht zu bekommen, aber deren Spuren stets unübersehbar waren. Ein Schachzug, der nicht nur für herzerwärmendes Kinderlachen sorgte, sondern auch die echten Wesen dieser Gattung im Verborgenen hielt. Buchwürmer waren äußerst rar und zudem oft eigenwillig und stur. Sie längerfristig an einen Ort zu binden, bedurfte eines vielfältigen literarischen Angebots.

Karl zum Beispiel bevorzugte spannungsgeladene Lektüre. Sie war würzig, oft herb und besaß am Ende meist eine Überraschung. Stand ihm der Sinn nach Fruchtigem, kroch er zu den Märchen. Mit ihnen konnte man Geschmacksexplosionen erleben, musste jedoch aufpassen, dass einem die Intrigen und Bösewichte nicht die Zunge taub werden ließen. Dies schmälerte die Freude für etliche Tage. Nun aber war ihm gerade nach einem herzhaften Frühstück: *Pasteten.*

Zumindest glaubte er, das sie herzhaft sein würden. So ungewöhnlich es klang, ihm war es bisher nicht vergönnt gewesen, ein Koch- oder Backbuch zu probieren. Arthur hegte keine Begeisterung für derlei Lektüre und so waren sie seltene Gäste. Aber wie es der Zufall wollte, warteten einige nun auf neue Interessenten. Welch einmalige Gelegenheit!

Karl drückte sich vorsichtig hoch und spähte über die Einbände in den Verkaufsraum. Arthur war nirgends zu sehen, wahrscheinlich befand er sich im angrenzenden Arbeitszimmer. Karls Blick wanderte zur Registrierkasse und gleich darauf hinauf zur Türglocke. Ring und Ka-Tsching waren zur Abwechslung ruhig. Die beiden Buchwächter waren magische Wesen und wachten im Stillen über Arthurs Reich und seine Geheimnisse. Na ja, wenn sie es denn schafften, wirklich einmal den Mund zu halten. Karl mied sie, um nicht als Opfer ihrer Neckereien zu enden. Auch wenn er viele Bücher verschlang, machte es ihn nicht gerade schlauer. Daher verstand er meist nicht einmal, was sie von ihm wollten.

Wie der Zufall es wollte, war er unweit des Pastetenbuches eingenickt. Wahrscheinlich war ihm die Vorstellung des Geschmacks deshalb so hartnäckig im Gedächtnis geblieben. Er kroch hinüber und tastete mit seinem flexiblen Ende danach, als etwas das Licht abschnitt. Das Gesicht einer älteren Dame erschien am Regal. Augenblicklich duckte er sich. Auf keinen Fall durften Menschen erfahren, dass es ihn gab. Schreiend aus dem Laden rennende Kundschaft war selten eine Empfehlung wert. Dass jemand wie er in einem Laden erst den Drang nach Büchern auslöste, würde ohnehin niemand verstehen. Arthur war eine Ausnahme, der kannte weit mehr Geheimnisse der Buchwelt, als Karl selbst je erfahren würde.

Mit aufgerissenen Augen starrte der Wurm auf die potentielle Gefahr, die sich hinter dem schmalen Band auftürmte, der ihm den Morgen versüßen sollte. Das faltige Gesicht mit der großen, dicken Brille wanderte dicht über die Stege, mal oberhalb, mal unterhalb seiner Ebene.

»Ferfwinde«, sprach er leise. Im Gegensatz zu seinen Gedanken vermochten die dicken Lippen die Worte weniger präzise zu formen. Und dann sah er ihn. Den neugierigen Finger, der über der Buchkante auftauchte und androhte, genau sein Exemplar herauszuziehen. Er klopfte sogar mehrmals darauf! Das war nicht gut, ganz und gar nicht gut.

Von der Aufregung kurzzeitig übermannt kam Karl eine Idee. In der Deckung kroch er zum Buch und schob seinen Schwanz rechts zwischen Morgensnack und Nachbarbuch, so war es festgeklemmt. Vielleicht brachte das den Buchschreck davon ab, genau dieses Exemplar zu nehmen.

Der Finger legte sich an den Einband und zog daran. Karl spürte die Kraft und schob sein Ende nur noch weiter hinein. Unter stetem Gemurmel versuchte es die Dame weitere Male, dann wurde es ruhig. Das pochende Herz riet ihm, noch einen Moment zu warten, doch die Neugier wollte wissen, was vor sich ging. Eine Zwickmühle. Langsam zählte Karl bis drei und als sich nichts tat, stemmte er sich vorsichtig gegen das Buch, um sich zu befreien. Von der Kraft des runden Bauches beflügelt, rutschte es nach vorn und fiel der Dame entgegen.

Vermaledeite Dickbauchigkeit!

Es landete klatschend in den faltigen Händen und entlockte der Dame ein Juchzen. Der helle Spalt in der durchgehenden Wand traf Karl wie ein Fausthieb. Auf keinen Fall durfte sie damit zur Kasse gehen! Er musste es irgendwie anstellen, ihr Lust auf ein anderes Buch zu machen. Nur wie? Seine Deckung konnte er schlecht verlassen, eine Empfehlung aussprechen erst recht nicht.

»Feife«, fasste er die Ausweglosigkeit zusammen.

Moment!

Eine blasse Erinnerung trug ihm die Schemen von *Exquisite Gänsebraten, Einfache Bauernbrote, Souffleeträume und Suppen, flüssige Gaumenfreuden* vors innere Auge. Sie mussten hier irgendwo sein! Karl leckte kurzerhand über die Seiten im Schatten des Regals. In Windeseile fand er die richtigen Bücher und verpasste ihnen einen dezenten Schubs, damit sie aus der Eintönigkeit der Rücken herausstachen.

Der Trick verfehlte seinen Zweck nicht. Durch den Spalt sah er, wie die Frühstücksdiebin innehielt und den trüben Blick auf die plötzliche Veränderung richtete. Was die schlechte Sicht zunächst nicht zu identifizieren vermochte, erübrigte nun die prominente Platzierung. Karl vibrierte vor Freude.

Nimm eines der anderen. Lass mir die Pasteten.

Und sein Plan ging auf. Es ertönte das Schaben von Papier auf Holz, als der Morgensnack zurück an seinen Platz glitt. Doch nicht ganz. Noch immer klammerte sich ihr runzliger Finger daran. Es hing zu weit auf der Kante, um es zu sich zu ziehen. Sehnsüchtig nestelte Karl mit seinem spitzen Ende am vermeintlichen Ziel, als es wieder hinaus wanderte.

»Verflucht!«, brummelte er in den staubigen Dunst.

Nur wenige Exemplare hinter ihm drang plötzlich Licht herein. Die Dame war auf eine weitere seiner Ablenkungen angesprungen. Vorsichtig drehte er sich um und spähte durch die Lücke. Die Pasteten klemmten unter ihrem Arm, während sie interessiert durch die Seiten von *Soufleeträume* blätterte. Ihre *Mmhs* und *Ahs* machten den Buchwurm wahnsinnig. Warum konnte sie nicht einfach eines nehmen und ihre akustische Tortur daheim fortsetzen? Stattdessen wurde es inspiziert, als könne der nächste Schwiegersohn daraus hervorpurzeln.

Nimm es!

Und das tat sie. Vom eigenen Gelingen überrascht wanderten die Pasteten zurück an ihren Platz. Augenblicklich rutschte er hinüber. Die geschlossene Lücke fühlte sich an, als sei ein alter Freund zurückgekehrt. Zittrig rieb Karl sich am Einband, leckte mit der dicken, feuchten Zunge über das Papier, um sich einen Vorgeschmack auf die kommende Gaumenfreude zu gönnen.

Vom Erfolg seines Planes euphorisiert, ließ er den Morgensnack zurück und folgte der Dame. Wann immer sie vom Pfad zur Kasse abzuweichen drohte, schob er ihr andere Bücher entgegen. Am

Ende des Regals wanderte ihr Blick entnervt über die Fülle an farbigen Buchrücken. Hinter dem Wall aus Lesestoff verfolgte Karl, wie die Alte sich abwandte und weiter in den Raum trat, fort von ihm und seinem Gaumenschmaus.

Gutes Mädchen. Es wird Arthur eine Freude sein.

Plötzlich blieb sie stehen, sah über die Schulter hinweg und fixierte etwas.

Oh, nein. Nein, nein, nein!

Der Klang ihrer harten Absätze mutete wie die Salven eines Gewehres an, das ihm Kugeln in die Brust trieb. Zielsicher packte sie die Pasteten und riss sie fort. Karl blieb die Luft weg. Bescheidenes Schmatzen rief die Erinnerung an diese Köstlichkeiten ins Gedächtnis. Zerrissen bleckte er die Lippen, trachtete nach der Kraft der Rezepte. Er würde nie erfahren, wie sie vollends schmeckten. Welch Vielfalt den Worten innewohnte und welch Nuance das Wort *Pastete* auf der Zunge zurückließ.

Der Buchhändler erkannte den Klang des erfolgreichen Stöberns und entsagte seinem Versteck. In einem formlosen Plausch tauschte Arthur Ware gegen Geld und ließ die Unbekannte samt Entdeckungen von dannen ziehen. Karl hingegen sah regungslos durch den Spalt. Wäre er doch bloß dem Drang des Mitternachtssnacks nachgegangen, dann müsste er sich von seinem Magen nun nicht zurechtweisen lassen. Er lehnte am Spalt und kämpfte brabbelnd mit der Enttäuschung.

Dann erspähte Karl im Schimmer der Morgensonne Buchstaben, die allmählich das Wort *Tortenatlas* formten. Karl legte den Kopf schief und ließ seinen Blick immer wieder über den Einband wandern.

Tortenatlas.

Je öfter er es las, desto mehr befand sein Magen dieses Exemplar als würdige Alternative.

»Gar nift mal fo flecht«, murmelte er.

Rings Klingeln echote durch den Laden und kündigte einen neuen Kunden an. Augenblicklich schoss Karl hoch.

Dieses Mal bin ich schneller!

Katharina Stein

Nachtanbruch

Die Dunkelheit hüllte die Stadt in Stille, als er auf dem rauen Sims seines Fensters hockte, zusammengekauert wie eine Raubkatze, jederzeit bereit zum Sprung. Selbst im hellen Licht des Sommervollmonds war seine schmale Gestalt kaum von der ihn umgebenden Nacht zu unterscheiden.

Es war seine Zeit, wenn er auf die Dächer stieg und rannte, den Rausch des Sprungs und des Falls spürte und nur noch aus den Instinkten bestand, die er tagsüber mit aller Kraft zu unterdrücken versuchte. Es war die Zeit, in der er sich lebendig fühlte, anders als in seinem elenden, unbedeutenden Leben, das er hinter dem Marktstand verbrachte, wo er sich nach den Launen seiner Kunden richten musste.

Seine Nasenflügel bebten leicht, während er reglos verharrte und den Gerüchen seiner Heimat nachspürte. Aus dieser Höhe waren sie so fremd und gleichzeitig so vertraut, wie eine Melodie, die plötzlich mit einem anderen Instrument gespielt wurde.

Durch eine schmale Ritze im Mauerwerk stieg ihm der Gestank von frischem Schweiß entgegen, und er lauschte den Geräuschen des Hauses – Husten, Stöhnen, ein gelalltes Lied. Die Klänge erinnerten ihn an sein eigenes banales Leben. Hätte er die Dächer nicht gehabt, wäre auch er nur ein weiterer hustender, stöhnender, trinkender Mann gewesen. Stattdessen hatte ihn etwas nach oben getrieben, hinaus aus seinem Fenster und hinein in die Nacht. Es war ein unwiderstehlicher Lockruf, der nach Sandelholz und Abenteuern roch und den er nun schon seit zwei Sternläufen vergeblich jagte. Doch in diesem Sommer würde – *musste* – er seinen Ursprung finden. Was immer es war, das ihn Nacht für Nacht hier herauftrieb, musste endlich ihm gehören.

Lautlos lösten sich seine nackten Füße von dem Steinsims. Er sprang, schien einen Moment zu schweben, dann krallten sich seine Hände in die Dachkante des gegenüberliegenden Hauses. Mühelos zog er sich nach oben. Auf dem Dach kannte er jeden Schritt auswendig, wusste genau, wie er den Tritt auf den schwarzen, halbrunden Ziegeln setzen musste, ohne dass er das winzigste Geräusch erzeugte. Ein wildes Grinsen verzerrte sein Gesicht und verwandelte den unscheinbaren Mann in ein Wesen aus den alten Geschichten. In etwas, das nicht hierher gehörte, sondern in eine dunklere, brutalere Welt, zerstört und kalt.

Erneut setzte er zum Sprung an, stieß sich ab und flog auf das nächste Dach zu. Wieder ein Steinhaus, aber mit feiner gearbeiteten Ziegeln, die sich glatt an seine Fußsohlen schmiegten.

Der Duft wurde langsam stärker, verschob sich ein wenig nach Osten, sodass er ihm nicht mehr direkt in die Nase geweht wurde. Er folgte ihm, huschte über das Dach, hangelte sich an einer Wäscheleine entlang zum nächsten Gebäude und ließ dabei weiße, frisch gesäuberte Priestergewänder zu Boden segeln. Ein Ton löste sich von seinen Lippen, halb Kichern, halb Zischen, als er den Weg der langen Stoffbahnen in Richtung der Straße mit dem Blick verfolgte.

Es tat gut, das Helle in den Dreck gezogen zu sehen, in den es gehörte. Er begriff nicht, wieso die Menschen das Licht liebten, nur um sich in seinem Schein hinter Masken und Lügen zu verstecken. Sollte es nicht eigentlich die Wahrheit zeigen, statt sie zu verschleiern? Dafür liebte er die Nacht: Man musste sich vor niemandem verstecken. Es war die Zeit der finsteren Taten und Verschwörungen, aber immerhin tat hier niemand so, als sei er etwas, das er nicht war.

Mit einer letzten, fließenden Bewegung zog er sich auf den Fenstersims, an dem das andere Ende der Leine befestigt war, und kletterte an der Mauer entlang weiter auf das Dach. Oben angekommen hielt er abrupt inne. Ein neues Geräusch versteckte sich hinter dem Flüstern des Windes, der die letzten Stoffbahnen auf die Straße breitete. Atemzüge, flach und ruhig, lauernd, irgendwo hier auf dem Dach. Instinktiv duckte er sich, eine Hand auf dem Boden ruhend, und wich vor der unbekannten Präsenz zurück.

Ein breiter Schornstein, aus dem dunkler, bitter riechender Rauch drang, verstellte ihm die Sicht; ein Käfig voller Botenfalken, aus dem der beißende Gestank von Vogeldung zu ihm herüberwaberte, machte seine Nase nutzlos. Der Atem war verstummt. Nur der Wind biss trotz der Jahreszeit noch immer in seine Haut, riss und zerrte an ihm. Langsam bewegte er sich geduckt auf den Schornstein zu, jede Muskelfaser angespannt.

Dann hörte er den Aufprall. Er fuhr herum und entdeckte gerade noch eine geduckte, in Schwarz gehüllte Gestalt, die auf dem nächsten Dach Richtung Süden rannte. Eine alte Angst flüsterte ihm böse Gedanken zu, wie bei seinen ersten Erkundungen auf den Dächern. Es war lange her, dass ihn etwas hier oben überrascht hatte. Dann war der Duft wieder da, stärker als je zuvor, und ertränkte alle Zweifel in Jagdlust. Endlich wusste er, was er so lange verfolgt hatte.

Er zögerte keine weitere Sekunde. Seine Füße prallten auf den Stein und mit wenigen Schritten erreichte er die Dachkante. Mit einem Satz landete er auf dem niedrigeren Dach darunter, fing den Fall mit einer Rolle ab, folgte der Gestalt.

Er rannte schneller als jemals zuvor. Die Umgebung um ihn herum verschwamm; nur der Weg, der ihn zu seinem Ziel führen würde, stand ihm klar vor Augen. Alle Gedanken waren verschwunden, es blieb nur noch der Rausch der Geschwindigkeit, das Pulsieren der Kraft in seinen Muskeln, der trommelnde Rhythmus seines Herzens, der ihm in den Ohren dröhnte. Sein Instinkt leitete ihn, ließ ihn der Spur des Duftes folgen und jede Bewegung seines Ziels nachahmen. Sie rasten über langgezogene Dachfirste, kletterten an Schornsteinen empor und sprangen auf spitz zulaufende Ziegelschrägen. Er hatte seine Beute gefunden, und jetzt würde er sie nicht entkommen lassen.

Das Licht der Sterne begann bereits, vor der Morgenröte zurückzuweichen, als der Duft immer intensiver wurde und noch sein letztes bisschen Verstand überwältigte. Er kam dem fremden Wesen immer näher. Plötzlich vorsichtig geworden, hielt er inne. Er war der Jäger, doch auch Beute konnte gefährlich werden, wenn man ihr zu nahe kam.

Der Wind drehte, versuchte ihn plötzlich nach vorn zu reißen, drängte ihn weiter, doch er widerstand. Der Duft verblasste, wurde fortgetragen von den wilden Böen, und er erwachte langsam aus einem Fiebertraum. Er stand auf dem Dach eines Tempelturms, erbaut aus glattem, weißem Stein, dessen Fugen mit Magie verschmolzen worden waren, und starrte auf die umliegenden Dächer, die alle viel zu weit unter ihm lagen. Wie er es hier hinaufgeschafft hatte, war selbst ihm ein Rätsel. Vorsichtig warf er einen Blick nach oben, um zu sehen, auf wessen Gebäude er sich befand. Über ihm wehte das Symbol der Göttin Loyani, Hüterin der Zeit und der Geheimisse: eine silberne Kompassnadel, umwoben von zwei ineinander verflochtenen, silbernen Spiralen auf orangem Grund. Für einen kurzen Moment drehte sich der Boden unter ihm, als er den Blick wieder senkte und das Straßennetz unter sich betrachtete. Ein Echo des wehrlosen Mannes, den der Tag unter seine Peitsche nahm, regte sich in ihm. Aus dem Gleichgewicht gebracht, klammerte er sich an der Fahnenstange fest.

Plötzlich war der Duft wieder da, intensiv wie nie zuvor. Raubtier und Mensch kämpften in ihm, rangen um die Vorherrschaft.

Noch einmal hob er den Blick zum Himmel. Die Gestalt schwebte ihm entgegen, um nur Zentimeter außerhalb seiner Reichweite zu verharren, direkt über ihm, sodass er den Nacken verrenken musste, um sie nicht aus den Augen zu verlieren. Unter ihren ausgestreckten Armen spannten sich dunkelgrüne, fast schwarze Flügel, ledrig und von feinen Äderchen durchzogen, bis hin zu den Fingerspitzen. Sie war schlank und groß, mit einem scharf geschnittenen Gesicht und stechenden Augen. Ihre Lippen umspielte ein kaltes Lächeln. Er wusste, was sie war. Er wusste, warum sie gerade auf diesem Tempel standen. Und doch war sie ganz anders, als die Geschichten es erzählten. Sie war nicht nur böse. Mehr als alles andere war sie eine Versuchung.

»Du begehrst mich also?«, flüsterte sie, ihre Stimme nicht mehr als ein Hauch, halb Spott, halb Drohung.

Das Tier in ihm gewann. Mit einem Grollen in der Kehle sprang er an der Fahnenstange hoch, versuchte vergebens, sie zu erreichen. Sie lachte und musterte ihn unverhohlen.

»Kannst du wirklich noch nicht einmal deine Gedanken verbergen?«, spottete sie. »Du bist nicht besser als die Menschen, die du so verachtest. Ich glaube nicht, dass du willensstark genug bist, den letzten Schritt zu tun. Eher fällst du herunter und lässt dich von den Menschen zu Matsch zertrampeln.«

Unwillkürlich suchte sein Blick die Straße weit unter ihm. »Du bist eine Stundenwächterin. Ich will nichts von einer Verfluchten«, schnappte er, und seine Worte hallten im Abgrund wider. Mit einem schnellen Flügelschlag war sie hinter ihm.

»Warum bist du dann hier?«, zischte sie ihm ins Ohr. Dann biss sie zu, kurz und leicht, bevor sie sofort wieder außer Reichweite schwebte. Abrupt fuhr er herum, aber er war zu langsam. Sie hätte ihn ernsthaft verletzen können, doch es war nur ein Spiel für sie. Ihm wurde endgültig bewusst, dass auf diesem Dach nicht er die Bedrohung war.

»Vom Vater verflucht, von der Mutter verlassen. Vom Rest der Welt wie ein Straßenköter behandelt, der noch glücklich über ihre Reste sein soll. Zu feige, dein Leben als Mensch in die Hand zu nehmen. Zu feige, dich umzubringen. Dir bleibt nur ein Weg.« Ihre Finger krallten sich in seinen Schädel, während sie seinen Kopf nach oben bog, hin zu der wehenden Fahne. »Steh zu dem, was du bist. Steh dazu, wem du gehörst. Du bist wie ich – oder meinst du, du hättest mir sonst überhaupt bis hierher folgen können?«

Seine Gedanken rasten; so sehr, dass selbst der Duft in den Hintergrund trat. Sein Kopf wurde klar, wie er es sonst nur war, wenn er über die Dächer rannte. Alles, was sie über ihn sagte, entsprach der Wahrheit. Und doch hatte er ein Leben, auch wenn es noch so jämmerlich war.

»Du hast Angst davor, die letzten Verbindungen zu einer Welt zu kappen, die dir nichts bedeutet.« Ihre Stimme wurde lauter. Sie fauchte die Worte mehr, als dass sie sie sprach. Sie war ganz Tier, so wie er, wenn er nachts über die Dächer rannte. Ihr Flügelschlag vermischte sich mit seinem rasenden Herzen, während sie ihn mit einem Ruck an den Armen fasste und vom Fahnenmast losriss. Die Angst vor dem Fallen kehrte zurück, jäh und allumfassend, die Angst seiner ersten Tage, während seine Füße nach einem Halt suchten, den sie nicht finden konnten.

»Für die Dunkelheit hast du dich schon lange vor unserer Begegnung entschieden. Selbst wenn du ein Mensch bleibst, ändert sich daran nichts. Denk an die Nächte auf den Dächern. Würdest du das wirklich aufgeben? Erinnerst du dich denn nicht mehr?«

Sein Atem ging keuchend, während sie ihn unerbittlich über dem Abgrund hielt. »Was muss ich tun?«, flüsterte er, die Stimme rau, während sein Blick über ihre Flügel glitt. Hinter ihr begann der Himmel langsam, sich violett zu färben, in einem dunklen satten Ton. Die weiche Farbe bildete einen Kontrast zu allem an ihr – den unerbittlichen Worten, den lauernden, fließenden Bewegungen, den wunderschönen, schrecklichen Schwingen.

»Du musst aussprechen, wonach du dich am meisten sehnst. Das ist alles.« Sie bleckte die Zähne, ihr spöttischer Blick durchbohrte ihn. »Und an deiner Stelle würde ich mich beeilen, bevor sie dich hier oben finden.«

Mit einem kraftvollen Schlag ihrer Flügel drückte sie ihn gegen die Fahnenstange. Instinktiv klammerte er sich fest, während seine Füße ein letztes Mal über den Stein rutschten. Ohne einen weiteren Blick auf ihn drehte sie sich elegant in der Luft. Sekunden später war sie verschwunden, abgetaucht in die Häuserschluchten außerhalb seines Blickfelds. Er fühlte sich plötzlich unendlich erschöpft, während der Himmel sich langsam aus der Dunkelheit erhob und in ein Gewand aus Farben kleidete.

Wonach sehnte er sich am meisten? Die Antwort war einfach: kein Teil der verlogenen, niederträchtigen Welt der Menschen zu sein. Seine Ohren fingen den Grußgesang der Betenden auf, während er auf der Kuppel stand und dem Sonnenaufgang trotzig entgegenstarrte. Er war größer, er war mehr als das. Und als die ersten Sonnenstrahlen über den Horizont schlichen, verstand er. »Ich will«, verkündete er, während die Gläubigen in den Straßen den Tagesanbruch willkommen hießen, »ewige Dunkelheit.«

Der Buchesser

Als Momo die Papierfetzen zwischen den Zähnen des Herren vor ihr am Tresen bemerkte, kam ihr ein böser Verdacht. Doch sie schob ihn schnell beiseite, wie ein falsch platziertes Buch. Vielmehr bemühte sie sich, ihre Nervosität unter Kontrolle zu halten, um vor dem adrett gekleideten Stammgast ihrer Bibliothek kein schlechtes Bild abzugeben.

»Oh, äh, Herr ...« Just in diesem Moment fiel ihr auf, dass sie den Namen des Mannes nie erfragt hatte. »Vom Gefühl her kennen wir uns schon ewig, aber ich weiß Ihren Namen noch immer nicht.«

»Gefühl ist alles. Name ist Schall und Rauch.[1]«

Sie stutzte kurz.

»War das ein Goethe-Zitat?« Und wieder kam dieser böse, böse Verdacht zurück.

»Goethe hält durch die Macht seiner Werke die Entwicklung der deutschen Sprache wahrscheinlich zurück.[2]«

Sie lachte freudlos; diese Antwort sättigte ihre Frage nicht. Um der seltsamen Stille zu entkommen, zog Momo einen Muster-Bibliotheksausweis aus der Schublade. Denn sie wusste, dass der Herr zwar häufiger in die Stadtbibliothek Nieheims kam, aber meist nur seinen Kaffee trank. Er saß im Aufenthaltsbereich, den man als Galerie bezeichnete, neben dem Kamin, an dem weit oben, für Menschen unerreichbar, Tschechows Gewehr hing, welches außer dekorativ zu sein keinen besonderen Zweck erfüllte. Darunter prangte ein mittelalterliches Schwert samt Schild, mit dem Wappen der alten Grafschaft Nieheim, zu dem der Herr immer wieder gedankenverloren hinaufschaute. In das Schwert eingraviert war das Wort *Tugendabkommen*. Neben sich auf den kleinen Abstelltisch legte der Mann stets ein geschlossenes Buch, doch Anstalten, eines auszuleihen, machte er nie.

»Wollen Sie sich nicht vielleicht einen Bibliotheksausweis machen lassen? Dann könnten Sie die Bücher auch zu Hause lesen.«

Der Herr rümpfte die Nase und begann mit einem Zahnstocher die mutmaßlichen Papierfetzen zwischen seinen Zähnen zu entfernen. »Zweifellos ist in mir die Gier nach Büchern. Nicht eigentlich sie zu besitzen oder zu lesen, als vielmehr sie zu sehen.[3]«

Momo musterte ihn ein wenig genauer und wunderte sich über seinen Anzug, der von Nahem abgegriffen wirkte und ihn aussehen ließ wie einen jungen Doktoranden, der im Begriff war, zu einem verschrobenen Professor zu werden. Der Mann sah ihrer Meinung nach zwar anziehend aus, schien aber kaputt im Kopf zu sein. Und sicher wollte er die Bücher nicht nur ansehen. Seit einer Weile berichteten ihre Kollegen vom geheimnisvollen Bücherverschwinden in der Bibliothek. Faust war nicht mehr aufzufinden und auch Kafkabücher hatten sich rar gemacht. Als Momo selbst Nachforschungen angestellt hatte, hatte sie Buchkrümel auf dem Boden entdeckt, die ihre Kollegen für gewöhnlichen Dreck gehalten haben mussten. Bisher hatte Momo noch mit niemandem darüber gesprochen, denn ihr Verdacht war viel zu unglaublich, als dass sie anderen davon erzählen konnte: Jemand schien die Bücher zu essen. Und möglicherweise handelte es sich beim Mann vor ihr um jenen Buchesser.

Der Mann lachte und die eisige Stille brach. »Jetzt fällt mir leider kein passendes Zitat mehr ein. Wahrscheinlich muss ich mir noch mehr Bücher zu Gemüte führen.«

Momos Blick hellte sich auf. Vielleicht war der Mann doch nicht verdächtig, sondern hatte einfach nur eine seltsame Art von Humor.

Dann zog er einen Zettel aus seiner Brusttasche. »Ich suche ein Buch.« Er schrieb mit einem schwarzen Kugelschreiber Titel und

Autor auf das Blatt. Auf dem Papier stand *Die Buchentrückung von Franz Kafka.*

In Momos Kopf schrillten die Alarmsirenen los; denn das Buch, das der Mann suchte, gab es nicht. Zumindest noch nicht. Vor einer Weile hatte man einen Sensationsfund gemacht. Am Ufer des Nieheimer Sees war ein altes Buch geborgen worden, das allem Anschein nach Franz Kafka gehörte und der Öffentlichkeit unbekannt war. Am Anfang war man von einer Fälschung ausgegangen, doch Analysen hatten ergeben, dass das Buch und die Geschichte darin tatsächlich zu Franz Kafka gehörten. Und auf der Galerie würde dieses Buch zum allerersten Mal der Welt präsentiert werden, wovon auch nur wenige Mitarbeiter der Bibliothek wussten. Denn bis zur Überführung des Kulturschatzes wurde alles, was das Werk betraf, streng geheim gehalten und Momo war dafür verantwortlich, es sicher aufzubewahren, sobald es die Bibliothek erreichte.

»Ich glaube, dieses Buch existiert nicht«, bluffte Momo.

Der Buchesser grinste unheimlich. »Die Botschaft hör ich wohl, allein mir fehlt der Glaube.[4]« Er zog ein kleines Notizbuch aus seiner Westentasche, schlug es auf und legte es auf den Tresen. Auf einem eingeklebten Zeitungsausschnitt sah man das besagte Buch Franz Kafkas und den Titel in krakeliger Schrift. Momo war irritiert darüber, woher der Mann die Informationen hatte und noch mehr irritierte sie die abgebissene linke Ecke des Notizbuches. Ihr Verdacht kristallisierte sich in glasklare Gewissheit.

»Sie essen die Bücher«, fielen Momo die Worte aus dem Mund und rollten wie Würfel zum Buchesser hinüber.

Er sah darauf hinab und lächelte. »So ist es. Aber zum Glück wird Ihnen keiner glauben.«

Er hatte Recht, aber ihm gegenüber würde Momo das bestimmt nicht zugeben. Stattdessen stemmte sie die Hände in die Seiten.

»Wie funktioniert das überhaupt? Haben Sie den Magen einer Kuh? Oder wie soll ich mir das vorstellen?«

Der Buchesser winkte lachend ab. »Mein Magen ist etwas ganz Besonderes und auf das Verdauen schwerer Lektüre spezialisiert.«

Momo schob den Zettel zum Buchesser zurück und überlegte, die Polizei zu rufen. Aber was hätte sie sagen sollen? »Hilfe, der Mann hat unsere Bücher gegessen«? Eher würden die Beamten und die Bibliotheksleitung einen Termin beim Nervendoktor für Momo ausmachen, als ihr zu helfen. Sachbeschädigung oder gar Diebstahl konnte sie ihm ohnehin nicht nachweisen, also blieben ihr nicht viele Optionen.

»Was haben Sie mit dem Buch vor?«, fragte sie und deutete mit dem Kinn auf den Zettel des Buchessers.

»Ich werde es natürlich essen.«

»Und warum genau tun Sie so etwas?«

»Dass ich erkenne, was die Welt im Innersten zusammenhält.[5]« Schon wieder ein Goethe-Zitat. Er hatte tatsächlich den Faust gegessen.

Momo rollte die Augen. Sie war nicht nach Deutschland gekommen, um sich von einem wahnsinnigen Mann den ganzen Tag Goethe-Zitate anhören zu müssen.

»Lesen Sie die Bücher vor dem Essen wenigstens?«

Der Mann schüttelte den Kopf. »Ich kann mit Stolz sagen, dass ich noch nie in meinem Leben ein Buch gelesen habe.«

Ein Mann, der keine Bücher las? Er war direkt unten durch bei Momo. Ihr Gesicht verzog sich, als hätte sie in einen fauligen Pfirsich gebissen. Sie wollte die Situation nur noch hinter sich bringen. Doch etwas neugierig war sie auch.

»Wie genau schmeckt denn ein Buch?«

Er zwinkerte ihr zu. »Das verrate ich Ihnen, wenn wir beide einmal zusammen ausgehen.«

»Sie machen Witze.«

»Mit Frauen soll man sich nie unterstehn zu scherzen.[6]« Schon wieder ein Zitat.

Momo hatte genug gehört. Ihr Blick läutete eine neue Eiszeit ein: »Es ist besser, Sie verschwinden jetzt. Kafka werden Sie niemals in die Finger kriegen.«

Weiter zu schauspielern würde den Buchesser sowieso nicht täuschen. Also konnte sie ihn auch gleich in seine Schranken weisen.

Seine Pupillen weiteten sich. In diesem Moment wusste der Buchesser, dass er seine Femme fatale gefunden hatte.

In dieser Nacht lief Momo fluchend durch den Nebel der Altstadt nach Hause. In der Bibliothek hatte sie dem IT-Techniker des Hauses erklärt, wie genau der Aufbewahrungsort für das Kafkabuch auszusehen hatte. Die Kommunikation lief gut. Momo stellte sich eine alarmgesicherte Vitrine vor, mit elektronischen Lesegeräten drumherum, auf denen der Text aus dem Buch abgespeichert war. Jeder Besucher sollte sich zudem Kopien herunterladen und frei von Kosten lesen können. Der IT-Techniker hatte genickt und ihr zu verstehen gegeben, dass er ihre Vorschläge genau so und noch viel besser umsetzen würde.

Doch hatte er etwas gesagt, das lieber ungesagt geblieben wäre: »Puh, was für ein Aufwand. Nur für ein Buch.«

In diesem Moment hätte Momo ihn am liebsten totgeschlagen. Jede Freude des Tages war aus ihr herausgesickert, wie Wasser aus einer angeschlagenen Keramikkanne. Doch sie hatte ihr professionelles Gesicht bewahrt.

»Nur ein Buch«, verfolgte sie auf ihrem Weg durch die goldgelben Kegel der Straßenlaternen. Was wusste der schon? Seine einzige Wahrheit bestand aus Zahlenspielchen und Eingabeaufforderungen. Wie sollte er die Schönheit der Literatur begreifen und einen Kulturschatz genügend würdigen können? Kafka war der erste Autor, den Momo im Germanistikstudium im Original zu lesen in der Lage gewesen war. Sie wusste nicht warum, aber irgendetwas machten seine Bücher mit ihr. Sie stießen eine Welt auf, die nur sie allein verstehen konnte. Außerdem hatte ihr das Lesen so viel Spaß gemacht, dass sie schließlich hierhergekommen war, wo sie nun umgeben von deutscher Literatur arbeiten konnte. Aber darauf, dass eine Handvoll Kerle versuchten, ihr auf der Nase herumzutanzen, hätte sie verzichten können.

Erst als sie nach dem Eintreten durch die Wohnungstür das brennende Licht aus dem Wohnzimmer bemerkte, wurde sie aus ihren Gedanken gerissen. Hatte sie etwa das Licht angelassen, als sie zur Arbeit aufgebrochen war? Sie dachte sich nicht viel dabei, zog ihren glockenförmigen roten Mantel aus und streckte sich selbst die Zunge vor dem Spiegel raus. Daraufhin zog sie das Pflaster ab, das auf ihrer Nase klebte, und entblößte die Narbe, die ihr Exfreund zu verantworten hatte. Anfangs hatte sie das Pflaster aus medizinischer Notwendigkeit getragen, doch nun war es zu einem Modestatement und zu einer Mahnung an sie selbst geworden.

Dann hörte sie die Musik. Sie kam aus dem Wohnzimmer, auf dem alten Plattenspieler lief *Le mal du pays* von Liszt, gespielt von Lasar Berman. Dass ein Einbrecher sich Zugang zur Wohnung verschafft hatte, störte sie weniger als der Umstand, dass dieser die alte Franzosen-Musik ihres Vaters dudeln ließ. Der Eindringling hätte aus ihrem reichhaltigen CD-Angebot an Bands der Neuen Deutschen Härte wählen können, stattdessen entschied er sich für Kitsch? Als sie um die Ecke ins Wohnzimmer kam, saß dort der Buchesser am Tisch und hatte Gläser und Wein vorbereitet. Und unter einer Wärmeglocke wartete offenbar das heutige Mahl.

»Was willst du hier?«, fragte sie trocken und starrte ihn mit kaltem Blick an.

»Hier bin ich Mensch, hier darf ich's sein![7]«, gab er lachend zurück. Kurzerhand nahm Momo das gläserne Tintenfass von der Kommode neben der Tür und schleuderte es ihm entgegen. Der Buchesser blieb ruhig und regte keinen Muskel. Er hatte gewusst, dass Momo nicht treffen würde. Sie war kein Unmensch und würde niemandem aufgrund von Kleinigkeiten Schmerzen zufügen. Das Tintenfass zerplatzte wie ein schwarzer Kristall auf dem Tisch und hinterließ Tintenspuren im Gesicht des Buchessers. Das gefiel ihm. Was war besser als der Geruch frischer Tinte?

»Ich mag starke Frauen.« Er grinste.

Momo verschränkte die Arme. Sie hielt das Konzept der *starken Frau* für einen Unterdrückungsmechanismus und eine Fetischfantasie der Männerwelt. Stärke wurde ihr also nur zugestanden, wenn sie rohe Kräfte walten ließ? Doch wie wäre es zur Abwechslung mal mit einer Welt, in der man Kerlen nicht erst eine Abreibung verpassen musste, damit sie einem nicht auf der Nase herumtanzten?

Für einen Moment erwog Momo, die Polizei zu rufen, entschied sich jedoch dagegen. Ihre intellektuelle Neugier forderte sie dazu auf, dem Geheimnis des Buchessers nachzugehen. Und vielleicht auch der stechende Schmerz der Einsamkeit, aber das würde sie ihm bestimmt nicht verraten, sonst bildete er sich noch etwas darauf ein.

»Was ist da drunter?«, fragte Momo und deutete auf die Wärmeglocke auf dem Tisch.

»Unser Abendessen.«

»Sag bloß, du hast gekocht?«

Er lachte. »Ich kann doch gar nicht kochen. Deswegen esse ich ja Bücher.«

»Das ist das Zweitdümmste, das ich heute gehört habe.«

»Ein Buch muss man nicht unbedingt warm machen oder anrichten. Man nimmt es einfach in die Hand und beißt zu. Das ist bequem.«

Momo stützte sich an der Rückenlehne des Stuhls ab und musterte den Buchesser eindringlich. »Das will ich sehen.«

»Dann setz dich.« Er schickte sich an, den Stuhl für sie zurechtzuschieben, doch Momo blockte ihn ab. Sie konnte sich alleine hinsetzen. Der Buchesser versuchte seine Enttäuschung wegzulächeln und griff den Pinot Noir. »Ein echter deutscher

Mann mag keinen Franzen leiden, doch ihre Weine trinkt er gern.[8]«

Momo rümpfte die Nase beim Anblick des vollmundigen Rotweins. Sie wollte lieber ein naturtrübes Weizenbier.

»Wenn du schon in meine Wohnung einbrichst, sag mir wenigstens deinen Namen!« Damit wäre es auch einfacher, ihn anzuzeigen.

»Johannes Federkiel«, gab er zurück und füllte ihre Gläser. »*A votre santé!*«

»Prost.« Momo kam sich schräg vor mit einem Einbrecher am Tisch zu sitzen. Außerdem hatte er Staub gewischt, den Müll runtergebracht und die Wäsche gemacht, wodurch sie ihre Wohnung gar nicht wiedererkannte. Ihre Intuition sagte ihr, dass von Johannes keinerlei Gefahr ausging. Doch womöglich wollte er sie nur auf seine Seite ziehen, um leichter an das Kafkabuch in der Bibliothek zu kommen.

»Ich hoffe, du denkst jetzt nicht, dass wir Freunde sind«, stellte Momo klar.

Der Buchesser nickte. »Und ich hoffe, du denkst nicht, dass ich dir einfach etwas voressen werde.«

»Was soll das heißen?«

»Wir essen gemeinsam.«

Momo lehnte sich tief in ihren Stuhl zurück. »Ich glaube nicht, dass ich ein Buch essen kann.«

»Wir probieren es. Stück für Stück.« Mit diesen Worten hob er die Wärmeglocke und enthüllte das Hauptgericht: ihr Tagebuch.

Momo verlor für eine Sekunde die Kontrolle über alle Muskeln in ihrem Gesicht. »Hast du es gelesen?«

»Ich habe es dir doch schon gesagt: Ich lese keine Bücher«, erwiderte Johannes und entkam so dem sicheren Tod. Dann griff er zu Messer und Gabel. Momo stand der Mund offen. Das geschärfte Schneidemesser glitt durch ihr dampfendes Tagebuch wie durch schonend gegartes Fleisch. Dann legte er ihr ein mundgerechtes Stück auf den übergroßen Teller, worauf das Buchstück aussah wie der Versuch, moderne Kunst zu imitieren. Johannes nahm sich selbst ein Stück und pikste es mit der Gabel auf. *Wieso ist es so weich?*, fragte sich Momo.

»Iss doch. Ich habe es extra für dich zart angedünstet!«, forderte Johannes sie auf. Momo kam sich vor, als hätte sich die Realität um einen Zentimeter in die falsche Richtung verschoben. Saß sie wirklich gerade am Tisch mit einem frankophilen Einbrecher und war im Begriff, ihr Tagebuch zu essen? Doch irgendetwas trieb sie zu bleiben. Vielleicht kam sie gerade einer faszinierenden Wahrheit näher? Momo konnte es selbst nicht glauben, dass sie schließlich das Buchstück aufspießte und in den Mund nahm. Es war etwas zäh, aber schmeckte bittersüß. Die Konsistenz war faserig und erinnerte sie an rauchiges Holz. Sie versuchte erfolglos, die Seiten mit ihrer Zunge umzublättern und schluckte es schließlich herunter. Es war nussig im Abgang.

»Woher kommt der Geschmack?«, fragte sie mit großen Augen.

Johannes kaute sein Stück würdevoll und putzte sich nach dem Schlucken kleine Buchkrümel mit einer Serviette ab. »Bücher haben keinen Geschmack. Erst die Geschichten verleihen ihnen die Würze und Konsistenz.«

»Der Geschmack ... kommt also von mir?«

Der Buchesser nickte. »Ja, von deiner Lebensgeschichte.« Dann schaute er Momo direkt zwischen die Augen und lächelte unheimlich. Sie hatte das Gefühl, dass er sie durchschaut hatte und wusste, wer sie wirklich war. Und mit jedem Stück des Buches hoben sich seine Mundwinkel wissender. Momo wurde unruhig und machte sich in ihrem Stuhl immer kleiner. Er wusste alles über sie. Jedes Geheimnis: dass sie die Hoffnung noch nicht aufgegeben hatte, ihre Eltern zu finden, was sie letzten Sommer getan hatte und dass sie Nutella ohne Butter aß. Möglicherweise grinste er gerade über die Tatsache, dass Momo nach der Arbeit häufiger unter einem Vorwand länger in der Bibliothek blieb und sich dann nackt in die Galerie vor den Kamin setzte, wo sie der Erotik der Bücher frönte. Er wusste es. Da war sie sich sicher. Doch alles blieb unausgesprochen.

»Verschwinde sofort aus meiner Wohnung oder ich rufe die Polizei!«, rief sie plötzlich mit gezücktem Tranchiermesser. Ein Versuch, die Kontrolle zurückzuerlangen. Der Buchesser hob die Hände beschwichtigend und verliebte sich beim Hinausgehen nur noch stärker in seine Femme fatale.

Eine Woche später war es endlich so weit. Der Kafka erreichte die Bibliothek! Die Sicherheitsvorkehrungen waren beendet und Momo hatte sich vorbereitet. Es war bestes Ausgehwetter und die Vögel zwitscherten harmonisch beim Balztanz auf den Ästen der Trauerweiden, die über dem Nieheimer See hingen. Sie war sich sicher, dass der Ansturm der Massen auf ihren Kulturschatz überwältigend sein würde.

Doch keiner kam.

Momo versuchte es mit Flyern und Lautsprecherdurchsagen, aber niemand schien sich der Bibliothek nähern zu wollen. Nicht einmal bezahlen lassen wollten sich die am Seeufer schlendernden Menschen. Bis zum Schluss blieben die Besucher aus, als wäre Kafka ein umgekehrter Magnet, und Momo wollte am liebsten schreien. Als sich ihre Kollegen wie geschlagene Soldaten in den Feierabend zurückzogen, blieb sie unter einem Vorwand länger bei ihrem Schatz. Sie lehnte sich an die Vitrine, in der sich das alte Samuraischwert befand, das von ihrem ehemaligen Professor aus der Waseda Universität als Geschenk an die Bibliothek überreicht worden war. In die Klinge war *Shiro No Yakujou* eingraviert. Manchmal holte Momo das Katana aus seinem Glaskasten und übte ein paar Schwünge und Schnitte, die sie als Waisenkind in alten japanischen Historiendramen im TV gesehen hatte. Jetzt hätte sie damit am liebsten alles kurz und klein geschlagen. Niemand interessierte sich für das Buch. Nicht einmal ein Germanistik-Professor ließ sich in der Bibliothek blicken! Und die Zeitungen hatten ebenfalls nicht über das neu entdeckte Buch berichtet. Momo bekam gewaltige Kopfschmerzen. Warum interessierte sich kein Mensch für dieses Werk?

Sie näherte sich ihrem Kafka. Das Buch war leicht zerknittert und abgenutzt. Auf schwarzem Grund stand dort in Weiß *Die Buchentrückung* und etwas abseits darunter *Franz Kafka*. Momo hatte den Text noch nicht gelesen. Sie hatte sich die Geschichte für später aufheben wollen, um sie in aller Ruhe vor dem Kamin zu genießen. Nun konnte sie es kaum erwarten zu sehen, was die Welt verschmähte, und Kafka die notwendige Ehre zu erweisen. Gerade als sie den Schlüssel zur Vitrine holen wollte, merkte sie, dass das mittelalterliche Schwert der Grafschaft Nieheim an der Wand verschwunden war.

»Wenn niemand Interesse für das Buch hat, kann ich es ja essen«, hörte Momo den Buchesser hinter sich. Er war aufgetaucht, wie befürchtet. Nun stand er im Raum und plusterte sich künstlich auf, um Momo zu imponieren – was misslang. Und er trug das gestohlene Schwert bei sich. Momo stellte sich schützend vor die alarmgesicherte Vitrine.

»Du hast mir gerade noch gefehlt.«

»Sieh es ein, meine geliebte Bibliothekarin: Bücher sind ein totes Medium. Niemand interessiert sich für deinen Schatz.«

Momo biss sich wütend auf die Lippen. »Es ist meine Aufgabe, das kulturelle Erbe der Menschheit zu beschützen.«

»Wenn sich Leute nicht für Bücher interessieren, dann bist du nur die Hüterin von totem Holz.«

Momo hatte genug gehört. Und sie hatte sich lange genug von Johannes auf der Nase herumtanzen lassen.

Gewaltsam nahm sie das Samuraischwert aus der Vitrine hinter sich und zog es aus der Scheide. »Noch ein Wort gegen Kafka und ich schneide dir die Zunge aus dem Hals!«

Der Buchesser lächelte herabwürdigend. »Du sprichst ein großes Wort gelassen aus.⁹« Seine Augen wussten alles über sie und ihre Unsicherheiten. Doch er wusste auch, dass Momo dazu fähig war, einen Menschen zu töten, wenn es darauf ankam. Diese Vorstellung machte ihm keine Angst.

Er zeigte mit der Spitze des gestohlenen Schwertes auf sie. »Wir sollten ein Kind zeugen. Es wäre gewitzt, temperamentvoll und quadrilingual. Es wäre gewappnet für das Chaos namens Zukunft.«

»Vergiss es!«, schmetterte sie seine Anfrage zum Beischlaf ab. Momo wollte keine Kinder. Für sie war es unverantwortlich, Nachwuchs in diese Welt zu werfen. Außerdem hatte sie ohnehin nicht vor, ihre Beine zu öffnen für einen Mann, der seinerseits noch nie ein Buch aufgeschlagen hatte.

»Verschwinde von hier oder du wirst es bereuen, Johannes.«

Der Buchesser genoss den Klang seines Namens. Aus ihrem Mund war sein Name ein Lied der Engel, mit einem Funken Abscheu darin.

»Gib mir das Buch und ich ziehe friedlich ab«, sagte er.

Momo hatte genug vom Verhandeln und von unnötigen Worten. Sie durfte keine Schwäche zeigen, sonst würde die Menschheit ein Stück Kultur verlieren.

Sie lief auf den Buchesser zu und schnitt schwungvoll eine Linie mit dem Katana in den roten Teppich. »Wenn du diese Linie überschreitest, bist du ein toter Mann.«

Demonstrativ übertrat Johannes die Linie, ein diabolisches Funkeln im Blick. »Und? Was willst du jetzt tun?«

»Bist du der Teufel?«, fragte sie.

Er lächelte selbstgefällig. »Ich bin ein Teil von jener Kraft, die stets das Böse will und stets das Gute schafft.¹⁰«

Sie hatte sich schon gefragt, wann dieses Zitat kommen würde. Erbarmungslos schlug sie zu. Die zwei Klingen prallten aufeinander und induzierten einen Funkenregen. Dann setzte Momo zu einer Kombination aus Schlägen an, die Johannes den Schweiß auf die Stirn trieb und ihn nach hinten wegdrängte. Erst als Momo aus der Puste geriet, wirbelte er seine Klinge in ihre Richtung. Sie konnte gerade noch den Kopf zurückziehen, doch die Spitze des Schwertes schnitt eine Wunde in ihre Wange.

»Nein!«, rief Johannes, entsetzt von seinem Treffer. »Ich will dir nicht weh tun! Ich will nur das Buch!«

Doch Momo hörte ihn gar nicht mehr. Ihr Kampfschrei wurde von Wand zu Wand geworfen und mit einer unheimlichen Kraft versetzte sie dem Buchesser mehrere Hiebe. Mit Mühe schaffte er es, die Schläge abzuwehren, bis ihm schließlich das mittelalterliche Schwert aus der Hand glitt und klirrend auf dem Boden aufschlug. Dann verpasste Momo ihm den fatalen Streich. Sie schnitt quer von seiner linken Schulter bis hinunter zur rechten Hüfte. Johannes ging auf die Knie und starrte auf den blutigen Schnitt in seiner Kleidung, der aufklaffte wie ein Riss in der Erde.

Momo blickte in den Blutsee, den der Buchesser unter sich schuf, und sah ihr eigenes flackerndes Spiegelbild darin. »Das ... wollte ich nicht! Das war nicht ich!«

Der Buchesser spie lachend Blut. »Ein unnütz Leben ist ein früher Tod.[11]«

Momo kniete sich zu ihm herunter. »Hör auf mit den scheiß Zitaten! Du verblutest!«

Wieder lachte er. »Man könnte sagen, das war ein *einschneidendes Ereignis* in meinem Leben.«

»Lass die Witze!«, heulte Momo.

Johannes lächelte vergebend. »Mein Pathos brächte dich gewiss zum Lachen, hättst du dir nicht das Lachen abgewöhnt.[12]«

Momo überlegte, einen Krankenwagen zu alarmieren. Doch

dieser würde auch die Polizei auf den Plan rufen und sie müsste erklären, warum sie einen Menschen wegen eines Buches aufgeschlitzt hatte. Dann würde man sie einsperren und Momo hätte keine Gelegenheit mehr, der Menschheit die Schönheit ihres Buches näherzubringen.

Johannes legte ihr eine Hand auf die Schulter. »Mach dir keine Sorgen um mich. Durch deine Hand zu sterben war mein größter Wunsch und geheimster Fetisch.« Mit diesen Worten legte er sich auf die Seite und schloss die Augen.

Es geschah.

Der Buchesser regte sich nicht mehr und alle Zitate verstummten. Sie stand auf, ging mechanisch zur alarmgesicherten Vitrine und öffnete diese. Der Alarm schrillte los, doch Momo machte sich keine Sorgen. Die Polizei würde nicht aufkreuzen, nur um ein paar »wertlose« Bücher zu retten. Denn außer ihr interessierte sich niemand für das Buch. Sie war die letzte Buchliebhaberin in diesem Land. Das sagte ihr ihre Intuition.

Sie schaute noch einmal hinüber zu Johannes, der aus seinem Blutsee ragte wie eine Insel. Sie hatte das, was sie getan hatte, für jeden von uns getan. Kafka gehörte allen und Momos Aufgabe bestand darin, ihn der Menschheit zugänglich zu machen. Ohne ihn würden die Menschen ein Stück Kultur verlieren und in ein Zeitalter der Verrohung eingehen, da war sie sich sicher. Kriege, Genozide und intellektuelle Selbsttötung wären die Folge, wenn die Kultur starb. Bücher symbolisierten kleine Bunker der menschlichen Ideengeschichte und bedurften besonderen Schutzes. Wenn dafür der eine oder andere draufgehen musste, dann war es eben so. Sie hatte das Richtige getan – oder?

Momo setzte sich in ihren Sessel vor dem Kamin. Noch immer tropfte ihr heißes Blut über die Wange in den Ausschnitt.

Sie musste Kafka endlich lesen. Sie musste wissen, wofür sie gerade einen Menschen erlegt hatte. Sie betete dafür, dass es das wert war.

Sie las das Buch in einem Atemzug durch.

Als sie fertig war, lief Momo zur leeren Vitrine und begann, alle Kopien des Kafka-Textes von der Datenbank und dem Bibliotheksserver zu löschen. Sie sah hinüber, wo Johannes liegen musste. Doch er war verschwunden. Vielleicht hatte er auch nie existiert. Sie kehrte zurück zu ihrem Sessel und begann seelenruhig und methodisch, Seite für Seite aus dem Buch zu reißen und zu essen. Das Buch zerging wie japanisches Rindfleisch auf ihrer Zunge. Es schmeckte herb und leicht nussig im Abgang. Momo vergoss eine Träne des Glücks. Es war das Wohlschmeckendste, das sie je in ihrem Leben gegessen hatte. Sie fühlte sich angekommen. Zum Schluss biss sie in den Buchumschlag und durchkaute ihn wie knusprig gebackene Hähnchenhaut, bis kein Stück mehr von Kafka übrig war. Nun war sie auf ewig mit ihm vereint.

Nachdem Johannes zurückgekehrt war, begab er sich wieder zur Stadtbibliothek Nieheims und suchte nach Momo. Doch sie war nicht mehr da. Ihre Kolleginnen berichteten von ihrem Verschwinden und dem Chaos, das sie hinterlassen hatte. Niemand wusste, ob sie noch lebte oder was sie jetzt trieb. Ihre Wohnung stand leer und die Polizei bestätigte ihre Unauffindbarkeit. Doch Johannes wusste, was los war, als er auf einem Rückgabewagen ein dünnes unscheinbares Buch im metallischroten Einband fand. Es hatte keine ISBN und noch nicht einmal eine Signatur der Bibliothek. Es war, als würden die Angestellten das Buch bewusst vernachlässigen. Der Titel war *Momos*

Komödie, geschrieben von Momo Honzaki, der ehemaligen Bibliothekarin dieser Einrichtung. Johannes lächelte. Er nahm das Buch und holte sich einen Kaffee, mit dem er sich wie üblich auf einen der Sessel vor dem Kamin setzte. Er rutschte langsam und vorsichtig ins Polster, um die zugenähte Narbe nicht wieder aufzureißen. Die Verletzung war nicht der erste Anlass, der ihn in ärztliche Behandlung geführt hatte. Für besondere literarische Leckerbissen hatte er sich schon öfters in Gefahr begeben und sich nicht selten an prätentiösen Werken den Magen verdorben. Er lehnte sich gelassen zurück und trank den ersten Schluck. Das Schwert, mit dem er Momo verletzt hatte, war genauso wie das Samuraischwert wieder an seinem alten Platz, als wäre nie etwas passiert. Sogar den ruinierten Teppich hatte die Bibliothek einfach austauschen lassen, als wollte sie den Vorfall schnell hinter sich lassen.

Er betrachtete den Einband in seinen Händen und sah eine deutliche Kerbe unter dem Titel, als hätte dort jemand mit dem Messer zugeschlagen. Johannes spürte, dass dieses Buch Momo war. Alle suchten da draußen nach ihr, doch niemand kam auf die Idee, dass sie die Bibliothek niemals verlassen hatte.

Johannes lächelte wieder. Er hatte seine Femme fatale in der Hand. Sie war nun das schönste Buch, das er je gesehen hatte.

»Ein Buch muss die Axt sein für das gefrorene Meer in uns.[13]«, sagte er zu sich selbst und lachte leise. Das Zitat gefiel ihm. Er überlegte, Momo zu lesen, doch es fühlte sich falsch an. Essen wollte er sie auch nicht. Schätze mussten gehütet werden, auch wenn keiner ihren Wert sehen wollte. Johannes hätte Momo gerne unter anderen Umständen besser kennen gelernt. Tief im Herzen war sie genauso verschroben und einsam gewesen wie er. Und obwohl sie von der Welt so harsch abgewiesen worden war, hatte sie nur das Beste für die Menschen gewollt. Johannes wollte ihr Werk fortsetzen.

Der rote Einband war leicht gewölbt, wie eine Glocke, und schien aus Kupfer gemacht zu sein. Der Buchesser schnippte dagegen, wodurch ein leiser Klang durch die Bibliothek wehte.

»Die Töne verhallen«, sagte er zu Momo. »Aber die Harmonie bleibt.[14]«

ENDE

[1] Goethe, Faust 1. 1808.

[2] Kafka, Tagebücher. 1911.

[3] Kafka, Tagebücher. 1911.

[4] Goethe, Faust 1. 1808.

[5] Goethe, Faust 1. 1808.

[6] Goethe, Faust 1. 1808.

[7] Goethe, Faust 1. 1808.

[8] Goethe, Faust 1. 1808.

[9] Goethe, Iphigenie auf Tauris. 1787.

[10] Goethe, Faust 1. 1808.

[11] Goethe, Iphigenie auf Tauris. 1787.

[12] Goethe, Faust 1. 1808.

[13] Kafka, Briefe, 1904.

[14] Goethe, Goethe's Werke. Vollständige Ausgabe letzter Hand. 1833.

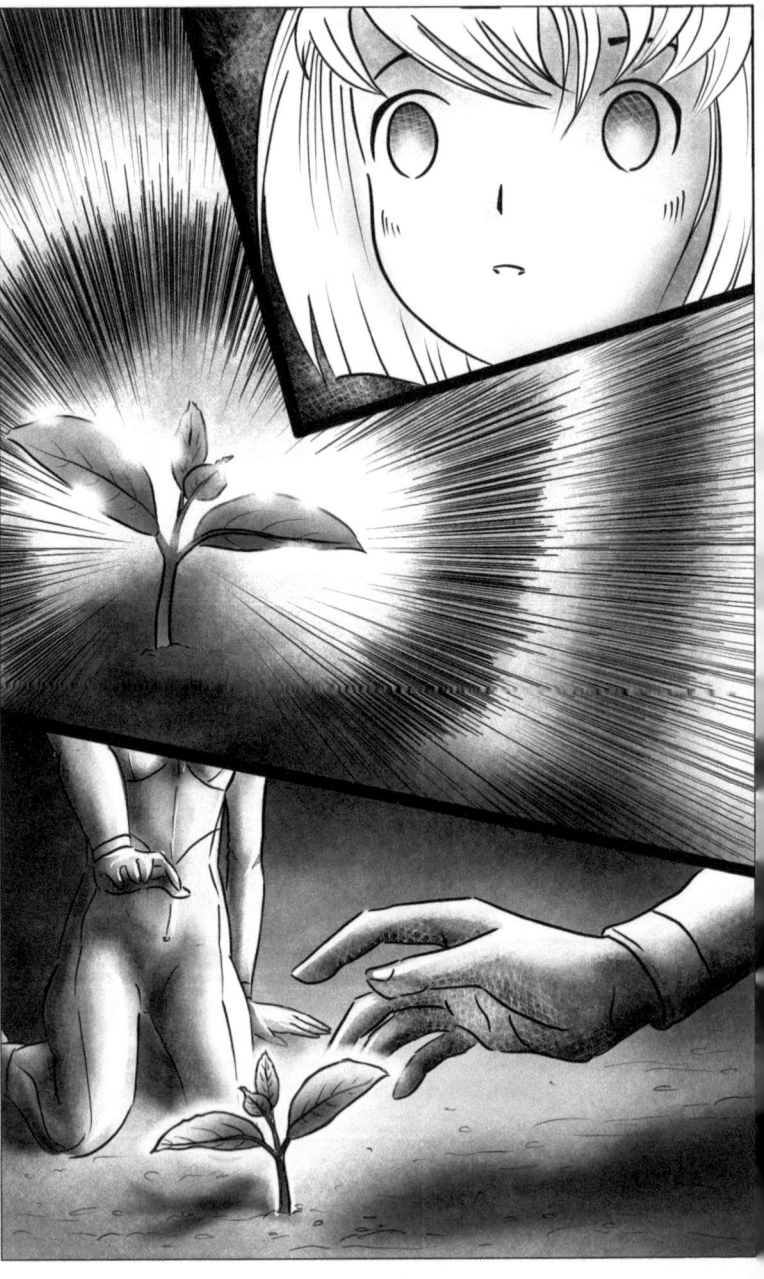

S. M. Gruber

Grüner Tod

»Warte, Eloïse, pass auf!«

Das Mädchen rannte unvorsichtig und viel zu schnell den Hang hinauf. Es duckte sich unter halb herabgestürzten Stahlträgern hindurch, sprang über eingedellte Fahrzeuge, hopste im Zickzack durch verlassene Schrottbauten. Mühelos zog es sich an einem Vorsprung aus Gebäudetrümmern hoch und trat dabei einen Brocken los, der polternd herabfiel. Candice fluchte nicht gerade leise, als er sie nur knapp verfehlte, und hastete ihrer Tochter hinterher. Nur fehlten ihr die Behändigkeit und Furchtlosigkeit, die der Körper des Mädchens noch im Überfluss hatte.

»Eloïse!«, rief Candice schrill, als sie es aus den Augen verlor, bekam jedoch keine Antwort. Mühsam hievte sie sich über die Hindernisse, unter denen sie schon lange nicht mehr hindurchpasste. Immerhin sprang sie mit Leichtigkeit über die niedrigeren und zog sich auf die Vorsprünge hoch, war jedoch deutlich langsamer.

Einige hundert Meter über sich sah sie plötzlich die schlaksige Gestalt ihrer Tochter stehen, reglos. Sie stockte. Warum hatte sie angehalten? Ein beklemmendes Gefühl machte sich in ihr breit. Sonst hörte dieses Kind doch auch nie auf sie.

Hastig beschleunigte Candice ihre Bewegungen, wurde unvorsichtiger, rutschte einmal sogar aus und konnte gerade noch einen Sturz abfangen. Als sie sich endlich den Weg nach oben gebahnt hatte, kletterte sie über den letzten Vorsprung, wo das Mädchen nach wie vor reglos verharrte. Wie angewachsen stand es da, starrte geradeaus. Seine schlanke Gestalt glitzerte in der gleißenden Abendsonne.

»Was hast du, Eloïse?«, fragte Candice, noch bevor sie zu ihr aufgeschlossen hatte. Der heiße Zorn von vorhin war Sorge gewichen. Es sah dem Mädchen nicht ähnlich, sich so nach innen zu kehren, ihre Außenwelt zu missachten. Kaum hörbar raschelte es einige Meter entfernt. Candice fuhr panisch herum und scannte ihre Umgebung auf Anzeichen möglicher Gefahren. Ein Windstoß fuhr durch einen zerfledderten Kunststoffvorhang. Dabei war es noch gar nicht Zeit für die Sandstürme.

»*Maman?*«, fragte Eloïse zögerlich und Candice drehte sich wieder zu ihr um, das unangenehme Kribbeln noch im Nacken.

»Was ist? Was hast du?« Mit ein paar schnellen Schritten war sie bei ihrer Tochter und folgte ihrem Blick, einen Arm schützend um ihre Schultern gelegt.

»Was ist das, *Maman?*«, flüsterte das Mädchen.

Nein, das konnte nicht ... nicht schon wieder.

»Magischer Organismus gesichtet, folge Protokoll, Standort markiert in GPS-Log«, gab Candice wispernd an die Zentrale durch. »Eloïse, Kind, geh bitte schon mal voraus, ich muss hier noch etwas erledigen.« Ihr Ton war bestimmt, doch ihre Tochter rührte sich nicht.

»Magisch?«, fragte sie leise, ohne den Blick von ihrem Fund abzuwenden. »Wie in den Geschichten?«

»So ähnlich.«

»Woher kommt er?«

»Es ist ein Organismus, der mithilfe von Sonneneinstrahlung Kohlendioxid in Sauerstoff verwandelt«, erklärte Candice möglichst vage.

»Wie wir also!«, rief das Mädchen begeistert und strahlte seine Mutter an.

»So ähnlich«, wiederholte sie und begann, ihre Tochter sanft wegzuziehen.

»Heißt das, wir sind auch magisch?«, fragte Eloïse ehrfürchtig und verlangsamte ihre Bewegungen wieder, blieb fast stehen, sodass Candice sie kaum weiterziehen konnte.

»Nein, wir sind nicht magisch«, sagte Candice, war sich dabei aber gar nicht so sicher. »Erinnere dich an deinen Unterricht. Die Alte Menschheit hat ihre Energie aus magischen Organismen bezogen und deren Ressourcen angezapft. Die Magie«, zitiere sie aus dem Eintrag in ihrer Datenbank, »war eine Mischung aus chaotischer und geordneter Energie, die einfach so neue Organismen entstehen lassen konnte. Die Magie bestimmte, wann und wo Leben entstand. Neues, organisches Leben – nicht so wie wir. Wir sind nicht magisch, wir wurden geplant. Organismen wie dieser bildeten die Grundlage der menschlichen Magie und wurden verwendet, um …«

»Ausgebeutet«, unterbrach sie das Mädchen.

»Wie bitte?« Woher kannte es bloß solch radikale Ausdrücke?

»Ausgebeutet. Die Alte Menschheit hat die magischen Organismen ausgebeutet, um ihr eigenes Leben zu verbessern und zu verlängern, aber dann haben sie sich selbst zerstört«, erklärte Eloïse in schulmeisterlichem Tonfall.

Candice schüttelte den Kopf. »Du hast zwar nicht ganz unrecht, doch du solltest besser auf deine Wortwahl achten, Kind.«

»Aber *Madame* hat uns das so beigebracht! Als die Alte Menschheit alle Ressourcen aufgebraucht hatte, ist auch die Magie verschwunden, so war es doch? Und ohne Magie konnten die Menschen nicht überleben. Selbst schuld!« Mit einem Ruck riss sie sich los und verschränkte trotzig die Arme vor der Brust. Candice machte ein strenges Gesicht. Für solche Verzögerungen hatte sie keine Zeit. Laut Protokoll blieben ihr noch exakt fünfzehn Minuten, um den Organismus zu sichern.

»Vergiss nicht, dass es uns ohne die Alte Menschheit nicht geben würde«, appellierte sie an den Verstand ihrer Tochter. »Wenn sie sich nicht so verschätzt hätten, gäbe es uns heute nicht«, stellte sie klar.

»Vielleicht aber doch«, sagte Eloïse.

»Nein, auf gar keinen Fall. Die Alte Menschheit hat unsere Rasse erschaffen, damit wir unter den schlimmsten Bedingungen Sauerstoff erschaffen können.« Das war nicht die ganze Wahrheit, aber alles, was Eloïse zu diesem Zeitpunkt wissen musste.

»Ja, um sich selbst zu retten, als die Quelle ihrer Magie beinahe ausgeschöpft war«, beharrte Eloïse.

»Nun, dafür war es zu spät, wie du weißt. Die Menschheit hat uns nach ihrem Abbild erschaffen, damit wir an ihrer statt die Erde bevölkern. Nicht um sich zu retten, sondern damit wir als ihre Nachkommen ihr Erbe weitertragen«, log Candice, wie sie es schon hunderte Male getan hatte. Sie war dabei gewesen, war eines der ersten nicht-magischen Lebewesen gewesen. Nicht viele von ihnen waren mehr übrig, die sich an die Gier der Alten Menschheit erinnern konnten. Unter allen Umständen mussten sie verhindern, dass sie wiederkamen. Und unter allen Umständen musste die Lüge des Altruistischen im Alten Menschen aufrechterhalten werden, damit die nachfolgenden Generationen nicht von derselben Gier infiziert wurden.

»Das glaube ich nicht.« Eloïse legte den Kopf schief. »Ich glaube, die Alte Menschheit wollte sich selbst retten. Die Magie zurückbringen und mit uns weiterleben«, argumentierte ihre Tochter und Candice fragte sich, warum sie diese Dinge wusste. Sie musste dringend mit der Bildungseinrichtung sprechen. Es würde ihr schwerfallen, Eloïse für die Organisation weiter zu rekrutieren, wenn man ihr vorher solches Gedankengut einsetzte. Verboten war es zwar nicht – Zensur ging schließlich gegen die Grundsätze ihrer Gesellschaft –, aber eine Lehrkraft, die gegen die Organisation arbeitete, konnten sie auf gar keinen Fall die nächsten Generationen an *Protecteurs* unterrichten lassen.

Wieder waren sie stehengeblieben, hatten es kaum mehr als fünf Meter von der Fundstelle weg geschafft.

»*Maman!*« Eloïse' Augen funkelten, als sie sich zur Fundstelle umdrehte. In Candice' Kopf wummerte ein pochender Schmerz. Sie konnte schon erahnen, welche Ideen ihre Tochter hatte.

»Was, wenn wir die Magie zurückbringen können?«, hauchte sie kaum hörbar und Candice unterdrückte ein Stöhnen. Sie schüttelte den Kopf, atmete tief durch und bemühte sich um einen freundlichen Tonfall. Wenn sie zu ihrer Tochter durchdringen wollte, durfte sie nicht auf Konfrontation gehen.

»Hmm ... Und was, glaubst du, würde geschehen, wenn die Magie zurückkehrt?«, fragte sie gespielt nachdenklich.

Eloïse schenkte ihr wieder ihre Aufmerksamkeit, suchte nach Anzeichen von Spott, doch Candice hatte ihre Mimik unter Kontrolle. Dann blickte sie wieder zur Fundstelle.

»Ich weiß nicht ...«, murmelte Eloïse.

»Aber was glaubst du?«, ermutigte sie Candice.

»Vielleicht ...«, begann sie und wandte sich ihrer Mutter zu. Dann flammte Erkenntnis in ihrem Blick auf, sie schüttelte energisch den Kopf, starrte erneut den Organismus an. »Wenn die Magie zurückkommt ... Vielleicht würden auch die Organismen zurückkommen und die Menschen, irgendwann, und bestimmt hätten sie von ihren Fehlern gelernt und wir könnten Seite an Seite leben«, sagte sie. Den Zweifel in ihrer Stimme konnte sie kaum verhüllen. »Aber wenn es wieder genug Sauerstoff und Wasser gibt, dass die magischen Organismen sich ausbreiten können, braucht man uns doch gar nicht mehr, oder?«, fragte sie leise. »Wenn die Menschen auf die Erde zurückkehren, gibt es gar nicht genug Platz für uns.«

Candice nickte, obwohl Eloïse' Blick immer noch starr auf den

Organismus gerichtet war. »*Maman*«, sagte sie und ihr Blick wurde glasig, als wäre sie hypnotisiert. »*Maman*, sind wir hier, um die Magie zurückzubringen?«

Wie in Trance setzte sich Eloïse in Bewegung und steuerte auf den Organismus zu.

»Kind. Berühr es nicht«, ermahnte Candice, doch das Mädchen streckte seine Hand nach dem satten Grün aus.

»Nicht!«, rief sie. Erfolglos.

Candice wagte es nicht, ihre Tochter zu berühren, um keine Defensivreaktion in ihrem System auszulösen. Junge Körper waren da unberechenbar. Unaufhaltsam bewegten sich Eloïse' Finger weiter auf den Organismus zu.

»Eloïse, halt!« Keine Reaktion. Ihre kindliche Intuition musste Oberhand erlangt haben. Candice hatte bereits von solchen Fällen gehört, wenn junge Körper mit der Magie dieser Organismen in Berührung kamen. Aber dass die reine Nähe so eine Reaktion hervorrufen konnte, war ihr in all den Jahrhunderten noch nicht untergekommen. Umso mehr Grund, die Grüne Gefahr zu beseitigen, bevor sich ihre Magie voll entfalten konnte.

Candice schnaubte widerwillig. »*Abbruch Scharlach*«, sagte sie leise und sofort erstarrte ihre Tochter. Ihre Hand verharrte nur wenige Millimeter vor dem Objekt, ihre Augen geöffnet, doch plötzlich stumpf. Das schlechte Gewissen breitete sich in Candice aus. Bisher hatte sie diese Codewort-Kombi für Notfälle erst zweimal einsetzen müssen. Beide Male war Eloïse noch ein Kleinkind gewesen, ohne komplexes Bewusstsein. Sie hatte sich geschworen, dass sie ab dem Kindesalter nicht mehr von dieser Funktion Gebrauch machen würde, die Auswirkungen auf die Persönlichkeit waren nicht ausreichend erforscht. Es war schließlich ihre Aufgabe, das ihr zugeteilte Kind vor negativen Einflüssen zu schützen, während es sich noch im Aufbau befand.

Genau deshalb konnte Candice aber auch nicht riskieren, dass ihre Tochter mit dieser Magie in Berührung kam, sei sie noch so niedrig konzentriert. Dieser Körper war nicht darauf ausgelegt, ihm fehlte die Barriere. Die Magie würde direkt in ihr Bewusstsein fließen und einen unumkehrbaren Trancezustand hervorrufen, um den magischen Organismus zu schützen. Tausend Mal hatte ihre Generation versucht, eigene Prototypen von Kindeskörpern zu erschaffen, die von dieser ursprünglichen Formel, dieser ursprünglichen Mission abwichen, doch keine davon war lebensfähig gewesen. Es half nichts: Sie mussten dem gesamten Prozess der Erschaffung folgen, den die Alte Menschheit für sie vorgesehen hatte. Die Kindeskörper schienen dazuzugehören – und damit auch die Sehnsucht nach Magie.

Candice' Körper war für den Kontakt mit Organismen besser gerüstet. Ihrem Rang als *Protecteur* entsprechend war er von Anfang an in der Lage gewesen, sich der Anziehung von Organismen bewusst zu entziehen, falls es sich um Schädlinge handelte. Diese Funktion hatten sie sich zunutze gemacht. Sie war ihr Schlupfloch, um die von der Alten Menschheit eingebauten Instinkte zu überwinden. Sie mussten alles tun, damit die Alten Menschen nicht wiederkamen, sonst wären ihre Tage gezählt. Die gesamte Erdenbevölkerung lebte in Frieden, so sollte es gefälligst auch bleiben.

Vorsichtig umrundete Candice ihre Tochter und berührte den Organismus mit der Fingerspitze. Augenblicklich strömten bunt wirbelnde Eindrücke in ihr Bewusstsein. Ein magischer Funke, der das Leben zündete, Wasser, Sauerstoff, Erde, Zellen, die sich verbanden, wuchsen, festkrallten im erbarmungslosen Untergrund, ein Kampf gegen das Austrocknen, fast verloren, aber nur fast, ein Streben dem Licht entgegen, bis schließlich der Bruch durch die Oberfläche, Sonne von oben, Nährstoffe von unten ... Sie schloss die ganze Hand um die Pflanze, die Eindrücke intensivierten sich – Kraft, Leben, Energie, Energie, Hitze, Feuer – und erloschen. Sie seufzte. Wie lange es gedauert hatte, bis Candice sich ihrer Natur zu widersetzen gelernt hatte. Die Sehnsucht zu überwinden gelernt hatte.

Sie speicherte die Eindrücke unter *Organismus_H5_4783* ab, schickte sie ans Hauptquartier und blies die Asche aus ihrer Handfläche wehmütig in den Wind. Dann tippte sie auf das kleine Feld hinter Eloïse' Ohrläppchen, das die Eingabeoberfläche erscheinen ließ, und modifizierte ihre Erinnerung: Sie setzte die Reste einer Kunststoffpflanze an die Stelle des Organismus, sodass sie den Gesprächsverlauf nur minimal ändern musste.

Einen Augenblick lang schwebte ihr Finger zögerlich über der Eingabetaste. Bald würde Eloïse in einen reiferen Körper wechseln und ihr Zentralnervensystem voll und ganz selbst steuern. Ob es langsam an der Zeit war, sie in die Mission *Grüner Tod* einzuweihen?

Nixenfraß

Kalte Gischt spritzte aufs Deck. Obwohl die Frühjahrssonne die nassen Planken der *Raiding Sally* schimmern ließ, war die See unruhig. Ein Sturm würde kommen.

Das Klackern von Stiefeln erklang hinter Tris, feste, selbstbewusste Schritte auf dem schwankenden Schiff. Sie musste sich nicht erst umdrehen, um zu wissen, dass es Jin Kyung war.

»Wir legen bald an«, sagte Jin. Ihre Stimme war kühl, aber weich wie der Sand an der Küste vor ihnen. Schließlich wandte Tris den Kopf, um ihre Kapitänin anzusehen.

»Ich kann es kaum erwarten.«

Der Blick aus Jins Mondsichelaugen ließ nicht erkennen, ob sie den despektierlichen Tonfall überhaupt wahrnahm. Zu selten schenkte sie Tris' Provokationen Beachtung, was diese nur noch fuchsiger machte.

»Mach alles bereit«, sagte Jin nur zu ihrer Steuerfrau.

»Aye«, erwiderte Tris und wandte sich ab, um dem Befehl Folge zu leisten.

Es war ein seltsames Gefühl, wieder festen Boden unter den Füßen zu haben. Weder gut noch schlecht. Auf dem Meer war sie zu Hause. Das hier, diese Küste von Ribe, hätte bei ihr einen Sinn von Heimat wecken sollen, aber die Stadt, die sich vor ihnen aus dem Flachland erhob, wurde dem Glanz ihrer Kindheitserinnerungen nicht gerecht. Das schrie nach einigen Krügen Grog.

»Wie lang hast du vor, hier zu verweilen?«, wollte Tris wissen, als die Kapitänin neben sie trat.

Jin musterte sie. »Nicht länger als nötig.«

Das konnte alles heißen, eine Nacht oder einen ganzen Mondwechsel.

Die Crew teilte sich am Hafen von Hierting auf; einige vertraten sich die Beine, andere kehrten womöglich bei Dirnen ein, doch die meisten folgten ihrer Kapitänin in die Schenke. Im *Rød bølge* war es laut und stickig, aber der Grog war gut und beruhigte ihre von der See aufgerauten Kehlen und Tris' wogende Gedanken.

War das ihr vierter oder fünfter Krug? Mit etwas verschleiertem Blick bemerkte sie, wie Jin sich aus dem Kreise ihrer Mannschaft erhob und an einen anderen Tisch trat, hinten, in der düsteren Ecke. Ein Mann saß dort, die Gesichtszüge im Schatten, doch auch von hier sah sie sein auffallend weißes Haar. Jin gab ihm die Hand und wechselte ein paar Worte mit ihm, ehe sie sich zu ihm setzte. Der Mann reichte der Kapitänin etwas, das nach einer Schriftrolle aussah. Tris beobachtete die Szene grimmig und nippte an ihrem Grog. Ihre Hände schlossen sich etwas zu fest um den Krug. Mit wem ihre Kapitänin verkehrte, ging sie nichts an. Und es sollte ihr auch nichts ausmachen. Ein unangenehmes Kribbeln machte sich in ihrem Brustkorb breit und sie wandte den Blick ab.

Nach einer Weile stellte Tris fest, dass sich ein paar dänische Einheimische zu ihnen an den Tisch gesetzt hatten, und die Crew prahlte mit Abenteuern von der See – wahre Geschichten, schamlos ausgeschmückt.

Einer der Dänen begann mit starkem Akzent zu erzählen. Gleichzeitig kehrte Jin an den Tisch zurück. Tris bedachte die Kapitänin mit einem abschätzigen Blick, gab sich aber nicht die Blöße, nach dem Inhalt des Gesprächs mit dem Fremden zu fragen.

»Wir haben diese Meermenschen gesehen«, beteuerte der Däne derweil. »Und es werden immer mehr. Noch wurden sie nur um die Insel herum gesichtet, aber ich fürchte, das wird nicht mehr lange so bleiben. Die Fischbestände werden auch immer weniger. Sie wollen Fleisch, sag ich euch.«

Tris runzelte die Stirn. Was redete diese Landratte für einen Unsinn?

»Was für eine Insel?«, fragte Jin. Schwang in ihrer sonst so ruhigen Stimme tatsächlich Aufregung mit?

Der Mann tauschte einen nervösen Blick mit seinen Kameraden. Kurz darauf unterhielten sie sich hektisch auf Dänisch. Es fiel Tris schwer, dem Wortwechsel zu folgen, aber was sie verstand, klang wie wirres Seemannsgarn.

»Was sagen sie?«, wollte Jin wissen.

Tris winkte ab und betrachtete missmutig das Innere ihres leeren Krugs. »Noch mehr Unfug über Meermenschen. Gib nichts auf ihr Gewäsch.«

Die Augenbrauen der Kapitänin zogen sich kaum merklich zusammen, aber Tris wusste, was das bedeutete: *Sprich, bevor ich die Geduld verliere.*

Tris seufzte. Ihre Zunge war schwer vom Alkohol. »Angeblich verbreiten diese Meermenschen etwas Ansteckendes.«

»Und das wäre?«

»Sie nennen es *havfruens æde*.« Tris löste den Blick von den Dänen und schürzte die Lippen. »In etwa ... *Nixenfraß*.«

Die Kapitänin schwieg. Ihre Miene ließ nicht erkennen, was sie davon hielt. Tris jedoch gab ein verächtliches Geräusch von sich. Humbug war es, mehr nicht.

»Meine Crew und ich werden uns diese Insel genauer ansehen«, verkündete Jin plötzlich.

Tris riss den Kopf herum, was ihr sogleich einen leichten Schwindelanfall bescherte. Sie rieb sich die Stirn und zischte: »Was?!«

»Du hast mich gehört.« Jins Tonfall verriet, dass sie keinerlei Diskussion duldete.

Zähneknirschend starrte Tris ihre Kapitänin an. Irgendetwas stimmte hier nicht. Erst das Gespräch mit dem seltsamen Kerl in der Ecke – der im Übrigen verschwunden war – und jetzt auch noch dieser Umweg. Das hier sollte nur ein Zwischenstopp sein.

»Schlaf deinen Rausch aus«, befahl Jin. »Bei Tagesanbruch setzen wir die Segel.«

»Aye«, knurrte Tris. Sie blieb sitzen, bis die Kapitänin verschwunden war, dann knallte sie den Krug so energisch auf den Tisch, dass die Männer um sie herum aufschreckten. »Was glotzt ihr so?«, fuhr sie sie an. Leicht schwankend erhob sie sich und verließ die Schenke. Mit jedem Schritt versuchte Tris, ihren Groll abzuschütteln. Verdammte Jin.

In der Morgendämmerung war der Nebel so dicht, dass die Stadt schon kurz nach dem Ablegen wie von Geisterhand verschwand. Selbst das Seewasser, das gegen die Schiffswände schlug, klang gedämpft. Im Kontrast zum grellen Weiß wirkte es fast schwarz.

»Das gefällt mir nicht«, brummte der Quartiermeister MacRully in seinen Bart. Kraus umrahmten die angegrauten Kupferhaare sein Gesicht. Tris war zu müde, um etwas zu erwidern.

Hinter ihnen stampfte Jin unruhig über das Deck. Es schien ihr nicht zu gefallen, dass es so langsam voranging. Aber die Insel konnte nicht allzu weit weg sein.

»*Havfrue*«, flüsterte Tris vor sich hin. Sie schmeckte das Wort auf der Zunge, salzig, und schüttelte den Kopf.

Ein gedämpftes Platschen drang aus dem Nebel auf das Schiff. Tris kniff die Augen zusammen, aber sie sah nichts Ungewöhnliches und hörte auch nichts mehr. Die Crew war ungewohnt still, als hielten alle in angespannter Erwartung die Luft an.

Sie stieß sich vom Geländer ab und marschierte Richtung

Steuerbord. Ihr fiel auf, dass die Kapitänin das im Nebel nutzlose Fernglas etwas zu fest umklammerte.

»Was hast du vor?«, murmelte Tris mehr zu sich selbst, doch Jin wandte sich zu ihr um.

»Wir haben auf der Insel etwas zu erledigen«, sagte sie. »Es wird nicht lange dauern.«

»Lass die kryptischen Andeutungen«, zischte die Steuerfrau, bevor sie sich bremsen konnte. Die Müdigkeit machte der Unzufriedenheit von letzter Nacht Platz. Dass Jin sie so aus ihren Plänen ausschloss, machte ihr mehr zu schaffen, als sie sich selbst eingestehen wollte. Sie hatten unzählige Male Seite an Seite gekämpft. Arm in Arm zu Seemannsliedern geschunkelt. Sie teilten eine Verbindung, verdammt. Zumindest glaubte Tris das, aber Jin schien diese nun einfach zu kappen. »Ich – wir haben ein Recht darauf, zu erfahren, warum du uns auf diese gottverdammte Insel bringen willst. Sollen wir den Hirngespinsten der Einheimischen nachjagen? Sag schon, was soll das hier werden?«

Jins Miene verfinsterte sich. »Du wagst es, so mit mir zu sprechen?«

»Ich bin offenbar die Einzige, die es wagt.« Tris verschränkte die Arme vor der Brust. Ihr Mundwerk machte sich gerne selbstständig. Jin starrte sie nur einen Moment lang aus zusammengekniffenen Augen an, dann kehrte sie ihr den Rücken zu. Tris rechnete damit, nur noch mit Schweigen gestraft zu werden; ihre Kapitänin wusste, dass das meist der beste Weg war, um ihr Blut zum Kochen zu bringen.

»Keine Sorge«, sagte Jin zu ihrer Überraschung, »es wird nicht lange dauern.«

Tris musterte die Kapitänin misstrauisch. Die beruhigende Wirkung ihrer Worte blieb aus. Mit geballten Fäusten schluckte sie ihre Wut hinunter. Am liebsten hätte sie Jin gepackt und die Wahrheit aus ihr herausgeschüttelt.

Die unsichtbare Sonne hatte den Nebel bereits heller gefärbt, als sich darin eine Silhouette manifestierte. Der Anblick der Insel löste ein seltsames Unbehagen in Tris aus.

Jin wies die Crew an, den Anker auszuwerfen, und wenig später ruderten ihre engsten Vertrauten und ein paar Freiwillige mit zwei Booten auf die Insel zu, während der Rest der Crew auf dem Schiff verweilte. Die nasskalte Luft kroch unter Tris' Ledermantel. Sie vergrub die Hände in den Taschen. Hinter ihr saß John, das jüngste Crewmitglied, an den Rudern. Er prahlte immer damit, dass er auf der Suche nach einem Abenteuer sei, doch jetzt wurde er immer blasser, je näher sie der namenlosen Insel kamen.

Der Bug schrammte knirschend an den Strand, der aus kleinen Steinchen in allen erdenklichen Grautönen bestand. Als Jin aus dem Boot an Land sprang, klang der Aufprall unnatürlich dumpf. Ihre Umgebung war ein schwummriges Nichts. Nur das Meeresrauschen vermittelte noch ein Gefühl von Realität.

Das andere Ruderboot tauchte lautlos hinter ihnen aus dem Nebel auf und die Männer sprangen heraus.

Tris beugte sich noch einmal über den Bootsrand, um ihre Tasche herauszufischen, da erhaschte sie eine Bewegung am Heck; ein Schatten, der sich sogleich wieder ins Wasser zurückzog.

»Was zum Teufel«, murmelte sie und starrte konzentriert auf die Stelle, an der sie meinte, die Bewegung gesehen zu haben. Die Wellen schlugen friedlich gegen den dunklen Körper des Bootes.

»Worauf wartest du?«, fragte Jin ein Stück vom Wasser entfernt.

Anstatt zu antworten, schnappte Tris die lederne Tasche aus dem Boot und schloss zu ihrer Kapitänin und den anderen auf. Jin studierte eine Karte. In ihrem Zentrum war eine Höhle eingezeichnet worden.

»Was genau hat das mit diesen Kreaturen zu tun, die hier angeblich hausen sollen?«, wollte John wissen.

»Sie bewachen etwas, das in dieser Höhle ist«, sagte Jin, als läge es auf der Hand. Sie schaute John ruhig an. »Etwas, das wir haben wollen.«

»Und das wäre?«, platzte es aus Tris heraus. Sie wollte gar nichts, nur hier weg. Ein Feigling war sie nicht, aber auch keine Närrin. Und all das hier fühlte sich mehr als falsch an.

Jin blickte zurück in den Nebel und sagte leise: »Ewiges Leben.«

Ein Raunen erfasste die Crew.

»Was hat sie gesagt?«

»Ewiges Leben ...«

»Was hat das zu bedeuten?«

»Seid verdammt nochmal still!«, brüllte Tris. Ihre Kameraden verfielen in Schweigen. Sie funkelte ihre Kapitänin an. »Hat er dir das versprochen? Der Kerl aus dem *Rød bølge*?« Sie spuckte auf den Kies. »Das kannst du nicht ernsthaft glauben.«

Nur selten trug Jin ihre Emotionen nach außen, aber nun zogen sich ihre dunklen Brauen zu einer Gewitterwolke zusammen.

»Hüte deine Zunge, anstatt von Dingen zu sprechen, von denen du keinerlei Ahnung hast.«

»Eins weiß ich wohl«, Tris verschränkte die Arme, »nämlich dass du deiner Crew wohl nicht mehr genug vertraust, um uns über deine geheimnisvollen Pläne aufzuklären.«

Jin sah aus, als wollte sie Tris erneut zurechtweisen, stattdessen presste sie zwischen zusammengebissenen Zähnen hervor: »Ich folge der Spur der Unsterblichkeit schon seit langer Zeit. Bereits mein Vater war auf der Suche danach, bevor er mir das Schiff überlassen hat.« Das hatte er nicht getan; Kapitän Kyung war in einer Piratenschlacht gestorben und Jin war in seine Fußstapfen getreten. Tris verkniff sich diesen Seitenhieb. Seit dem Vorfall hatte Jin sich den Titel verdient und eine harte Schale zugelegt. Aber die ganze Sache mit der Unsterblichkeit, davon hörte sie zum ersten Mal. »Der Mann in der Schenke hat mir nur ein weiteres Puzzleteil verkauft. Wir haben mal mehr, mal weniger Kurs gehalten«, fuhr Jin fort, »und nun sind wir ganz nah. Ich spüre es.«

Eine beinahe kindische Wut überfiel Tris bei dem Gedanken, dass sie die ganze Zeit keine Ahnung gehabt hatte, warum sie wirklich in den Norden gesegelt waren. Unsterblichkeit. Sie hätte gerne erwidert, wie lächerlich es war, daran zu glauben, aber die Kapitänin sprach mit solcher Überzeugung, dass ihr stattdessen ein Schauer über den Rücken lief.

Als es auch sonst niemand wagte, etwas dagegen zu sagen, drehte Jin sich energisch um und marschierte über den Kiesstrand hinauf. Die Männer folgten ihrer Kapitänin und nach kurzem Zögern stapfte Tris ihnen hinterher. Kaum war der Kies festem Steinboden gewichen, ragten scharfkantige Felsen unheilvoll um sie herum auf. Immerhin konnten sie dem Nebel etwas Einhalt gebieten.

Schweigend näherten sie sich dem Herz der Insel. Das stete Meeresrauschen war zu einem dumpfen Dröhnen verblasst. Mit der Karte in der Hand bahnte sich Jin ihren Weg zwischen den sich immer höher auftürmenden Steingebilden hindurch.

Ein schleifendes Geräusch erregte Tris' Aufmerksamkeit. Sie blieb stehen und lauschte. Irgendetwas bewegte sich da hinter dem Felsen. Tris versuchte, über die Steine oder daran vorbei einen Blick zu erhaschen, doch sie konnte nichts erkennen.

Die anderen waren ihr bereits meterweit voraus und sie beeilte sich, aufzuholen. Das Geröll, das dabei unter ihren Stiefelsohlen nachgab, klang plötzlich beunruhigend laut in ihren Ohren.

»Seht!«, erklang plötzlich Jins Stimme.

Als Tris sich an den Männern vorbeidrängte, tat sich ein dunkler Schlund vor ihnen auf – ein Höhleneingang. Wie das Maul eines Ungeheuers wartete die Öffnung darauf, sie zu verschlingen.

»John, die Fackel«, befahl Jin.

Der junge Mann kramte hektisch Fackel und Feuersteine aus seinem Leinensack und kurz darauf flammte das Feuer auf. Wortlos trat er neben sie an den Höhleneingang und leuchtete hinein. Viel mehr als nacktes Gestein war nicht zu erkennen. Dunkle Tropfen benetzten die Höhlenwände hier und da, wo das Kondenswasser zu Boden sickerte. Die Kapitänin ging voran und John folgte ihr dichtauf. Der Feuerschein warf einen goldenen Schimmer über ihr pechschwarzes Haar.

Lautlos zog Tris ihre Espingole aus dem Holster. Der Schaft der Steinschlosspistole wies bereits Schrammen auf, aber das Holz war glatt und glänzend. Er schmiegte sich perfekt in Tris' Handfläche. Das Gefühl beruhigte sie ein wenig, als sie ihrer Kapitänin und den Bootsmännern in die feuchte Höhle folgte.

Das Tageslicht verblasste hinter ihnen, zurück blieben die Dunkelheit, die sich um den Fackelschein drängte, und eine beinahe greifbare Unruhe. Die Mannschaft scharte sich näher um den Fackelträger, während sie dem abschüssigen Gang folgten.

Die Luft war kalt und klamm. Stalaktiten hingen in grotesk zulaufenden Formen drohend über ihren Köpfen.

»Da ist etwas«, sagte Jin an der Spitze der kleinen Truppe. Ihre Stimme echote seltsam verzerrt von den Felsformationen, während sich ihre Schritte beschleunigten.

Der Gang wurde breiter und mündete schließlich in einen gewaltigen Höhlenraum. Etwas glitzerte in der Finsternis; das Licht der Fackel, das sich auf einem Spiegel aus stillem Wasser brach. Der schwache Feuerschein verlor sich in der undurchdringlichen Schwärze des weitläufigen Raumes. Eine schmale Ansammlung von Felsen führte über das Wasser zu einer kleinen Insel, in deren Mitte sich ein scharfkantiger Monolith erhob.

»Versenk mich doch einer«, entfuhr es Tris. »Was zum Henker ist das hier?«

Anstatt zu antworten, trat Jin den Weg über den See an. Sicheren Fußes schritt sie über den steinernen Steg, der stellenweise vom Wasser durchbrochen war. Die Bootsmänner zögerten.

»Verdammt noch eins«, knurrte Tris angesichts Jins Vorpreschen und ihrer eigenen Unfähigkeit, sich ihrer Kapitänin – und Freundin – entgegenzustellen. Die Steuerfrau riss John die Fackel aus der Hand. »Was seid ihr, jämmerliche Landratten? Bewegt euch!«

Sie stapfte voran, ohne sich nach den anderen umzusehen. Wenn sie ihr nicht folgten, waren sie es nicht wert, dass sie die Männer auch nur eines Blickes würdigte. Doch nach kurzem Zögern traten auch die Piraten nacheinander den Weg über das Wasser an.

Vor ihr erreichte Jin die Insel. Das versteinerte Herz der Höhle. Tris schloss zu ihr auf; bevor sie etwas sagen konnte, fiel ihr Blick auf den Monolith. Erst aus der Nähe sah sie, dass dort eine Einbuchtung im Felsen war, gerade groß genug für die unscheinbare Flasche, die darin stand. Etwas wie Pergament zeichnete sich im Glas ab.

»Was ist das?«, fragte Tris leise. Sie konnte Jins Aufregung beinahe körperlich spüren. Und doch – als die Kapitänin ihre Hände danach ausstreckte, zitterten sie nicht.

Das Platschen von Wasser, gefolgt von einem Aufschrei durchriss die Stille. Jin und Tris wirbelten herum. Einer der Männer, Roland, schüttelte sein Hosenbein aus, während zwei der anderen ihn stützten. Allem Anschein nach war er abgerutscht und beinahe ins Wasser gefallen. Runde Wellen brachen die glatte Seeoberfläche.

»Pass doch auf, verdammt, Roland«, zischte Tris.

Wasserringe kreuzten die Wellen. Sie kamen aus der entgegengesetzten Richtung.

Tris erstarrte. Sie senkte die Fackel und kniff die Augen zusammen, um zu erkennen, wovon sie verursacht wurden.

»Was ist das?«

Jins Aufmerksamkeit galt allein der Flasche, die sie nun mit beiden Händen fest umklammerte. Ihre Augen hatten einen glasigen Ausdruck angenommen.

»Tris«, flüsterte sie, »vielleicht halte ich hier gerade das Geheimnis der Unsterblichkeit in den Händen.«

»Dann nimm es mit und lass uns von hier verschwinden«, zischte die Steuerfrau und endlich ließ Jin die Flasche sinken. »Wir sind hier drin nicht allein.«

Ein Schrei gellte durch die Höhle. Einer der Männer brach auf den Steinen zusammen und brüllte. Es waren qualvolle Laute, unter die sich die Angstschreie der anderen mischten. Es dauerte einen Moment, bis Tris die Quelle des Aufruhrs entdeckte. Etwas fasste aus dem Wasser nach den Beinen der Bootsmänner. Einige von ihnen rannten bereits in Richtung Höhlenausgang.

John war auf dem schmalen Steinsteg zurückgeblieben, stellte sich schützend über den Verletzten und feuerte mit seiner Waffe ins Wasser. Der Lärm des Schusses schien den gesamten Raum einzunehmen, eine Fontäne spritzte in die Höhe. Mit einem Mal geriet der ganze See in Bewegung. Irgendetwas erwachte unter der Oberfläche.

»Raus hier!«, brüllte Jin. Sie packte Tris' Ärmel. »Los!«

Gemeinsam rannten sie über die Steine und schafften es irgendwie, ihr Gleichgewicht zu halten. Vor ihnen hievte John den Verletzten auf die Beine und zerrte ihn mit sich. Brandon schaffte es irgendwie, dabei nicht ins Wasser zu fallen, obwohl sein Gesicht so schmerzverzerrt war, dass Tris ihn beinahe nicht erkannt hätte. Sein rechter Stiefel war blutüberströmt, das Hosenbein hing in Fetzen – oder war es seine Haut?

Noch mehr Hände schossen durch die Wasseroberfläche. Hände mit Schwimmhäuten zwischen den Fingern. Sie strauchelte, als die schuppigen Arme sich nach ihr streckten, und kämpfte

sich weiter über den felsigen Steg in Richtung Ufer. Ein aufge-
schwemmtes Gesicht tauchte aus dem Wasser auf, bedeckt mit
silbergrauen Schuppen und einer Reihe rasiermesserscharfer Zähne.
Die gelben Augen verfolgten sie. Bösartig. Hungrig.

Havfrue. Sie wollen Fleisch.

Die schrillen, unmelodischen Laute der Kreaturen schmerzten
in ihren Ohren. So etwas Schauderhaftes hatte Tris noch nie zuvor
gehört.

Endlich erreichten sie den festen Boden und flohen in den Gang.
Die Schritte ihrer Kameraden hallten diffus von den Wänden wider
– oder waren es die der Monster, die sie verfolgten? Tris sah nicht
zurück, um es herauszufinden. Sie steckte die Waffe ein und ergriff
Jins Hand, um sich zu vergewissern, dass diese dicht bei ihr blieb.

Am Ende des Tunnels gesellte sich ein Licht zu ihrer Fackel und
kurz darauf stürmten sie endlich ins Freie.

Der Rest der Männer wartete bereits draußen, keuchend und
mit blassen Gesichtern. Brandon lehnte sich an einen Felsen und
wimmerte, während er seine klaffende Wunde anstarrte. Jin ließ
die Hand ihrer Steuerfrau los und sah mit geweiteten Augen zum
Tunnel zurück.

»Was bei allen Weltmeeren war das?«

»Wir sollten verschwinden, ehe sie uns folgen«, drängte Tris.
Sie löschte die Fackel und wandte sich zum Gehen.

»Wir rudern zurück zum Schiff«, sagte Jin. Im Vorbeigehen
drückte sie Brandons Schulter. »Keine Sorge, gleich flicken wir
dich zusammen. Das wird wieder, Pirat.«

Brandon zwang sich zu einem Lächeln, biss die Zähne zusammen
und humpelte der Kapitänin mit Johns Hilfe hinterher. Sie saßen
kaum in den Booten, da ruderten die Männer schon kräftig los.

Tris schaute über die Schulter zurück zur Insel. Der Nebel hatte
sich etwas zurückgezogen und gab den Blick auf die abweisen-
den Felsformationen frei. Unter der Wasseroberfläche konnte sie

jetzt die spärlichen Überreste von Booten erkennen. Die Wracks deuteten darauf hin, dass sie nicht die ersten Opfer dieses verfluchten Ortes gewesen waren. Alles schrie danach, sich von dieser Insel fernzuhalten, und sie hatten es nicht getan. Tris zwang sich, nicht zu Jin hinüberzusehen. Die Kapitänin hatte etwas aus dieser verfluchten Höhle gestohlen. Und wenn es wirklich so wertvoll war, wie Jin glaubte ... Unwillkürlich spannte sich Tris' gesamter Körper an. Es war noch nicht vorbei.

Als sie endlich wieder an Deck der *Raiding Sally* waren, brachten die Bootsmänner Brandon auf der Stelle unter Deck. Der Rest der Besatzung schaute ihnen verwirrt hinterher.

»Da gibt es nichts zu sehen«, schnauzte Jin sie an. »Los, wir segeln zurück in den Hafen!« Damit stapfte sie in Richtung der Kajüten davon.

Obwohl Tris bewusst war, dass der Befehl auch ihr galt, folgte sie der Kapitänin. Frisches Blut befleckte die Planken bis hin zur Treppe.

Kaum war sie über die letzte Stufe hinuntergestiegen, blieb Jin im Gang zwischen den Kabinen stehen. Überraschenderweise schickte sie Tris nicht weg, sondern duldete ihre Anwesenheit schweigend.

Die Steuerfrau beobachtete ihre Kapitänin dabei, wie sie die Flasche aus der Höhle kurz betrachtete und dann den Korken aus dem Hals hebelte. Misstrauisch musterte Tris das eingerollte Pergament, das in die Flasche geschoben worden war. Darauf sollte das Geheimnis der Unsterblichkeit stehen?

Aus einem Impuls heraus legte sie ihre Hand auf Jins, als diese das Schriftstück herausziehen wollte. »Bist du dir sicher, dass du dir das ansehen möchtest?«

Jin betrachtete Tris' Hand auf ihrer, dann schaute sie ihr direkt in die Augen. »Brandon riskiert nicht sein Bein, nur damit ich diese Flasche jetzt zurück ins Meer werfe.«

Wie aufs Wort hallten panische Schreie aus mehreren Kehlen durch den Flur.

»Das klang nicht nach Brandon«, stellte Tris mit hohler Stimme fest.

Jin erwiderte mit ebenso geweiteten Augen ihren Blick, dann eilte sie mit großen Schritten zum Durchgang, der in die Kajüte des Schiffsarztes führte. »Was ist da drinnen los?«

Im nächsten Moment kam John herausgestürzt, die Augen weit aufgerissen. »Es ist Brandon. Er –« Seine Lippen bewegten sich irritiert, aber er schien nicht die richtigen Worte zu finden, um das zu beschreiben, was hinter ihm so ein Geschrei verursachte.

Ein paar andere drängten sich an ihm vorbei und stürmten davon, auch wenn sie auf dem Schiff nicht weit laufen konnten.

»Was zur Hölle«, fauchte Tris und schob sich an ihrer Kapitänin und John vorbei. Jin blieb dicht hinter ihr. Schmerzenslaute und eine Blutspur am Boden ließen die Kajüte düsterer wirken, als sie eigentlich war. Noch schlimmer aber war der Anblick von Brandon auf der Pritsche, krampfend und zuckend am ganzen Körper. Ob seine Kameraden ihn ausgezogen oder er sich die Kleider in seiner Qual selbst vom Leib gerissen hatte, war nicht zu sagen. Ein großes Stück Fleisch und Muskel fehlte an seinem Bein. Überall war Blut. Aber das war nicht das Schlimmste.

Es sah aus, als hätte er eine Blutvergiftung; von der Wunde aus krochen dunkelgraue Adern unter seiner Haut über die Beine bis zum Torso hinauf. Seine Augen waren weit aufgerissen, aber es waren nicht die, die Tris kannte. Blutunterlaufen und gelblich starrten sie ins Nichts. Und dann waren da noch die Schuppen. Silbergraue Schuppen, die sich rasch wie unnatürlicher Wundschorf um den Biss herum ausbreiteten.

Tris wurde aus ihrer Starre gerissen, als Jin sie am Arm packte.

»Verdammte Scheiße!«, fluchte die Kapitänin. Ihre Stimme wurde beinahe vollständig von den würgenden Lauten des Verletzten übertönt. »Was geht hier vor?«

»Nixenfraß.« Tris richtete ihre Pistole auf Brandon und drückte ab. Der ohrenbetäubende Schuss hallte von den Wänden wider, als Fleisch und Blut daran kleben blieben.

»Verdammt!«, entfuhr es Jin erneut. Sie starrte zuerst den nun reglosen Brandon, dann Tris fassungslos an. »Warum hast du das getan?«

»Ich habe die Sache abgekürzt.« Das Abdrücken der Pistole hatte auch Tris' innere Unruhe zum Schweigen gebracht. Was auch immer diese Kreaturen waren, man konnte sie töten.

Jin war alles andere als ruhig. »Wir hätten ihm helfen können!«, schrie sie.

»Das glaube ich nicht«, sagte Tris kopfschüttelnd. »Nichts hätte ihm mehr helfen können. Und uns auch nicht, hätten wir ihn am Leben gelassen.«

An Deck wurden Rufe laut. Zeitgleich fuhren Jin und Tris herum.

Die Kapitänin steckte hastig das Pergament in ihren Mantel und stellte die Flasche ab. Sie war als Erste an der Treppe und nahm gleich drei Stufen auf einmal.

Die beiden hatten das Deck fast erreicht, als Roland ihnen entgegenstürmte. »Sie kommen!«

Die Frage, wer *sie* waren, erübrigte sich beim Anblick der glitschigen Körper, die über das Schanzkleid kletterten. Gelb glühende Augen und spitze Zahnreihen – eine Meereskreatur nach der anderen infiltrierte das Schiff. Einige von ihnen gingen gebeugt auf zwei Beinen, andere wiederum bewegten sich auf allen vieren vorwärts. Waren die Biester ihnen durch die Höhle gefolgt oder gab es einen unterirdischen Zugang zum See, durch den sie nun in das Meer hinausgeströmt waren? Tris' rasende Gedanken wurden durch Geschrei übertönt, das aus mehreren Ecken kam und sich über das gesamte Schiff verbreitete.

Mit Schrecken beobachtete Tris, wie die Ungeheuer über die Besatzung herfielen. Es waren nicht viele – fünf hatte Tris gezählt –, doch der Angriff traf die Männer völlig unvorbereitet. Irgendwoher kamen Schüsse. Tris zückte ihre Espingole und lud sie hastig.

»Großer Gott«, murmelte Jin neben ihr. Auch sie hob ihre Waffe, die Schusshand gefährlich ruhig.

Sie drückte ab; die Kugel traf eines der Wesen mitten zwischen die Schulterblätter. Schwarzes Blut ergoss sich über die Planken, wo der Körper aufschlug. John kauerte röchelnd am Boden, beide Hände an den Hals gepresst. Blut sickerte aus einer hässlichen Bisswunde zwischen seinen Fingern hervor. Jin eilte zu ihm, Tris wandte sich ab, um den anderen Crewmitgliedern zu helfen.

Sie fand MacRully am Bug des Schiffs, bewaffnet mit Steinschlosspistole und Messer. Er sah unverletzt aus.

»Wie ist die Lage?«, fragte Tris knapp. Ihr Blick fiel auf den Leichnam einer der Kreaturen, wenige Schritte von ihnen entfernt. Die kalten Augen standen weit offen; zwischen den Piranhazähnen hingen Speichelfäden, doch zumindest kein Blut. Ein Teil der Crew eilte mit Waffen zum Heck.

MacRully schüttelte schwer atmend den Kopf. Schweißperlen standen ihm auf der Stirn. »Wir haben schon drei Männer verloren. Noch mehr sind verletzt, aber sie kämpfen. Keine Ahnung, wie es auf dem Kastell aussieht.«

»Komm mit.« Tris eilte voran.

Ein kalter Wind zog auf. Mehrere Kreaturen huschten zwischen den Piraten umher. Schreie, Schüsse. Ein Mann lag auf dem Boden; die Bisswunden in seinem Gesicht waren so tief, dass Tris nicht einmal mehr mit Sicherheit sagen konnte, welcher ihrer Kameraden er gewesen war.

»Verdammte Drecksbiester!«, knurrte sie und eilte die Stufen auf das Heckkastell hinauf. Oben drängten drei Kreaturen zwei verwundete Männer, Sam und Watson, gegen das Schanzkleid. Nur ein Dolch in Sams zitternder Hand hielt sie noch auf Abstand.

»Hey, ihr Scheißkerle!«, rief Tris. Eines der Wesen wirbelte zu ihr herum und stieß sich von den Planken ab. »Nimm das!« Tris schoss und traf das Ungeheuer mitten im Sprung an der Schulter. Es wurde von der Wucht herumgerissen, schlug hart auf dem Boden auf und schlitterte noch ein Stück weiter.

Der kurze Moment der Ablenkung wurde jedoch auch Sam und Watson zum Verhängnis. Die beiden übrigen Kreaturen witterten ihre Chance und sprangen die beiden an. Sam wimmerte und versuchte, sich mit dem Dolch zu verteidigen, doch die Kreatur rang ihn zu Boden. Das zweite Wesen riss Watson geradewegs mit sich über die Reling. Der Aufschlag im Wasser erstickte seine Schreie.

MacRully fluchte. Er zielte auf die Kreatur, die sich über Sam beugte, aber er zögerte zu lange, aus Angst, seinen Kameraden zu treffen. Tris hingegen hatte ihre Pistole nachgeladen und drückte sofort ab. Mit einem Kreischen rollte das Meereswesen von ihm herunter und blieb reglos liegen. Zu spät. Sams Schulter war blutig gebissen. Seine Augenlider flatterten, während er versuchte, bei Bewusstsein zu bleiben.

»Pass auf!«, stieß MacRully hervor.

Tris hatte gerade noch Zeit, sich umzudrehen; der nasse, kalte Körper, der gegen sie prallte, riss sie dennoch völlig unvorbereitet zu Boden. Die Waffe schlitterte aus ihrer Reichweite. Scharfe Klauen bohrten sich in ihren Ledermantel und pressten sie hart auf die Planken. Alles, was sie sah, waren zwei Reihen gelblicher Zähne, die vor ihren Augen auseinanderklafften. Der widerliche Gestank von Fäulnis und abgestandenem

Seewasser schlug Tris entgegen. Sie hielt den Atem an, ihre Gedanken rasten. Mit einem verzweifelten Knurren bäumte sie sich auf und versuchte, die Meereskreatur abzuwerfen, aber sie war zu stark.

Im nächsten Moment knallte ein Schuss über das Deck und ließ Tris' Ohren klingeln, beinahe zeitgleich wurde ihr Gesicht von einer klebrigen Masse besudelt. Erst als ihr bewusst wurde, dass sie noch lebte, und der schwere Körper zur Seite sackte, erkannte sie es als Blut und Fleischfetzen. Sie starrte geradewegs in den Lauf von Jins rauchender Steinschlosspistole.

Die Kapitänin ließ die Waffe sinken und streckte ihre Hand aus, um ihr aufzuhelfen. Tris nahm sie dankend an, rappelte sich auf und spuckte angewidert aus.

»Diese verdammten Biester haben fast alle erwischt«, sagte Jin matt. Sie schüttelte den Kopf, als sie an den Rand des Kastells trat und ihren Blick über das Schiff gleiten ließ. Blut, aber auch Körper, nicht alle in einem Stück, verteilten sich über das Deck. Noch nie hatte sie so verwundbar ausgesehen. Tris drückte ihre Hand, ließ sie aber rasch wieder los, um ihre Waffe aufzuheben. Die Kreaturen schienen erledigt zu sein, aber sie steckte die Espingole noch nicht ein.

»Was jetzt?«, murmelte MacRully.

»Wir müssen schnellstens zurück nach Hierting. Diejenigen, die noch übrig sind, müssen verarztet werden.«

Tris musterte Jin nachdenklich. »Du hast gesehen, was mit Brandon passiert ist. Was, wenn alle anderen, die gebissen wurden ...«

»Was willst du damit sagen?«, fiel Jin ihr ins Wort. »Sollen wir sie etwa einfach sterben lassen?«

Tris presste die Lippen aufeinander. Wenn sie recht behielt, wäre Erschießen wohl die gnädigere Variante. Sie sprach die Worte nicht aus, aber ihr grimmiger Blick schien zu genügen.

»Vergiss es«, knurrte Jin. »Das ist meine Crew. Ich lasse sie nicht im Stich.«

»So habe ich das nicht gemeint«, erwiderte Tris beschwichtigend.

Jin ignorierte sie. »MacRully, geh und hilf den Verletzten.«

Der Quartiermeister nickte und eilte die Stufen hinab.

»Jin, ich wollte nicht ...« Tris schaute auf die tote Meereskreatur zu ihren Füßen und setzte erneut an. »Du weißt, was die Männer im *Rød bølge* uns erzählt haben. Sie haben von einer Art Krankheit gesprochen. Was, wenn sie sich auf dem Schiff ausbreitet?«

»Dann werde ich ein Heilmittel finden«, schnappte Jin. Sie senkte ihre Stimme, obwohl niemand da war, der ihnen zuhören konnte. »Erwartest du ernsthaft, dass ich meine Besatzung exekutiere?«, fragte sie vorwurfsvoll. »Es sind auch deine Leute.«

»Sind sie das auch noch, wenn sie mich als wildgewordene Bestien töten wollen?«

Jin antwortete nicht, ihr Kiefer war angespannt.

»Ich muss nach meinen Männern sehen«, sagte sie dann und rauschte davon.

Seufzend sah Tris dem wehenden Mantel der Kapitänin nach. Ihr kam der Gedanke, wie furchtbar es sein musste, jetzt in ihrer Haut zu stecken. Verantwortung für die Besatzung zu übernehmen. Vielleicht über Leben und Tod zu entscheiden.

Sie mühte sich damit ab, sich mit dem Ärmel ihres Hemds das Blut aus dem Gesicht zu wischen. Das schwarze Zeug stank nach Tod. Schließlich ging sie zurück zum Bug, wo sie die Verbliebenen des Schiffs fand. Jin und MacRully hatten die Verletzten zusammengetragen. Sechs an der Zahl, mehr waren nicht übrig. Sam lebte noch, aber er atmete schwer und der dicke Verband um seine Schulter verfärbte sich bereits rot. Auch Roland war dort, er schien nur an der Hand gebissen worden zu sein. Tris ertappte sich dabei, nach Schuppen und dunklen Adern, wie sie sie bei Brandon gesehen hatte, Ausschau zu halten. Roland bemerkte ihren Blick und sie wandte sich rasch ab.

»Das wird wieder«, sagte Jin zu den Männern. Sie wirkte bleich. Ohne ein weiteres Wort entfernte sie sich ein Stück.

Tris zögerte, ehe sie zu ihr aufschloss. Regen setzte ein und die Tropfen ließen das dunkle Blut über ihr Gesicht rinnen. »Ich wollte nur sagen, dass ich dich verstehe. Manchmal rede ich eben schneller, als ich denke«, sagte sie.

Zu ihrer Überraschung lächelte Jin. »Eine der vielen Eigenschaften, die ich an dir schätze.«

Tris schnaubte. In ihrem Inneren breitete sich jedoch zum ersten Mal seit Stunden so etwas wie Wärme aus. »Weißt du, ich …«

»Oh, verflucht!«, ertönte es hinter ihnen.

Alarmiert schaute Tris zu den Verletzten.

MacRully stolperte rückwärts, eine Hand von sich gestreckt. »Er – er hat mich gebissen!«

Sofort sah sie, dass John nicht mehr so regungslos war wie zuvor. Er hatte den Kopf gehoben, auf seinen Lippen glänzte Blut. War es sein eigenes oder MacRullys? Seine unmenschlichen Augen verrieten ihn. Gelb und gierig starrten sie den Quartiermeister an.

»Nein«, entfuhr es Jin leise, als sie Tris' finsteren Verdacht bestätigt sah.

Sofort zog Tris wieder die Waffe. Diesmal sah sie sie, die dunklen Adern, die sich unter der Haut ihrer Kameraden ausbreiteten. MacRully starrte seine blutige Hand an wie einen Fremdkörper. Ihm dämmerte, was der Biss bedeutete.

»Wenn wir sie retten wollen«, stieß Jin hervor und strich sich, die Pistole in der Hand, nervös durch die Haare, »dann müssen wir sie einsperren. Sofort!«

Roland ging röchelnd in die Knie. Auch bei ihm und Sam ging es jetzt los. Tris' Gedanken rasten, als sie überlegte, wie sie die Infizierten unter Deck bringen sollten, ohne dabei selbst gebissen zu werden.

Seltsame Bewegungen in den Wellen erregten ihre Aufmerksamkeit. Gelbe Augen in der Gischt. Silberne Schuppen. Da waren noch mehr von ihnen. Unzählige von ihnen.

»Ich denke, es läuft darauf hinaus, dass wir uns selbst einschließen müssen«, zischte sie.

»Geht«, sagte MacRully. Er schluckte schwer, aber seine Stimme war fest. »Ich versuche, sie so lange wie möglich in Schach zu halten.«

»Geh lieber in Deckung, MacRully«, sagte Jin. Ihre Worte waren mehr Bitte als Befehl, trotzdem erwiderte der Quartiermeister: »Aye, Käpt'n.«

Tris packte Jins Hand und zog sie hinter sich her. Sie flogen beinahe die Treppe hinunter.

»Los, da rein!«, rief Jin und sie stürmten in die erstbeste Kajüte. Tris verriegelte die Tür und holte tief Luft, während sie lauschte.

BAMM, BAMM, BAMM. Schwerfällige Schritte kamen die Treppe herunter, dann verstummten sie.

Plötzlich schlug jemand von außen dagegen und Tris stolperte von der Tür zurück. Ihr Kamerad, oder zumindest das, was einst einer gewesen war, begann, an der Tür zu rütteln. Immer mehr Hände schlugen gegen das Holz und es ächzte bedrohlich in seinen Angeln.

»Wir können nicht ewig hier drin bleiben«, sagte Tris. Sie richtete ihre Espingole auf die Tür und zog ihr Entermesser aus dem Gürtel. »Aber vielleicht haben wir hier genug Zeit, uns zu überlegen, wie wir vom Schiff runterkommen.«

Das Holz knackte, als die ersten Klauen hindurchbrachen.

»Oder auch nicht«, korrigierte sie sich grimmig.

»Erst die Crew und jetzt die *Raiding Sally*. Du willst wohl, dass ich alles aufgebe, oder?« Jin ballte die Hände zu Fäusten.

Wütend starrte Tris ihre Kapitänin an. »Willst du lieber draufgehen? Und komm mir jetzt nicht mit: *Eine Kapitänin verlässt ihr Schiff zuletzt.*«

Einen Moment lang schien Jin mit ihr streiten zu wollen. Dann presste sie die Lippen aufeinander und schaute ihre Steuerfrau mit bitterer Bestimmtheit an. »Wenn wir draufgehen, dann mit ordentlichem Krachen.«

»Aye.« Tris' Blick fiel auf die Rumflasche auf dem Nachttisch. »Ich habe eine Idee« sagte sie, schnappte sich die Flasche und hielt sie vor den Lauf ihrer Steinschlosspistole. »Halt dich bereit.«

Jin starrte sie argwöhnisch an. »Ich fürchte, das, was du vorhast, ist absolut hanebüchen.«

»Aber nicht unmöglich.«

»Auch etwas, das ich an dir schätze«, sagte Jin sarkastisch, aber nicht ohne Anerkennung.

»Dann lass es uns durchziehen«, gab Tris zurück. »Wenn sie durchbrechen, schieße ich und dann schlagen wir uns den Weg zu den Booten frei, klar?«

»Warte«, sagte Jin hastig. Ihre Augen schimmerten vor Furcht, aber nicht wegen der Meereskreaturen. Mit einem Schritt schloss sie die Distanz zwischen ihnen und legte eine Hand in Tris' Nacken. Die Lippen der Kapitänin pressten sich auf ihre und für die Dauer eines Herzschlages wurde es still um sie. Verzweiflung und zu lange verborgene Leidenschaft lagen in Jins Kuss und hallten irgendwo in Tris' Brustkorb wider. Jins schwarze Seidenhaare kitzelten ihr Gesicht und verfingen sich in Tris' roter Lockenmähne. Eine explosive Mischung. Feuerhaar und Schießpulver.

Die Tür barst. Jin und Tris rissen sich voneinander los. Das Kreischen der gebrochenen Angeln wurde von den Lauten der

Ungeheuer übertönt. Ungeheuer, die einst ihre Kameraden gewesen waren. Kaum wiederzuerkennen drängten sie sich durch die Öffnung, die entstellten Mäuler weit aufgerissen.

»Hey, ihr Bilgratten!«, schrie Tris und schwenkte den Rum. »Auch einen Schluck?«

Sie warf den Kreaturen die Flasche entgegen – und schoss geradewegs hindurch. Wie in Zeitlupe schienen die Glassplitter in alle Richtungen zu bersten. Die Munition traf ihr Ziel und streute mitten zwischen die Augen des Wesens, das einmal John gewesen war. Im selben Moment setzten die Funken des Schießpulvers den Alkohol in Brand und lösten eine Stichflamme aus. Das Feuer reichte kaum aus, um die übrigen Kreaturen zu treffen, aber sie wichen kreischend zurück.

»Das«, sagte Jin, die geweiteten Augen noch auf die Stelle gerichtet, an der die Kugel die Rumflasche durchbrochen hatte, »war beeindruckend, Beatrice Dalgaard.«

Tris erlaubte sich nur die Andeutung eines Lächelns. »Komm, wir verschwinden.«

Sie sprangen über die tote Kreatur und mit erhobenen Messern auf den Gang hinaus. Die drei übrigen Meereswesen verharrten in einigem Abstand hinter der Tür und versperrten den Weg zur Treppe.

»Feuer scheint diesen Biestern nicht zu gefallen«, stellte Tris fest. Sie schlug mit dem Messer zu; das erste Wesen wich zurück, dennoch erwischte die Klinge es. Ein schwarzer Streifen zog sich quer über seine Brust und es fauchte wütend. »Du hast wohl noch nicht genug, was?«

Jin richtete ihre Pistole auf die drei. Genau in diesem Moment ertönte ein zorniger Schrei und kurz darauf streckte MacRully eine der Kreaturen nieder. Er zögerte nicht, sein Entermesser gleich der nächsten ins Kreuz zu rammen. Tris nutzte den Moment und versetzte der dritten Kreatur den Todesstoß. Schwarzes Blut besudelte ihre Stiefel und sie trat einen Schritt zurück, als sie das Entermesser mit einem Ruck wieder aus dem toten Biest zog.

Überrascht schaute sie zu MacRully auf, doch sein Anblick war erschreckend. Eines seiner Augen war bereits gelb und der Großteil seines Halses mit Schuppen überzogen. Tris konnte schon die Kiemen erkennen. Aber der Pirat war noch bei Verstand.

»Ich fürchte, das war mein letzter Dienst, Käpt'n«, brachte er schwer atmend hervor. Er sackte an der Wand zu Boden. »Ihr solltet schleunigst verschwinden. Diese Mistkerle haben das gesamte Schiff umzingelt.«

Tris nickte, aber Jin ging neben ihm in die Knie. »Du warst immer eine treue Seele, MacRully. Hier.« Sie setzte ihm den Pistolenlauf auf die Brust und als sie weitersprach, wurde ihre Stimme brüchig. »Das ist der letzte Dienst, den ich dir erweisen kann.«

Dunkle Gewissheit legte sich in MacRullys Augen. »Danke, Käpt'n.«

Der Knall war markerschütternd. Tris versuchte, das Blinzeln zu unterdrücken, den Blick nicht abzuwenden, um ihrem Kameraden den letzten Respekt zu erweisen.

Totenstille. Jin stand abrupt auf und stürmte mit aufeinandergepressten Lippen an Tris vorbei nach oben. Mit einem letzten Blick zurück auf MacRully folgte sie der Kapitänin.

»Wir müssen uns jetzt zusammenreißen«, sagte Tris, obwohl sie die gelben Augen auf sich spürte, die im Meer lauerten.

Am Bug kroch eine der Kreaturen umher, schien sie aber nicht zu bemerken. Vermutlich war es nur eine Frage der Zeit, bis die Biester aus dem Wasser geklettert kamen, um auch noch das letzte bisschen Menschlichkeit auf der *Raiding Sally* auszulöschen.

»Was soll das jetzt noch bringen?«, wollte Jin kopfschüttelnd wissen. »Hast du noch eine von deinen verrückten Ideen?«

»Vielleicht«, murmelte Tris. Sie kniff die Augen zusammen.

»Wenn wir die Biester vom Schiff vertreiben, können wir es zurück zum Hafen schaffen ...«

»Und wie willst du das anstellen?«

»Na ja«, sagte Tris langsam. »Es ist gut möglich, dass wir dabei sterben.«

Jins Augen funkelten grimmig. »Also schön.«

Seite an Seite gingen sie zurück zur Treppe und unter das Deck, auch wenn das hieß, dass sie über MacRullys entstellten Leichnam steigen mussten, um den Frachtraum anzusteuern.

»Wonach suchen wir?«, fragte Jin.

»Wir holen uns die Fässer mit dem Teufelszeug.«

Jin wusste sofort, wovon sie sprach. »Du willst Wasser mit Feuer bekämpfen.«

»Verdammt richtig«, gab Tris zurück.

»Aber ...« Jin schüttelte den Kopf und half dabei, die mit Decken, Stroh und Kisten geschützten Fässer freizulegen. Jede von ihnen schnappte sich eines und gemeinsam wuchteten sie die Fässer in Richtung Treppe. Tris rann der Schweiß von der Stirn, als sie sich mit der schweren Last die Stufen hinaufkämpften.

Oben angekommen keuchte sie: »Du wirfst das Ding so weit du kannst hier übers Schanzkleid und ich gehe mit dem zweiten Fass nach Backbord.«

Jin nickte, ihr Gesicht rot vor Anstrengung. Sie tauschten einen letzten Blick, ehe sie sich aufteilten. Hastig rollte Tris das Fass übers Deck. Der stürmische Wind peitschte ihr den Regen um die Ohren und schien alle anderen Geräusche zu verschlucken. Immer wieder sah sie sich um. Noch waren keine Angreifer zu sehen.

Als Tris das Schanzkleid erreichte und aufs Wasser hinuntersah, kletterte ihr an der Schiffswand eines der Wesen entgegen. Es zischte, als es sie sah, und reckte seine Klauen nach ihr. Aber Tris war schneller. Mit dem Entermesser stach sie nach der Kreatur und sie fiel mit einem widerlichen Kreischen zurück ins Meer. In den Wellen leuchteten gelbe Augen.

»Jetzt habe ich euch«, knurrte Tris. Ohne weiter darüber nachzudenken, warf sie das Fass mit aller Kraft über Bord und schoss darauf. Das Fass zerbarst, während das Teufelszeug darin in Brand gesetzt wurde und sich immer weiter auf der Wasseroberfläche ausbreitete. Die unruhigen Wellen rollten einen Teppich aus Flammen neben dem Schiff aus, gegen den der Regen nicht ankam. Das Feuer brachte die Regentropfen zum Leuchten. Die schrillen Laute der Meereskreaturen lösten ein Gefühl des Triumphes in Tris aus.

Plötzlich trug der Wind einen Schrei von der Steuerbordseite zu ihr herüber.

»Jin!«, entfuhr es Tris. Sie rannte.

Sofort sah sie die beiden Kreaturen, die ihre Kapitänin umzingelten. Jin hielt sie mit dem Entermesser auf Armeslänge von sich, aber mit dem Schanzkleid im Rücken hatte sie keinerlei Fluchtmöglichkeit.

»Hey!«, brüllte Tris, um die Aufmerksamkeit der beiden auf sich zu ziehen. Doch sie waren zu fixiert auf das Opfer, das sie eingekreist hatten. Die Steuerfrau ging auf eine der Kreaturen mit dem Entermesser los, doch die duckte sich weg und schnappte im Herumwirbeln nach ihren Beinen. Tris sprang rückwärts und schwang ihre Waffe. Die Klinge schnitt durch Luft und Regen, traf aber kein Fleisch.

»Komm schon, du feiges Aas!«, rief Tris herausfordernd. Langsam ließ sich die Kreatur von Jin weglocken. »Ich mach dich fertig!«

Kaum hatte sich eines der Wesen von ihr abgewandt, sprang die Kapitänin vor und stach dem anderen in die Brust; es machte einen Schritt nach vorn, in die Klinge hinein, und begrub Jin mit einer Aneinanderreihung von Knurrlauten unter sich.

»*Jin!*«, schrie Tris. Mit der Kraft der Verzweiflung schlug sie auf die Kreatur vor sich ein und schlitzte sie vom Bauch bis zum Brustbein auf. Sie stieß den Körper beiseite und eilte zu Jin, die auf dem Boden mit der anderen Meereskreatur rang. Brüllend verpasste Tris dem Wesen einen Tritt und es flog mitsamt Jins Entermesser in der Brust zur Seite, wo es röchelnd liegenblieb.

»Alles in Ordnung?«

Jin nickte atemlos. »Das Fass …«

Sofort schnappte sich Tris das Fass und schleuderte es über das Schanzkleid des Schiffes. Kurz darauf standen die Wellen in Flammen, aber von den Kreaturen war nichts mehr zu sehen. Sie schienen fluchtartig in die Tiefen des Meeres verschwunden zu sein.

»Wir haben es geschafft, Jin.« Ein ungläubiges Lachen entfuhr Tris. Jetzt mussten sie nur noch raus aus den brennenden Fluten und schleunigst an Land. »Ich fasse es nicht.«

»Tris.«

Der Tonfall ließ Tris' Herz einen Moment aussetzen. Sie senkte den Blick auf Jin, die auf den Planken saß und am Schanzkleid lehnte. Ein Biss prangte nahe der Kehle auf der blassen Haut ihrer Schulter.

»Nein.« Tris schüttelte den Kopf.

»Tris, du musst es beenden.«

Noch heftiger warf Tris den Kopf hin und her. »Nein, auf keinen Fall. Wir finden eine Heilung, wie du gesagt hast …«

»Der Tod ist das einzige Heilmittel«, gab Jin leise zurück. Ihre Stimme zitterte. »Und ich möchte bei Bewusstsein sein, ich möchte noch ich sein, wenn du …« Sie brach ab.

»Ich kann das nicht.« Tris ging neben ihr in die Knie. Die Kälte in ihrem Innern kehrte zurück.

»Doch, du kannst«, bat Jin. Sie nahm ihre Hand. »Du bist nicht umsonst meine Steuerfrau. Ich weiß, du wirst den richtigen Kurs einschlagen. Wenn ich dir etwas bedeute …«

Tris sah ihr in die Augen und fand dort alles, was Unausgesprochen zwischen ihnen lag. All das, was hätte sein können.

Mit einem Schluchzen hob die Steuerfrau ihr Entermesser und rang mit sich, aber sie konnte es nicht. Jins Lider flatterten und fielen zu, ehe ihr Kopf zur Seite rollte.

»Nein«, murmelte Tris verzweifelt und zog die Kapitänin in ihre Arme. Sie hatte zu viel Blut verloren.

Einsam hallten Tris' Schreie über das Deck.

Die Verkleidung der *Raiding Sally* war schwarz vom Feuer, alles andere hatte sie gut überstanden. Innerhalb kürzester Zeit hatte die neue Besatzung, die Tris in Hierting zusammengetrommelt hatte, das Schiff geborgen und von den Spuren des Massakers befreit. In der Sonne glänzte das Deck, als wäre nichts geschehen. Doch die Spuren, die es bei Tris hinterlassen hatte, ließen sich nicht so einfach fortwaschen.

Sie lehnte sich an das Schanzkleid und entrollte das Pergament, das Jin bis zuletzt bei sich getragen hatte. Während das Schiff wieder auf Vordermann gebracht worden war, hatte Tris nach dem geheimnisvollen Mann gesucht, der Jin die Karte der Insel übergeben hatte. Der sie – absichtlich oder nicht – schlussendlich ins Verderben geführt hatte. Die Suche nach ihm war vergeblich gewesen; alles, was Tris herausgefunden hatte, war, dass er Hierting mit dem nächsten Schiff verlassen hatte. Vielleicht hatte er mehr über den Nixenfraß gewusst, als er zugeben wollte. Welche Geheimnisse er auch haben mochte, er war mit ihnen davongesegelt.

Aber die See war auch Tris' Zuhause.

Grimmig betrachtete sie das Papier zwischen ihren Händen. Ein einzelner Satz zierte es in verschnörkelter, schwarzer Tinte … oder war es Blut?

Wenn du das ewige Leben suchst, werde Teil des Meeres.

Mit einem bitteren Lächeln verzog sie die Lippen, als sie das Pergament in ihrer Hand zerknäulte.

Sei's drum, dachte sie, warf es über Bord und ging unter Deck.

Ein großes Becken aus Glas nahm ihre Kajüte zur Hälfte ein. Tris trat ganz nahe heran. Das silbern geschuppte Wesen fixierte sie mit seinen schmalen, gelben Augen. Manchmal bildete sie sich ein, mehr als stumpfe Gier darin zu sehen. Etwas von dem Menschen, der es einst gewesen war.

Tris drückte ihre Handfläche gegen das Glas.

Und wenn sie dafür über alle sieben Weltmeere segeln musste, sie würde ein Heilmittel gegen die Unsterblichkeit finden.

Sie würde Jin zurückholen.

Nicole Neubauer

Definitiv nichts mit Tieren

Die Therapeutin klappt meine Patientinnenakte auf. Ich hatte gehofft, dass sie vergessen hat, was wir letzte Woche besprochen haben, doch Papier vergisst nichts.

»Erzählen Sie doch mal, wie Sie mit Ihrer Hausaufgabe zurechtgekommen sind.«

»Öhm …« Jetzt bräuchte ich eine Antwort, die uns beide das Gesicht wahren lässt. Meine Therapeutin versucht, Geduld auszustrahlen. Sie scheitert schon nach wenigen Sekunden.

»Sie wissen schon: das mit dem Wochenplan und den verschiedenen Farben und Klebezetteln.«

Ich könnte ihr erklären, dass ich mir ein Farbkonzept für den Plan überlegt und dass ich meine Klebezettel schon rausgekramt habe, dass ich aber nur hässliche Farben hatte und dass ich schönere Klebezettel kaufen wollte, die es aber nur in diesem besonderen Schreibwarenladen in Spandau gibt, und dass ich da mit der S-Bahn hätte hinfahren müssen und dass ich dafür meine Monatskarte wieder hätte finden müssen und dass ich die zum letzten Mal in der Tasche der roten Jacke gehabt habe und dass ich die Jacke vor zwei Wochen in der Mensa vergessen habe und dass ich danach fragen müsste, wofür ich noch Zeit finden müsste, und dass ich dafür erst mal einen Wochenplan …

»Sorry, bin noch nicht dazu gekommen«, sage ich stattdessen. »Hatte mit der Semesterarbeit zu tun.«

Die Therapeutin lehnt sich nach vorne und schaut mir direkt

in die Augen und ins Herz, und es fühlt sich an, als könne sie die ganze Klebezettelmisere in mir lesen.

»Haben Sie diese Therapie nicht genau wegen Ihrer Abschlussarbeit begonnen?«

Wie eine ertappte Schülerin schaue ich auf meine Schuhspitzen. Wenn ich mich nur hinausbeamen könnte. Eigentlich habe ich die Therapiestunde heute absagen wollen, aber ich bin schon zu spät dran gewesen. Man muss vierundzwanzig Stunden vorher anrufen, sonst muss man selber zahlen, und bei mir waren es ... nun ja, zwei. Und so viel Geld habe ich nicht. Es ist teuer, chaotisch zu sein. Wenn ich nur an die Bücherei denke ... Oh Gott, nicht an die Bücherei denken!

Die Therapeutin seufzt. Ich kenne dieses Seufzen seit der Grundschule. Ich war das Kind mit den losen Blättern unter der Bank, ich war das Kind mit den zerschnittenen Radiergummis, ich war das Kind ohne Hausaufgaben; keine Hausaufgaben, niemals. Morgens immer leise weinend und hungrig, weil die Brotdose daheim im Hausflur lag.

»Wir wollen doch zusammen an Ihrer Alltagskompetenz arbeiten«, sagt die Therapeutin. »Ich sehe bei Ihnen eine operative Dysfunktion.«

Klingt irgendwie eklig. Als ob man etwas nicht hochbekommt, was oben sein soll, oder etwas nicht fest bekommt, was fest sein soll.

»Ist das eine Krankheit?«

»Natürlich nicht. Dysfunktion bedeutet, dass Sie Schwierigkeiten haben, Ihren Alltag zu organisieren.« Sie erzählt mir etwas von Frontalkortex, Großhirnlappen, Aufmerksamkeitsdefizit.

»Kann man da was machen?«

»Ich könnte Ihnen Medikamente verschreiben. Aber das ist der letzte Weg. Sie sollten es wirklich einmal mit dem Zeitmanagementsystem probieren, das wir besprochen haben.«

Ihre Stimme klingt genervt. Sie weiß ganz genau, dass ich nächste

Woche wieder hier sitzen werde. Und dass ich keinen einzigen Klebezettel angefasst haben werde. Futur Zwei Irrealis.

»Außerdem gibt es Skills, die Sie einsetzen können.«

»Skills?«

»Fähigkeiten, psychologische Tricks, die Ihnen helfen, sich selbst zu überlisten.«

Klingt schon besser. Als wäre ich ein Feind, den man austricksen muss. Die Hälfte der Zeit fühle ich mich auch so. Und Trick klingt nach wenig Aufwand.

»Verraten Sie mir so einen ... Skill?«

»Wenn Sie wieder eine Blockade haben, probieren Sie Folgendes: Stellen Sie sich Ihre operative Dysfunktion als ein Lebewesen vor. Ein Tier oder ein Monster. Möglichst fantasievoll, möglichst lustig. Damit nehmen Sie ihr den Schrecken.«

Ich hätte jetzt gern die Stelle mit den Medikamenten noch mal gehört. Das klingt einfacher.

Auf dem Heimweg kaufe ich frisches Obst und noch mehr Klebe-zettel in hässlichen Farben. Der gute Wille ist stark in mir. Aber er bringt mich kein bisschen weiter.

Die Ringbahn fährt mir vor der Nase weg, weil ich im Super-markt getrödelt habe. Die Tüte mit dem Obst reißt, zwei Orangen rollen über den Bahnsteig. Als ich sie aufhebe, schaue ich auf die Beine der anderen Leute, die an mir vorbeilaufen. Alle zielstrebig. Alle wissen, wo sie hinwollen. Vielleicht sollte ich beruflich etwas ganz anderes machen. Etwas Harmloses, wofür man keine Semes-terarbeiten schreiben muss. Was mit Tieren wäre schön. Obwohl, kann ich den Tieren meine operative Dysfunktion zumuten?

»Frollein, haben Sie die Seelöwen gefüttert?«

»Sorry, Chef, ich musste gerade zwei Stunden lang im Streichel-zoo auf dem Boden liegen.«

Nein. Definitiv nichts mit Tieren.

Zuhause lege ich die Tüte mit dem Obst auf den Küchentisch. Ich müsste die Einkäufe in den Kühlschrank räumen. Aber dazu müsste ich erst die Tupperschüsseln ausräumen, die den Platz verstopfen, und das verdorbene Essen wegwerfen, und dazu bräuchte ich Mülltüten, und die habe ich vergessen einzukaufen, und ich könnte noch mal los, aber dann müsste ich noch mal ein teures Öffi-Ticket kaufen, weil ich meine Monatskarte in der roten Jacke habe, und die habe ich in der Mensa vergessen und ich müsste ...

System Overload.

Ich kann auch einfach hier sitzen bleiben, in der Küche, neben der Tüte mit dem Obst, das langsam zimmerwarm wird.

Im Flur scharrt etwas.

Ich werde stocksteif. Ich wohne allein, ich habe keine Mitbewohner, keine Katze, nicht mal eine Kakerlake (was mich wundert). Was also rumpelt in meiner Wohnung? Einbrecher? Ich bin wehrlos, ich könnte ihm höchstens eine angeditschte Orange an den Kopf werfen.

Es hört sich nicht an wie menschliche Schritte. Eher wie ein Haufen Elektroschrott, der in sich zusammenfällt, ein metallisches Klappern und Scheppern. Etwas surrt mechanisch. Und darüber, hochfrequent, knapp innerhalb der Hörgrenze, ein schriller Alarmton.

Ich nehme eine Orange in die Hand und hole aus.

Ein Fuß aus rostigem Metall schiebt sich in den Durchgang. Ein Dampfwölkchen vernebelt die Küche. Mühevoll hievt sich der Rest des Geschöpfes um die Ecke. Die Kreatur sieht aus, als habe sie ein Betrunkener aus Metallteilen zusammengeschraubt, die den Blick bis ins Innere freigeben. In ihrem Herzen drehen sich Zahnräder, die immer kleiner zu werden scheinen, bis sie im Unendlichen verschwinden. Aus allen möglichen Öffnungen zischt Dampf. Auf ihrem Kopf dreht sich eine gelbe Warnleuchte, die aufgeregt flackert. Die Ursache des Alarmtons.

Die Stimme der Therapeutin klingt in meinem Kopf nach.

Stellen Sie sich Ihre operative Dysfunktion als ein Lebewesen vor. Ein Tier oder ein Monster ...

»Da biste ja«, sage ich zu ihr und lasse die Orange sinken. »Hallo, operative Dysfunktion.«

Sie krabbelt näher. Jede ihrer Bewegungen macht ein kleines mechanisches Geräusch von Zahnrädern und Dampf. Ein Schräubchen fällt heraus und die Maschine beselt es verstohlen mit einem Füßchen wieder unter ihren Torso. Diese Kreatur ist also schuld, dass ich alles immer auf später verschiebe.

Ich werde sie Späti nennen.

Als ich nach der Obsttüte greife, ziehen sich Spätis Gliedmaßen zusammen wie unter Schmerz, und ihr Alarmton wird lauter.

»Schon gut, schon gut. Ist mir klar, viel zu gesund. Wir fangen langsam an: Pizza?«

Das Flackern der Warnleuchte beruhigt sich, der Alarm geht aus. Späti krabbelt zu mir und lehnt sich an meinen Fuß. Sie fühlt sich gar nicht kalt an, sondern wie ein lebendiges Wesen.

Als die Pizza fertig ist, essen wir einträchtig vor dem Fernseher. Das heißt, ich esse. Späti hat sich neben mir auf dem Sofa zusammengerollt. Wir schauen eine Doku, in der Leute kommen und anderen das Zimmer aufräumen. Sollen die doch auch mal zu mir kommen. Nach der dritten Folge verliere ich die Lust und schalte aus. Eine Hausaufgabe der Therapeutin habe ich ja schon erledigt und morgen wird ein besserer Tag. Am besten, ich gehe früh ins Bett.

Späti fährt mit metallischem Klackern hoch und blinkt hektisch, sie stößt einen erbärmlichen Sirenenton aus.

Ich verstehe, was sie will: dass ich vor dem Fernseher einschlafe und nachts um zwei vor der fünften Staffel einer Zombie-Serie aufwache, die der Algorithmus für mich ausgesucht hat, damit ich mich mit Albträumen ins Bett schleppe.

Eigentlich ganz verlockend, die Aussicht. »Du bist der Gast«, sage ich und schalte den Fernseher wieder ein. Ausgiebig räkle ich mich. Die Augen fallen mir auch schon fast zu. Späti legt mir ein rostiges Metallfüßchen auf den Arm und zischt ein wohliges Dampfwölkchen aus.

Am nächsten Morgen schlurfe ich gähnend und bauchkratzend in die Küche. Nach der kurzen Nacht sollte ich mir ein gesundes Frühstück machen. Frisches Obst, Joghurt, ein paar Körner. Ich mache den Kühlschrank auf.

Im Gemüsefach sitzt Späti und schiebt verstohlen eine vergammelte Banane unter sich.

»Schon klar«, sage ich. »Kalte Pizza und Milchkaffee soll's sein.«

Der Tag verläuft harmonisch, die drei Vorlesungen knicke ich, meine Semesterarbeit rühre ich nicht an, und Nickerchen sind sowieso total unterschätzt. Späti begleitet mich auf Schritt und Tritt.

Ich kann nicht sagen, dass mich das Zusammenleben mit Späti glücklicher macht. Meine Semesterarbeit wächst kein Stück. Ich ernähre mich ungesund. Ich liege viel. Aber gelegen habe ich schon immer gern, meine Eltern haben mir in der Pubertät sogar angedroht, Pflegestufe zu beantragen. Aber vielleicht brauche ich das ja. Ich bin erschöpft. Ich kann mich an keine Zeit in meinem Leben erinnern, in der ich nicht erschöpft war. Oder mir nicht gedacht habe: *Aber wenn das alles hier vorbei ist, wenn ruhigere Zeiten kommen. Dann aber.*

Wann kommen die ruhigen Zeiten denn endlich? Früher dachte ich mir: *Wenn ich mal groß bin.* Jetzt bin ich groß. Und mit jedem Tag, der vergeht, rückt die Hoffnung weiter weg, Richtung Horizont, wie eine ferne Utopie.

Nach einer Woche mit Späti rückt die nächste Therapiestunde näher. Eigentlich wollte ich diesmal wirklich rechtzeitig absagen, aber Späti hatte Lust, vor der leeren Kaffeetasse zu sitzen und den Kaffeering auf dem Holztisch zu betrachten, und deswegen haben wir das zusammen gemacht und die Zeit verpasst. Es geht nichts über Quality Time.

Zum Glück spricht die Therapeutin den Wochenplan nicht mehr an. Sie ist klug. Sie weiß, wann sie aufgeben muss.

»Kommen wir zu Ihrer Hausaufgabe«, sagt sie. »Haben Sie mal ausprobiert, sich Ihre operative Dysfunktion als Wesen vorzustellen?«

Wenn sie es so ausspricht, klingt es schon ganz schön peinlich. »Öhm, ja.«

Ihre Augen leuchten auf. »Erzählen Sie! Wie fühlen Sie sich dabei?«

Fühlen. Hm. Gestern haben wir in der Badewanne gelegen. Späti auf der Stöpselseite, weil sie die Jüngere ist. Das Wasser war längst abgelaufen, aber ich habe mir eingeredet, dass es ein Wellness-Dampfbad ist, bis ich fürchterlich gefroren habe. Irgendwie war es gemütlich.

Die Therapeutin schaut mich erwartungsvoll an. Zum ersten Mal habe ich eine ihrer Hausaufgaben erledigt. Ich kann sie nicht schon wieder enttäuschen.

»Sie nervt schon ein bisschen«, sage ich. Hoffentlich war das richtig. Die Therapeutin schreibt etwas in ihre Patientinnenakte und ich bin ein wenig stolz.

Am Ende der Stunde gibt sie mir eine neue Hausaufgabe: »Wenn Ihnen das Wesen wieder erscheint, dann stellen Sie sich vor, dass Sie einen Hammer nehmen und es kaputtschlagen.«

Sie freut sich sichtlich selbst über ihre Ideen. Wahrscheinlich hat sie eine Fortbildung gemacht und ich bin ihr erstes Opfer. Am besten, ich lasse diese Hausaufgabe aus. Wie sonst auch immer.

Doch auf dem Heimweg gärt es in mir. Späti und ich haben uns aneinander gewöhnt. Jedes Mal, wenn ich das mache, was ich im Moment wirklich will – das ist meistens chillen – belohnt sie mich mit Schnurren und Summen. Ich kann mir nicht vorstellen, wieder allein zu sein, ohne diese kleinen surrenden Glücksgefühle.

Aber bin ich wirklich glücklicher?

Ob an der Hammer-Geschichte etwas dran ist? Ich will doch weiterkommen. Ich will mich ändern. Die letzte Woche konnte ich komplett in die Tonne treten. Mein Leben rinnt mir durch die Finger. Wer bin ich, dass ich mir von einem medizinischen Fachausdruck mit einer Glühbirne auf dem Kopf das Leben versauen lasse?

Energisch schlage ich die Wohnungstür zu. Späti blickt überrascht von der Obsttüte auf, wo sie gerade eine Mandarine verschimmeln lässt.

»Dann wollen wir mal«, sage ich übertrieben munter und reiße eins der großen Blätter aus dem Zeichenblock, den ich nie benutze. Mit dem Ellbogen fege ich ungeöffnete Post vom Küchentisch und breite das Papier aus. In großen Lettern schreibe ich die Wochentage in Spalten auf. *Mo – Di – Mi ...* Späti beobachtet mich mit blinkender Alarmleuchte vom Küchentisch aus, ihr Signalton schrillt. Ich ignoriere sie.

Für eine Weile kann ich das, mit viel Kraft, die mir dann woanders fehlt. Für jeden Tag klatsche ich Klebezettel aufs Papier. *Montag 9.00 Uhr Altphilologie, Dienstag 15.00 Uhr Semesterarbeit, Mittwoch 18.00 Uhr Putzen ...* Es geht so schnell. Warum hat mir niemand gesagt, wie wenig Arbeit das macht? Mit vier Stück Tesa klebe ich den Plan an die Küchentür und trete ein paar Schritte zurück.

Späti springt vom Tisch und kriecht zögerlich zur Tür. Sie dreht sich nicht nach mir um. Das Licht ihrer Warnleuchte zuckt durch die Küche.

Lautlos ziehe ich den Fleischklopfer aus dem Besteckkorb.

Späti reckt sich zum Plan hoch, als mache sie Männchen. Ihr jämmerliches Schrillen gellt in meinen Ohren. Ich kneife die Augen zu. Wenn ich das geschafft habe.

Dann aber.

Jetzt.

Der Fleischklopfer kracht in Spätis Rücken. Die Lampe erlischt, Metallteile springen in alle Ecken des Zimmers. Doch der Alarm hört nicht auf. Spätis Herz mit den winzigen Zahnrädchen vibriert schrillend über den Boden. Es soll aufhören! Ich schlage noch einmal zu. Es blitzt und zischt, doch das Ding lebt noch. Noch ein Schlag. Der Haufen Metallschrott raucht.

Stille.

Wie ein Automat fege ich die Trümmer zusammen. Mache mir einen Salat mit Melone und Schafskäse. Werfe die verschimmelte Mandarine weg. Lese noch ein Fachbuch. Lege mich früh ins Bett. Geht doch. Warum fühlt es sich nicht gut an? Warum presst die Stille so auf meine Ohren?

Ich kann dieses Halbjahr noch schaffen. Wenn ich mich jeden Tag zwei Stunden hinsetze, werde ich mit der Semesterarbeit rechtzeitig fertig. Auch wenn es fast unmöglich ist. Auch wenn ich die Nächte dazunehmen müsste und ohne Schlaf so erschöpft wäre, dass ich in der Vorlesung einschlafen würde. Und wenn ich es nicht schaffe? Wenn ich das Semester wiederholen muss? Was, wenn das Studium zu viel für mich ist? Wer stellt schon eine Geisteswissenschaftlerin ohne Abschluss ein? Die Zukunft ist ein Loch, aus dem es kalt weht.

Irgendwann muss ich doch eingeschlafen sein, denn ich schrecke von einem Geräusch hoch. Von einem Kratzen und Tapsen. Ein verstohlenes Geräusch. Von jemandem, der sich nur bewegt, wenn er unbeobachtet ist. Nicht so wie Spätis munteres Geschepper.

Ich habe das Geräusch schon mal gehört. In meinem alten Kinderzimmer. Federleichte Beinchen auf Tapete. Auch damals bin ich von dem Tapsen erwacht, und als ich das Licht angeschaltet habe, hat eine Winkelspinne an der Decke gesessen, so groß wie meine Hand.

Das Geräusch kommt näher. Die Tür öffnet sich wie von einem Luftzug. Im Flur brennt Licht. Ich hatte es doch ausgeschaltet?

Ein Schatten fällt in den Türrahmen, lang und dünn und unwirklich vergrößert. Ein schwarzes Bein tastet sich über die Zimmerdecke, sucht Halt mit einem borstigen Füßchen. Ein zweites Bein. Ich ziehe die Decke bis zur Nase hoch. Nicht bewegen. Nur nicht bewegen.

Ein drittes Bein hakt sich an der Zimmerdecke fest und das Wesen schiebt seinen Körper hindurch. Mit seinen zwölf lackschwarzen Augen scannt es den Raum. Sein gepanzerter Leib ist prall geschwollen.

Ich weiß, wer das ist. Mein rasendes Herz verrät es mir. Es ist die Angst.

Nicht bewegen. Die Biester können verdammt schnell werden. Ich ziehe die Decke über den Kopf. Nicht atmen. Kein Geräusch machen. So wie ich es immer tue, wenn Gefahr droht: zu Stein erstarren und hoffen, dass sie weggeht, wie ein Reh auf der Landstraße.

Ein hochfrequenter Alarmton dringt an mein Ohr, ein wenig von den Daunen gedämpft. Mein Wecker? Mein Handy? Das kann es nicht sein. Vorsichtig ziehe ich die Decke bis zur Nase hinunter und riskiere einen Blick.

Ein Schnarren. Ein Surren. Etwas metallisch Glänzendes katapultiert sich mit einer Dampfwolke zur Zimmerdecke. Eine gelbe Warnlampe leuchtet auf. Sie verbeißen sich ineinander, stürzen. Beide Kreaturen fallen auf mein Bett, ich rolle mich kreischend am Kopfende zusammen. Die kämpfenden Geschöpfe stürzen in einem fauchenden Knäuel aus Beinen und Zahnrädern auf den Boden.

Späti!

Sie ist noch krummer und sinnloser zusammengeflickt als vorher, ihre Lampe sitzt schief auf dem Kopf und hat einen Sprung, aber sie kämpft auf Leben und Tod. Für mich.

»Jaa! Späti!« Ich springe auf, hüpfe auf der Matratze auf und ab und recke meine Faust in die Höhe. »Mach sie fertig!«

Fauchend und zischend ringen die beiden Kreaturen, von klebrigen Spinnweben eingehüllt. Dünne Beine zittern in der Luft. Späti stößt eine Dampfwolke aus, der Alarm verklingt. Der Kampf ist vorbei.

Die Angst liegt zusammengerollt auf dem Boden, die Beine nach innen gekrümmt. Sie sieht kleiner aus und gar nicht mehr so gefährlich. Im nächsten Moment ist sie weg, als sei sie eine optische Täuschung gewesen. Kurz meine ich, dass eine Beule unter dem Flokatiteppich zu sehen ist. Aber egal. Das kann später jemand wegräumen.

Spätis Haltung hat den leicht schuldbewussten Ausdruck einer Katze, die eine Maus erlegt hat.

Mit einem großen Bogen um den Flokati schaffe ich es in die Küche und schenke mir einen Wodka ein. Meine Knie wackeln immer noch. Die Regel, nie allein zu trinken, ist hiermit aufgehoben. Wozu habe ich den Wodka sonst? Ich bin immer allein. Wenn man Späti nicht zählt, die mir gefolgt ist und wohlwollend den Wodka beäugt.

Weil ich sowieso schon wach bin, schreibe ich eine Mail an meine Professorin und bitte um eine zweite Verlängerung. Die Welt geht nicht unter, wenn sie meine Semesterarbeit sechs Wochen später bekommt. Danach schreibe ich die Berufsberatung des Studentenwerks an und bitte um einen Termin. Vielleicht wissen die ja, was man mit seinem Leben machen kann, wenn man eine operative Dysfunktion hat. *Bring your Späti to work.* Vorsichtshalber füge ich noch hinzu: »Definitiv nichts mit Tieren.«

Späti hat sich schon auf dem Sofa zusammengerollt und sortiert ein paar Zahnrädchen. Sie repariert sich selbst. Sie wird immer hierbleiben. Nichts, was ich vernichten oder heilen muss. Der Gedanke erfüllt mich mit tiefem Frieden.

»Danke«, sage ich. »Jetzt bist du kein Gast mehr, sondern Mitbewohnerin.«

Späti zischt leise.

Ich stemme die Hände in die Hüften und versuche, so auszusehen wie ein Mensch, der seinen Kram beieinanderhat. »Wir müssen Regeln aufstellen. Die Semesterarbeit gehört mir. Einmal am Tag Obst oder Gemüse gehört mir. Die guten Freunde und der wichtigste Papierkram gehören mir. Den Rest machen wir gemeinsam. Okay?«

Ich habe einen Alarm erwartet, aber Spätis Lampe glimmt nur kurz auf.

»Netflix?«

Ohne ihre Antwort abzuwarten, setze ich mich zu ihr und schalte den Fernseher an. Späti schmiegt sich an mich. Und ich könnte schwören, dass sie schnurrt.

Magret Kindermann

Der Regengeist

»Wusstest du, dass Nächte, in denen es regnet, besonders gut sind?«

»Wie gut?«, fragst du.

»Bananenbrot-gut! Durch-Herbstlaub-springen-gut! Vorm-Fernseher-essen-gut!«

»Kätzchen-gut?«, fragst du.

»Ja, auch Kätzchen-gut. Lass mich dir erzählen vom Regengeist.«

»Der Regengeist schaut in jedes Fenster, damit jeder gut schlafen kann. Er bleibt nicht lange, aber wenn du nichts dagegen hast, macht er es sich gemütlich. Manchmal klopft er ans Fenster. Manchmal bringst du ihn schon hinter deinen Ohren versteckt mit nach Hause. Manchmal rauscht er auch nur vorbei und winkt.«

»Das ist ganz normaler, öder Regen«, sagst du.

»Du glaubst nicht an den Regengeist?«

»Nein!«

»Das macht nichts. Trotzdem klopft er auch für dich. Gute Nacht, mein Kind. Es soll heute noch regnen.«

Du schließt die Augen vor Aufregung fest zu, die Müdigkeit ist in der Erzählung verloren gegangen. Draußen ist nur Dunkelheit, obwohl du weißt, dass da mehr ist. Häuser und Laternen und sich zuprostende Menschen. Von Letzteren ahnst du noch nichts, denn Erwachsene gucken, soweit du weißt, abends Fernsehen. Aber wie schön, dass du über die Abenteuer außerhalb deines Schlafzimmers bisher ausschließlich rätseln kannst, das macht sie reizvoller, als sie sind. Vor allem, weil du den Regengeist erwartest.

Du schleichst ans Fenster: »Bist du schon da?«

Du würdest es ja öffnen, aber du traust dich nicht. Offene Fenster sind Einladungen und du weißt nicht, wer sie sehen könnte.

Du schleichst zurück ins Bett, dort ist es am sichersten. Manchmal bist du ein Seeräuber, aber heute nicht. Heute ist ein Mückentag und Mücken müssen sich in ihren Betten vor Fledermäusen verstecken.

Es klopft, als würde ein Sandkorn gegen die Scheibe fallen. Die Bettdecke wird dich beschützen.

Klopf-klopf.

Und wenn der Regengeist deine Hilfe braucht?

Klopf-klopf, klopf-klopf.

Du trittst die Bettdecke ans Fußende. Die Nacht ist gar nicht schwarz, bemerkst du. Es ist ein leuchtendes Blau, zugedeckt mit einem Grauschwarz. Jetzt erkennst du auch Sterne und den Mond, der von der Nebelarmee umzingelt wird. Nachts glaubst du viel eher daran, dass die Erde als Ball durch das Weltall kreiselt. Tagsüber fällt es dir schwer, dir das vorzustellen. Eine Räubergeschichte, die zu groß für dich ist.

Zwei, drei Regentropfen kannst du entdecken, dann kommen weitere dazu. Klopf-klopf, klopf-klopf. Dann wird der Rhythmus schneller, klopfedeklopf, klopfedeklopf. Hinter dem Glas und hinter den Tropfen drückt sich ein Männchen die Nase platt. Der Regengeist!

Klopfedeklopf, macht der Regen, klopfedeklopfklopf macht dein Herz.

Ob du den Regengeist zu dir hinein einladen darfst? Die Frage erreicht dich zu spät, schon quietscht das Fenster und es ist offen. Mit einem nassen Hops hast du Besuch. Kakaotassengroße, wässrige Augen besehen dich, als wärst du das fremdartige Wesen, nicht es.

Du hast dir den Regengeist weniger echt vorgestellt, mehr zum Durchsehen und Gruseln.

Der Geist öffnet seine Igelschnauze, entblößt spitze, winzige Zähne und ruft: »Ich bin –«

»Der Regengeist, ich weiß«, sagst du. Keine Spur von einer Mücke, nur ein Seeräuber steht vor dem Gast.

Er reicht dir bis zu den Knien und vom zotteligen Fell tropft ohne Unterlass Wasser. Nackte Füße ragen unter den Zotteln hervor, Dreck unter den Zehennägeln. Und der Regengeist schüttelt sich, sodass Wasser an alle vier Wände platscht. Er hebt die Füße und stampft, dabei dreht er sich im Kreis und schlackert mit den Armen. Die Tropfen, die er verliert, erzeugen den verrücktesten Rhythmus, den du je gehört hast. Du nickst im Takt, dein Hintern schwingt von Ton zu Ton und als du es nicht mehr aushältst, hüpfst du gemeinsam mit dem Regengeist durch den Raum, bis auch du so nass bist, als wärst du in einen Teich gefallen.

Ihr bleibt stehen und verschnauft. Es riecht nach Regen.

»Was macht ein Regengeist?«, fragst du zwischen den keuchenden Atemzügen.

»Tanzen, meistens«, sagt er und streckt den Kopf zu dir hoch. »Soll ich es dir zeigen?«

Du hast keine Zeit, zu bejahen, denn er packt dich schon und mit einem Satz seid ihr auf dem Fensterbrett. Das Fensterbrett ist das Tor zur restlichen Welt, das weißt du. Für einen Moment hast du Angst, aber es ist eine gute Angst, eine berauschende.

Dann springt der Regengeist in die Nacht hinein und in einem Wirrwarr aus Fell und Wasser verlierst du dich.

Ihr sitzt auf einer mit Plakaten bedeckten Mauer. Das Papier wurde so oft übereinandergeklebt, dass es nun wie Birkenrinde abblättert und dabei teilweise die Geheimnisse der vergangenen Plakate wieder freigibt.

»Siehst du den Mann dort?«, fragt der Regengeist.

Du nickst, denn der Mann mit den vorsichtigen Schritten spiegelt sich in den Geisteraugen.

»Seine Kinder darf er nur am Wochenende sehen und seine neue Freundin hat eine Stelle in St. Petersburg bekommen.«

»Ach herrje.« Du wusstest nicht, dass jemand so viel Pech haben kann.

Der Regengeist hebt die Arme. »Der Mann braucht eine Melodie, die ihn aufbaut, aber nicht verhöhnt, die ihn versteht, aber Respekt vor seinen Problemen hat.« Mit zwei Fingern schnippt er Tropfen gegen Autodächer und Lindenblätter.

Eine tiefe Melancholie ergreift dich und du kannst nichts tun, als sie trotz der Traurigkeit zu genießen. Die Gänsehaut in deinem Nacken kann vom Lied stammen, aber auch vom Regen, der dir in den Kragen tropft.

»Ich bringe den Menschen, was sie brauchen«, sagt der Regengeist.

»Woher weißt du, was sie brauchen?«

»Das Zähneklappern der Nacht erzählt es mir.«

Tatsächlich wird der Schritt des Mannes ruhiger, die Schultern fallen entspannt hinunter.

Von Balkon zu Balkon springt der Geist mit dir zurück in dein Zimmer. Raschelfummelkratschplatsch macht es, als ihr in der Pfütze landet, die durch das Tanzen entstanden ist.

»Tanzen wir noch einmal?«, fragst du und hast den Hintern schon in Position.

Der Regengeist schüttelt den Kopf und verliert ein paar Tropfen, es macht plopp-plopp-plopp. »Ich habe dich nun nach Hause gebracht.«

»Danke für den Ausflug.«

»Das war kein Ausflug. Ich hab dich nach Hause gebracht«, wiederholt der Regengeist eindringlich.

Du bist verwirrt und gähnst. »Ich war doch schon zuhause.«

Die Augen des Regengeistes kommen nah heran und feine Tröpfchen benetzen dein Gesicht. »Nein«, sagt er. »Du dachtest, es war dein Zuhause. Du hast nicht aufgepasst. Der Mond hat sich in dich verguckt und hat dein Zimmer aus Sternenlicht nachgebaut. Ganz für sich wollte er dich. Selbst am Tag konnte er nicht ohne dich sein.«

»Der Mond?«, fragst du und siehst dich ängstlich um. Gänsehaut umarmt dich. Noch eine Räubergeschichte, die zu groß für dich ist.

Zusammen mit dem Regengeist trittst du ans Fenster und schaust ihn hinter den Nebelschleiern an. Es ist Neil Armstrongs Mond, so viel weißt du schon. »Wird er es wieder versuchen?«, fragst du.

»Das kann sein. Aber ich passe auf dich auf.« Der Geist springt auf das Fensterbrett und dreht sich um. »Und jetzt mach schnell das Fenster zu.«

Du gehorchst und siehst noch, wie der Regengeist mit den Fingergelenken gegen die Scheibe klopft. Sanfte Klicklaute ertönen und dort, wo er das Glas berührt hat, läuft ein Gerinnsel hinab. Deine Augenlider werden schwer und du schwankst ins Bett. Das war ein wahrer Seeräuberabend. Die Bettdecke ziehst du dir bis zur Nasenspitze und kein Fuß darf rausgucken. Ein bisschen Mücke ist noch in dir. Du weißt es nicht, aber die süßesten Lieder spielt der Regengeist dann, wenn du schläfst. Doch du ahnst es.

Muse. Chaos.

»Und wie soll das jetzt funktionieren?« Der Kunde zog die Brauen zusammen; ich sah es hinter seiner Stirn rumoren. Prue und mir waren die Artisten lieber, die Schauspieler und Geschichtenerzähler, die Komponisten und Kunsthandwerker. Dieser hier war nichts davon – eher ein Geschäftsmann, der in die Bredouille geraten war. So skeptisch er wirkte, er hatte kreativeren Naturen in genau diesem Augenblick eines voraus: Er war hier. Ein Kunde war so gut wie der andere, solange er im Voraus bezahlte.

Prue fing seinen Blick auf und griff nach dem karminroten Tuch neben sich. Mit einem schwungvollen Ruck riss sie es von der Apparatur. »Der Begriff *Faraday'scher Käfig* sagt Ihnen sicher etwas.«

Nur ich erkannte das Schmunzeln in ihrer Stimme, denn es galt mir allein. Keine von uns beiden hatte dieser Anspielung auf meine Abstammung widerstehen können, als die Konstruktion fertig geworden war.

Dem Kunden wich der letzte Rest Farbe aus dem Gesicht. Kleine Schweißperlen standen auf seiner Stirn. Angst bekamen sie alle beim Anblick des mannshohen Käfigs, der kaum breit genug war, um darin die Arme zu den Seiten auszustrecken. Beim Anblick der Schläuche, die ihn an der Spitze mit seinem etwas kleineren, runden Pendant verbanden, welches den gleißenden, subtil elektrisch summenden Schwarm in sich barg.

»Nehmen Sie Platz«, sagte ich und wies mit der linken Hand auf den metallenen, lederüberzogenen Sitzhocker in der Mitte des Käfigs. Mit der anderen zog ich mir die Schutzbrille über die Augen.

Vermutlich würde es niemand wirklich tun, würde Prue ihnen die Bezahlung nicht noch vor dem Zelt abnehmen. Noch unter dem Bann ihrer Vorstellung unter der Zirkuskuppel, ob im Reifen oder an den langen Seidentüchern, vermochten sie alle nicht mehr rational zu denken. Mit der geheimnisvollen Luftakrobatin, die ungekannte Geistesblitze versprach, nach der Vorstellung in eines der kleinen Zelte zu verschwinden, war eine Sache. Dort einer Ingenieurin für Elektromagnetismus gegenüberzustehen, mit ihrem löchrigen grauen Schal, den brandfleckigen Handschuhen und der Schutzbrille auf dem Kopf, eine ganz andere. Prue und ich waren uns der unterschiedlichen Wirkung bewusst, die wir auf die Kunden hatten. Und wir wussten es zu unserem Vorteil zu nutzen.

Der Kunde hatte den Entschluss, in den Käfig zu steigen, noch nicht gefasst, da wurde die Zeltplane mit einem Ruck zurückgeschlagen. Das Licht der zahlreichen Gaslämpchen draußen sickerte in die Düsternis um das kalte Leuchten des Schwarms. Im Durchgang stand ein Mann in Kurierkleidung.

»Post für die Herren Faraday und Pinafore«, sagte er mit gedehnter Stimme.

Der Kunde fror einen Augenblick ein, dann nutzte er die Gelegenheit, drehte sich auf dem Absatz um und entschwand durch den Spalt in der Zeltplane. Mir entwich ein frustriertes Zischen, während Prue hastig den Käfig wieder abdeckte.

»Wenigstens hat er bezahlt«, sagte sie.

Ich straffte die Schultern und trat dem Kurier entgegen. »Stehen vor Ihnen«, sagte ich und riss ihm das in Messing gefasste Glasröhrchen aus den Händen, während er noch verwirrt blinzelte angesichts der beiden Frauen, die ihm gegenüberstanden.

Ich zog eine Braue nach oben, als mein Blick auf das Etikett fiel, das unsere voll ausgeschriebenen Namen trug.

»Ich empfehle Ihnen ausdrücklich, Lesen zu lernen, es kann Ihnen bei Ihrer Arbeit helfen.« Ich wartete eine Antwort gar nicht erst ab. »Was stehen Sie hier noch rum? Sie haben Ihre Botschaft überbracht, jetzt ziehen Sie weiter!« Mit Nachdruck schloss ich die Zeltplane vor seiner Nase.

Prue trat neben mich. »Das sieht hochwertig aus«, sagte sie leise, während ich die Schriftrolle aus dem Röhrchen gleiten ließ. Ihre Augen weiteten sich, als das Papier in dramatisch großen Lettern das Wort *Symposium* freigab. »Wer sind die Veranstalter?«

Ich überflog die Zeilen stirnrunzelnd. »Jemand namens Rubic ... Irving Rubic. Kennst du ihn – oder seine Familie?«

Prue überlegte kurz, schüttelte dann jedoch den Kopf. »Nein, nie gehört. Müssen neu in der Gegend sein.« Sie hielt sich nicht damit auf, die Einladung genauer zu studieren, sondern umfasste mit leuchtenden Augen meinen Arm. »Du hast es geschafft, Faraday! Sie werden langsam aufmerksam!« Unverhohlener Stolz schwang in ihrer Stimme mit.

Mir gelang es nicht, mich von ihrer Hochstimmung anstecken zu lassen.

»Hast du gesehen, wo sie dieses sogenannte *Symposium* veranstalten? Ein Theater ...« Ich ließ zischend die Luft entweichen und drückte ihr Messingröhrchen und Schriftrolle gleichzeitig in die Hand. »So viel zum Thema, unsere Entdeckung in der Gesellschaft vorzustellen, unter Gleichgesinnten zu diskutieren ... Wir werden auf eine Bühne gezerrt und müssen uns begaffen lassen, einmal mehr. Das ist auch nichts anderes als eine Freakshow.«

»Dir mag die Form nicht gefallen«, sagte Prue ernst, »doch es ist eine Gelegenheit, unsere Arbeit – *deine* Arbeit – außerhalb des Zirkus bekannt zu machen. Unter reichen Gönnern und ihren ekelhaften Blicken, ja. Aber eben auch unter anderen Wissenschaftlern. Ich weiß, das behagt dir nicht. Aber ... Wir *brauchen* die Freakshow, Faraday.«

Ich antwortete nicht. Wir wussten beide, dass sie recht hatte.

Bis zur Vorstellung – denn nichts anderes würde es werden – blieb noch über eine Stunde Zeit. Und so saß ich an unserem Platz dicht hinter dem Vorhang auf dem Boden, den Rücken an die Apparatur gelehnt. Um mich vom Summen der Menschenmenge auf der anderen Seite abzulenken, ließ ich den Blick über die kompliziert erscheinende Konstruktion aus Rädern, Kurbeln und Stahlseilen hinter der Bühne schweifen. Vorhang, Licht, verborgene Effekte – niemand in dem hochglanzpolierten Saal draußen konnte sehen, was die perfekten Illusionen wirklich steuerte. Maschinen und Muskelkraft. Genau wie im Zirkus.

Prues Stimme riss mich aus den Gedanken: »Da bist du ja!« Schnellen Schrittes kam sie von der Seitentür aus auf mich zu, die Wangen leicht gerötet.

»Ich passe auf die Käfige auf«, sagte ich reflexartig.

Prue blieb nicht vor mir stehen, sondern ging in die Hocke. »Niemand wird sich an die Käfige wagen«, sagte sie und richtete den Blick demonstrativ auf das Vorhängeschloss an der schweren Eisenkette. »Komm mit mir mit nach draußen. Misch dich ein wenig unter die Gäste. Immerhin wurden auch wir eingeladen.«

Ich schnaubte und pustete damit unwillkürlich eine dunkle Haarsträhne aus dem Gesicht.

Prue grinste. »Du bist hinreißend, wenn du schmollst.« Ein schneller Kuss auf meine Lippen und mein Widerstand schmolz.

»Ich mag diese Leute nicht«, versuchte ich es dennoch.

»Du sollst sie auch nicht mögen. Nur beeindrucken. Es ist *deine* Arbeit!«

»*Unsere* Arbeit«, korrigierte ich mit einem schiefen Grinsen.

»Dann sollten auch wir beide da draußen sein und nicht ich alleine«, sagte sie leise. »Ich mag diese Leute ebenfalls nicht, falls du es vergessen hast.«

»Du hast recht«, sagte ich und erhob mich. »Du bist nur wesentlich besser darin, dir das nicht anmerken zu lassen.«

»Tja, was soll ich sagen? Naturtalent, Ma'am.« Prue grinste und machte einen Knicks.

»Hör auf damit!«, rief ich und sie wich mir spielerisch aus. In Richtung Theatersaal.

Ich gab mich geschlagen. Wohl fühlte ich mich nicht, wir beide zwischen all dem Glitzer und den in Samt und Seide gehüllten Damen am Arm hochgeknöpfter Herren.

Prue, Chamäleon wie eh und je, hatte das hautenge Zirkuskostüm mit dem kaleidoskopisch-hypnotischen Muster gegen dieselbe funktionale Kleidung getauscht, die auch ich bevorzugte. Ich war ihr dankbar, dass sie sich nicht in Schale geworfen hatte. Wenn wir uns schon präsentieren mussten, dann wenigstens als Einheit. Eine Einheit, die ohne Glitzer und Pomp auskam; wir waren als Wissenschaftlerinnen hier und als solche sollten uns die Menschen wahrnehmen.

Prue brauchte ohnehin keinen feinen Zwirn, keine eleganten Kleider, auch nicht in der Gesellschaft. Es war die Art, wie sie ihren Kopf auf den Schultern trug, ihr Blick, der die Menschen über ihre derben Stiefel und ihr ungezähmtes Haar hinwegsehen ließ. Man kannte sie so, die reiche Erbin mit der honigfarbenen Löwenmähne. Prudence Pinafore, die zum Zirkus gegangen war, die sich an den Seidenbändern in der Manege in Haltungen verbog, die den meisten feinen Damen die Schamesröte ins Gesicht getrieben hätten. Der eine gewisse Narrenfreiheit zustand. Wir vermuteten, es war ihre einflussreiche Familie, die im Hintergrund dafür sorgte, dass niemand sie offen wie eine Ausgestoßene behandelte. Sie hofften noch immer auf ihre Rückkehr.

Dennoch entgingen sie mir nicht, die Blicke hinter Prues Rücken, die Verachtung hinter der Fassade aus Freundlichkeit und Floskeln. Und auch jetzt folgte uns eine kaum wahrnehmbare Welle aus Getuschel auf unserem Weg durch die Menge, oft nur wenige Worte, unterstrichen durch hochgezogene Augenbrauen und gerümpfte

Nasen, gerade subtil genug, um noch als schicklich durchzugehen. Wenn Prue es bemerkte, dann ignorierte sie es mit der ihr eigenen Gelassenheit. Ich jedoch hätte am liebsten jeden einzelnen der Blicke aufgefangen und seinen Träger in Grund und Boden gestarrt.

Prue spürte meine Anspannung. »Nimm dir eins davon und sei einfach du selbst«, raunte sie mir zu, als ein Kellner mit einem Tablett voller champagnergefüllter Kristallgläser an uns vorbeiging.

Ich schenkte ihr ein schiefes Lächeln, während ich zumindest dem ersten Teil ihrer Aufforderung nachkam. »Das möchtest du nicht«, raunte ich zurück, bezogen auf den zweiten. Ich wusste selbst nicht, welches Bedürfnis dabei überwog – Prue hier vor aller Augen zu küssen oder all die scheinheiligen Schlangen meine grenzenlose Abneigung spüren zu lassen.

»Im Gegenteil, nichts möchte ich lieber!« Ihre Augen blitzten gefährlich auf und ich nahm einen schnellen Schluck aus meinem Glas.

Irgendjemand in der Menschenmenge erhaschte wohl ihre Aufmerksamkeit, denn auf einmal verschwand sie und ich blieb alleine zurück, das Kristallglas in meiner Hand so deplatziert wie ich in diesem Raum.

Das Foyer besaß dieselbe Opulenz wie der Theatersaal, mit seinen mit goldenen Ornamenten verzierten Säulen und den deckenhohen Buntglasfenstern, den dicken Samtteppichen, schweren Bilderrahmen und Sträußen, die zu üppig schienen für ihre Vasen. So wie alles hier zu üppig schien. Alles bis auf das Essen, das die Kellner auf silbernen Tabletts durch die Menge trugen, ohne dass sich jemals jemand etwas davon herunternahm.

Ich selbst sollte ich sein, hatte Prue gesagt. Mit einem innerlichen Schulterzucken griff ich nach einem der Canapés und schob es mir in den Mund. Ich erkannte nicht einmal, worum es sich bei der Winzigkeit handelte. Lachs, so viel schmeckte ich heraus.

»Ruth Faraday, richtig?«

Ich wirbelte herum und sah mich einer hochaufgerichteten Dame gegenüber. Die Art, wie sie mich musterte, ließ es entgegen der Tatsachen so erscheinen, als überragte sie mich um mindestens einen Kopf. »Eines unserer vielversprechenden Talente am heutigen Abend!«

Ich neigte den Kopf zu einem Nicken, um zu kaschieren, dass ich hastig mein Häppchen hinunterschluckte.

»Rosemary Westfield-Rubic.« Die Dame streckte eine Hand aus. Sie wirkte mit ihrer Hochsteckfrisur, dem Hut und dem Kleid, das in schwerem Faltenwurf ihre Silhouette umspielte, wesentlich älter, als sie vermutlich war – ein Blick in ihr Gesicht verriet mir, dass ich Strenge mit Reife verwechselte. Sie konnte kaum älter sein als Prue und ich. »Ich kann Ihre Darbietung kaum erwarten. Unser Informant sprach in den höchsten Tönen von Ihrer ... Einzigartigkeit. Nicht wahr, Liebling?« In einer fließenden Bewegung schob sie ihre von mir ignorierte Hand durch den dargebotenen Ellbogen des Gentlemans im hellgrauen Anzug, der in diesem Augenblick neben sie trat.

»Er sagte, es solle nichts ähneln, was wir je gesehen haben, in der Tat.« Irving Rubics Stimme war so glatt, wie sein Äußeres gepflegt war, mit dem akkurat gestutzten Bart und dem zurückgekämmten langen Haar. Die Art, wie er sein Monokel zwischen zwei Fingerspitzen hielt, wirkte seltsam deplatziert an ihm. Auch er musste jünger sein, als er sich gab.

»Meine Frau und ich sind stets auf der Jagd nach außergewöhnlichen Talenten. Da sieht man einiges, wie Sie sich sicher vorstellen können. Auf Ihre Darbietung sind wir mehr als gespannt.«

Das war wohl die Verabschiedung gewesen, denn Rosemary und Irving drehten sich weg und wandten sich der nächstbesten Person in der Menge zu.

Während ich ihnen noch stirnrunzelnd hinterhersah, trat Prue neben mich. »Du hast unsere Gastgeber kennengelernt?«

»Kennengelernt wäre übertrieben.« Tatsächlich hatte ich während dieser Begegnung kein einziges Wort gesagt. »Prue, das gefällt mir nicht. Was *wollen* diese blasierten Vollidioten mit unserer Idee?«

»Investieren«, sagte Prue, als sei es das Natürlichste der Welt.

Ich schnaubte. »Ich gehe den Apparat vorbereiten.« Ich drehte mich auf dem Absatz um und bahnte meinen Weg durch die wohlgekleidete Gesellschaft, ohne einen einzigen Blick aufzufangen. Diesmal hielt Prue mich nicht zurück.

So neugierig mich andernfalls auch die Darbietungen der anderen Erfinder gemacht hätten, ich konnte mich auf keine davon wirklich konzentrieren, während Prue und ich hinter der Bühne darauf warteten, dass wir dran waren. Nach und nach öffneten wir die Vorhängeschlösser und lösten die Ketten um die Abdeckungen der Käfige, während in unregelmäßigen Abständen mäßiger Applaus aus dem Saal herüberschwappte. Dass wir aufgerufen wurden, bekam ich gar nicht mit. Als Prue mir mit erhobenem Daumen ein Zeichen gab, machte mein Magen einen Hüpfer. Wir mussten also wirklich dort hinaus, uns all den Blicken aussetzen. Während sie begann, den kleineren Käfig, der den Schwarm in sich barg, nach draußen zu schieben, überprüfte ich mit schweißnassen Händen noch einmal rasch die Utensilien in meinen Taschen. Dann folgte ich ihr mit dem größeren Käfig.

Erst als ich die Apparatur auf der Bühne richtig platziert hatte, wagte ich einen Blick ins Publikum. Von den mit rotem Samt bezogenen Stühlen sahen geschätzt fünfhundert elegant gekleidete Damen und Herren zu uns herauf und ihre Gesichter wirkten nicht sonderlich interessiert.

Ich schluckte, mein Mund war plötzlich trocken. Wollten wir wirklich so viel Aufmerksamkeit? Was war an den verschwiegenen Begegnungen im kleinen Zelt auf dem Zirkusgelände so verkehrt gewesen? Andererseits ... Öffentlichkeit bedeutete potentielle Kundschaft. Und diese hier war definitiv zahlungskräftig.

Ich schritt langsam zu dem kleineren Käfig und zog wortlos das Tuch herunter, um den Anblick wirken zu lassen. Wie üblich hatte sich der Schwarm zu einem gleißenden Ball zusammengedrängt, der subtil vibrierend in der Mitte des Käfigs schwebte. Ein leises Raunen ging durch das Publikum, die ersten Menschen schirmten ihre Gesichter mit den Armen ab. Ich zog die Augenbrauen nach oben, als ich Rosemary und Irving entdeckte. Sie hatten sich nicht etwa in eine der Logen zurückgezogen und betrachteten das Geschehen in zusätzlicher Distanz durch ein Opernglas, sondern saßen in der Mitte der ersten Reihe.

»Sehen Sie besser nicht direkt hinein«, sagte ich laut, wohl wissend, dass es die meisten längst getan hatten. Ich spürte, wie meine Nervosität nachließ. War der Schauplatz auch ein gänzlich anderer, als ich es gewohnt war, dies war vertrautes Terrain. »Das Phänomen des Kugelblitzes ist Ihnen allen geläufig, nehme ich an?« Gedanklich blendete ich die anonyme Masse an Gesichtern aus und richtete meine Ansprache an Rosemary und Irving. »Was wäre, wenn ich Ihnen sage, dass das, was Tesla für *Kugelblitze* hielt, in Wahrheit etwas ganz anderes ist? Wenn ich Ihnen sage, dass das, was Sie hier sehen, nicht *ein* Phänomen ist – sondern Hunderte kleine ... man könnte fast sagen *Wesen* mit einem eigenen Willen. Was wenn ich Ihnen sage, dass es mir gelungen ist, diese Wesen zu isolieren und ... nutzbar zu machen?«

Ich kannte das bereits von einzelnen Kunden; an diesem Punkt drohte ich ein besonders rational denkendes Publikum bereits zu verlieren. »Lassen Sie es mich nicht umständlich erklären. Lassen Sie mich es Ihnen zeigen.« Ich fixierte Irving mit einem auffordernden Blick. »Mister Rubic, erweisen Sie mir die Ehre, für einen genaueren Blick auf die Bühne zu kommen?«

Irving Rubics Blick war unergründlich, als er aufstand und die

Stufen zu uns heraufkam. Mit einer galanten Verbeugung blieb er vor mir stehen.

»Die Ehre ist ganz auf meiner Seite, Miss Faraday.«

»Was auch immer Sie vorhaben, ist dafür nicht Ihre reizende Assistentin da?«, schaltete sich Rosemary Westfield-Rubic aus dem Publikum ein.

Ich unterdrückte ein Schmunzeln angesichts ihres Unbehagens. »Miss Pinafore ist nicht meine Assistentin, sondern meine Partnerin«, sagte ich, für alle deutlich hörbar. »Außerdem erfährt man das, was wir gemeinsam entwickelt haben, am besten am eigenen Leib.«

Ein Murmeln ging durch das Publikum.

»Treten Sie näher!«, forderte Prue den bemerkenswert beherrschten Irving auf – in einer Stimmlage, der noch niemand hatte widerstehen können.

»Ihr kleines Experiment wird mir doch hoffentlich nicht schaden«, sagte Irving leise zu mir, während er dennoch mit unverhohlener Neugier auf den Käfig zuging.

»Ihnen droht keine Gefahr«, sagte ich, für alle hörbar. »Ganz im Gegenteil!«

Ich nahm ein Instrument aus meiner Innentasche, einen Messingstab mit isoliertem Griff, an der Spitze eine Vorrichtung wie ein Löffel, der mit einem feinen Drahtgitter versehen war. Ein Netz. Irving beobachtete aufmerksam, wie ich den Stab auf das Vierfache seiner Länge auseinanderzog.

Inzwischen war es im Publikum so still geworden, dass das Summen des Schwarms deutlich zu hören war. Ich schob das Instrument durch die Gitterstäbe und Irving neben mir hielt den Atem an, als ich es genau in die gleißende Masse hineinführte.

»Die Sache ist die«, sagte ich mit erhobener Stimme, während ich meine Hand völlig ruhig hielt und nur eine feine Drehung aus dem Handgelenk vollführte, »was Sie hier sehen, ist nicht *ein* Kugelblitz.«

Genau in diesem Moment löste sich ein Leuchtpunkt aus der gleißend hellen Masse im Käfig und surrte auf Irving zu. Ich spürte, wie er zusammenzuckte, doch er verkniff es sich, einen Satz rückwärts zu machen.

»Es ist ein ganzer Schwarm!«, sprach er das Offensichtliche aus. »Ein elektrischer ... Bienenschwarm?«

»Sehen Sie genauer hin«, sagte Prue, die Stimme nur einen Bruchteil leiser, tiefer. Auch das verfehlte seine Wirkung nicht.

Irving fixierte den einzelnen Lichtpunkt, der vor ihm auf der Stelle zum Stehen kam – was wesentlich leichter war, als in den kompletten Schwarm hineinzusehen. Jeder, der es versucht hatte, würde noch eine Weile gegen die Lichtblitze im Sichtfeld anblinzeln müssen.

»Das sind Augen, oder? Es hat Augen. Und wie es sich verhält ...« Irvings Stimme spiegelte eine Mischung aus Unglauben und Faszination. Prue und ich warfen uns einen kurzen Blick zu. Wir hatten ihn am Haken – jetzt galt es, ihn dort zu halten. Es würde noch einmal kritisch werden.

»Sind das etwa ... Sind das etwa *Eulen*? Rotäugige Kugelblitz-Eulen?«

Vereinzeltes Kichern aus dem Publikum. Spätestens an diesem Punkt verlor jeder die Fassung. Ich machte mich bereit, während Irving den Blick aus den zusammengekniffenen Augen zu Prue gleiten ließ. »Was für ein Trick ist das, meine Teuerste?«

Doch Prue ließ ihn im Stich und mir die Bühne, wortwörtlich.

»Keine Eulen.« Ich wusste genau, welchen Tonfall ich in das nächste Wort zu legen hatte, um ihn einzufangen. »*Ephemerale.*«

Ein Murmeln ging durch die Menschenmenge beim Klang des unbekannten Wortes, als wollten sich alle bei seinem Nachbarn rückversichern, ob sie mich richtig verstanden hatten. Das Publikum hatten Prue und ich noch nicht am Haken.

»Wussten Sie, dass all Ihre Gedanken reine Energie sind?«

Damit wandte ich mich wieder dem den ganzen Saal zu, mir all der bohrenden Blicke deutlich bewusst. »Nicht nur *ähnlich wie* elektrische Energie – sie *sind* elektrische Energie. Ihr Gehirn feuert kleine Impulse, unzählige davon, in jedem einzelnen Moment. Genau jetzt. Ephemerale sind eben diese Energie.« Ich schritt am vorderen Bühnenrand entlang. »Manifestationen von Ideen und Gedanken, destilliert aus dem, was Tesla für Kugelblitze hielt. Uns ist es gelungen, sie zu isolieren, mit einer eigens konstruierten Maschine. Und sie nach Belieben weiterzugeben.« Ein weiterer, subtiler Ruck an der Angelschnur.

»Also keine Eulen«, murmelte Irving.

»Sie sind wahrhaft außergewöhnlich, Sir«, schaltete sich Prue in die Unterhaltung ein, genau im richtigen Moment. »Den meisten anderen fallen sofort Begriffe ein wie *Dämonen*. Bemerkenswert, wie Menschen stets nach übernatürlichen Erklärungen suchen für Dinge, die sie nicht verstehen.« Ihr honigsüßes Lächeln nahm Irving den Wind aus den Segeln für jede Erwiderung.

Aus dem Augenwinkel nahm ich wahr, wie sich Rosemary Westfield-Rubic inzwischen kerzengerade auf ihrem Samtsitz aufgerichtet hatte.

»Sehen Sie sie gerne als Eulen, wenn Ihnen die Metapher hilft«, sagte ich. Es war zu leicht, diese Gestalt in den kleinen Bällchen reiner Energie zu sehen, in ihrem Verhalten, das von einem eigenen Willen erzählte. Ich verriet nicht, dass ich es ebenfalls tat. Ich verriet auch nichts von dem kugelförmigen Käfig an der Kette in der Innentasche meiner Jacke. Es war beruhigend, stets kurz die Faust um das Wissen schließen zu können, noch einen Gedanken in Reserve zu haben.

»Nennen Sie sie Kugelblitze. Nennen Sie sie schmetterlingsgroße Dämonen in Eulengestalt«, fuhr ich unterdessen fort. »Wir nennen sie: Ephemerale. Wenn eines von ihnen ein Gehirn gefunden hat, das nach einem passablen Nistplatz aussieht, fliegt es geradewegs hinein, setzt sich auf einen neuronalen Ast und plustert sich auf. Selten kommt es vor, dass der Baum nicht taugt. Dann fliegt das Ephemeral sogleich wieder los. Flüchtig sind sie, wie es der Natur von Gedanken und Ideen entspricht. Merken würden Sie es in jedem Fall. Doch keine Sorge, es ist nicht unangenehm. Ein Blitz im Geiste, mehr nicht.«

»Also ist es nicht einmal sicher, dass mir das Eph… dass es wirkt?«, rief jemand aus dem Publikum dazwischen – und bewies damit, dass er bereits einen Schritt weiterdachte. Prue und ich tauschten einen weiteren Blick und sie näherte sich dem größeren Käfig, der noch immer mit dem unscheinbaren grauen Tuch abgedeckt war.

»Wissen Sie immer genau, wann Sie den nächsten Geistesblitz haben werden, die nächste Idee?« Ich ließ die Frage kurz einsinken. »Wenn ich mich mit einem Gedanken in einem Käfig einschließen lassen könnte, der meinen neuronalen Ästen wahrscheinlich nicht widerstehen kann – ich würde mir die reine Möglichkeit nicht entgehen lassen.«

In genau diesem Moment zog Prue das Tuch von dem Käfig, vor dem der letzte Kunde Reißaus genommen hatte. Mehrere Leute aus dem Publikum schnappten nach Luft. Es war zu offensichtlich, was Prue und ich nun von Irving erwarteten.

»Das ist es also, was Sie tun? Sie sperren Menschen mit einem Schwarm Ephemerale in einen Käfig?«, sprach er es aus.

»Nur mit der Anzahl, für die Sie bezahlt haben.« Ich lächelte entwaffnend und breitete die Arme aus. »Wir nennen uns zwar *Ideenhändlerinnen*. Doch wir stellen lediglich die Technik und das Fachwissen. Welchen Gedanken Sie haben werden, darauf haben wir keinen Einfluss. Unsere Kundschaft ist allerdings zufrieden – es manifestieren sich also nur lohnende Gedanken zu Ephemeralen.«

Gemeinsam schoben Prue und ich den Käfig weiter in die Mitte der Bühne, weiter nach vorne an den Bühnenrand.

Ich öffnete die Tür. »Warum überzeugen Sie sich nicht selbst? Als Dank für die Einladung ist es für Sie kostenlos.«

»Das kann ich mir nicht entgehen lassen.« Irving Rubics Gesicht war undurchdringlich, während er in Zeitlupe auf mich zukam. Das Publikum hielt kollektiv den Atem an, als er den Käfig tatsächlich betrat. Als er auf dem Hocker Platz nahm und ich die Tür, die ebenfalls aus Gitterstäben bestand, mit einem leisen Klicken schloss.

»Am besten dimmen wir das Licht«, sagte ich zu niemand Bestimmtem.

Es brauchte einen Augenblick – und ein subtiles Nicken von Irving, das mir nicht entging –, bevor bislang unsichtbar gebliebene Pagen die Gaslampen an den Seiten des Saales löschten. Das Letzte, was ich im Publikum erkennen konnte, bevor die Gesichter im Zwielicht verschwanden, war Rosemary Westfield-Rubics perfekte Maske. Kurz kam mir der Gedanke, dass ihr Rückgrat wohl einfach in zwei Hälften splittern würde, wenn sie sich noch aufrechter hielt.

Das kalte Leuchten der Ephemerale spiegelte sich gebrochen in den Buntglasfenstern. Und in Irving Rubics Augen.

»Wie viele Gedanken ist unsere Einladung wert, Teuerste?«

»Wir wollen erst einmal sehen, wie Sie mit einem einzigen klarkommen.«

Der kurze Wortwechsel war zwar nur geraunt, doch inzwischen war es so still im Saal geworden, dass man eine Stecknadel hätte fallen hören.

Die Dunkelheit trug zur Sache nichts bei, lediglich ein spontaner Gedanke meinerseits, um des Effektes willen. Und so konnte das Publikum wohl nur erahnen, dass ich die Schutzbrille über die Augen zog und mir die Handschuhe überstreifte. Dass ich das Instrument in meiner Hand an Prue übergab. Dass sie es erneut zwischen die Gitterstäbe schob, um das isolierte Ephemeral weiterhin vom Schwarm getrennt zu halten. Vielleicht konnten ein paar Leute in den ersten Reihen erkennen, dass ich die losen Enden der Schläuche am Scheitel des einen Käfigs mit dem anderen verband. Wie ich mit wenigen gezielten Handgriffen verborgene Hebel betätigte und eine Klappe öffnete.

Prue und ich tauschten die Plätze, ich übernahm den Stab, während sie sich bereit machte, auch die zweite Klappe zu öffnen. Mit ruhiger Hand bugsierte ich das einzelne, isolierte Ephemeral nach oben, bis es dicht unter dem höchsten Punkt des Käfigs schwebte.

Jetzt musste es schnell gehen. Doch Prue und ich waren gut eingespielt. Sie betätigte die Kurbel, im richtigen Moment öffnete ich dann die letzte Klappe und gab dem Ephemeral einen Stups. Der Kanal öffnete sich, ein Sog erfasste die Lichtkugel und schleuderte sie durch den dicksten der Schläuche – geradewegs zu Irving Rubic in den anderen Käfig.

Prue und ich hatten nur Sekundenbruchteile, um die Schleuse wieder zu schließen und den Sog zu unterbrechen, sonst würden die restlichen Ephemerale auseinandergezerrt werden und folgen. Es war noch nie schiefgegangen.

Irving hielt die Luft an, im Publikum wurden keuchend Hände vor Münder geschlagen, als die Lichtkugel noch unter den Nachwirkungen des Soges stehend durch den Käfig schoss. Auch wenn die Gitterstäbe weit genug auseinanderstanden, dass ich bequem eine Hand hindurchschieben konnte – für das Ephemeral und seine reine Energie waren sie eine undurchdringliche Barriere. Ein *Faraday'scher Käfig*.

»Entspannen Sie sich, Mister Rubic«, sagte Prue leise, während ich vom Käfig zurücktrat, um dem Publikum den Blick freizumachen.

Das Ephemeral beruhigte sich, wurde langsamer. Einige Augenblicke schwirrte es auf der Stelle, doch Irving Rubics Gehirn würde es unweigerlich anziehen. Es begann, ihn zu umkreisen, zunächst langsam, doch stetig schneller werdend, bis es zu pulsieren begann.

»Bleiben Sie ganz entspannt«, wiederholte ich, nur für Irvings Ohren bestimmt. Er ließ sich nichts anmerken, doch war ich nahe genug, um in dem bläulichen Leuchten die Schweißperlen auf seiner Haut zu erkennen.

Nicht wenige im Publikum schrien auf, als das Ephemeral unvermittelt gleißend aufleuchtete. Sie vermochten es nicht zu erkennen, es war zu hell – doch Prue und ich wussten, dass dies der Moment war, in dem der Gedanke in das Gehirn des Wirts hineinschoss. Auf einem neuronalen Ast Platz nahm.

Von Irving Rubic kam kein Ton. Er war nicht einmal zusammengezuckt. Um ihn herum war es plötzlich dunkel. Die einzige Lichtquelle war der Schwarm im anderen Käfig.

»Ich fürchte, Rosemary wird uns gleich ins Gesicht springen«, wisperte Prue, ein Schmunzeln in der Stimme.

Ich warf ihr ein schnelles Lächeln zu, bevor ich in den Saal hineinrief: »Danke, Sie können das Licht wieder anmachen.«

Während die Pagen der Aufforderung nachkamen und es langsam heller wurde, breitete sich Unruhe aus. Ich konnte sehen, wie die Zuschauer Hälse reckten, um einen besseren Blick auf die Bühne zu erhaschen, wie einige sogar aufstanden. Die Gesichter zeigten das volle Spektrum zwischen Schock, Verwirrung und Neugier.

Ich beschloss, sie zumindest von ihrer Sorge zu erlösen, und öffnete die Tür des Käfigs, um Irving wieder herauszulassen.

»Eines reicht erst einmal, nicht wahr?«, sagte ich leise, dann ein wenig lauter, sodass es alle hören konnten: »Wie geht es Ihnen, Mister Rubic?«

Irving hatte nichts von seiner Selbstbeherrschung verloren, von seiner aristokratischen Haltung. Gelassen rückte er seinen Kragen zurecht, während er dem Käfig entstieg.

»Das war … interessant.« Sein Tonfall sagte mir deutlich, dass es gewirkt hatte und ich unterdrückte ein selbstzufriedenes Schmunzeln.

»Möchten Sie Ihren neuen Gedanken mit uns teilen, Mister Rubic?«, forderte Prue ihn auf.

Irving schien nicht darauf einzugehen. Er warf mir einen Seitenblick zu. »Was eben passiert ist … Sie verkaufen das, habe ich Sie richtig verstanden? Lassen sich pro Ephemeral bezahlen, habe ich recht?«

Ich nickte. »Ganz genau. Ein einzelnes reicht in der Regel aus, doch es gibt keine Einschränkungen nach oben. Ganz nach Kundenwunsch.«

Und Geldbeutel, fügte ich in Gedanken hinzu.

»Und rechnen Sie damit, dass die heutige Vorstellung unsere Gäste neugierig gemacht hat, sodass Sie und Ihre … Partnerin mit dem Wissen um neue Kundschaft nach Hause gehen werden? Dass die Ersten es sogar gleich jetzt und hier wagen werden?«

»Das hoffen wir doch.« Die Antwort war ein Reflex, doch ein unterschwelliges Prickeln in meinem Nacken sagte mir, dass dies hier keine höfliche Plauderei war.

»Miss Faraday …« Irving senkte seine Stimme um eine Nuance, während meine Alarmglocken dagegen unmissverständlich laut schrillten. »Sagt Ihnen der Satz etwas: *Die Gedanken sind frei?*«

Mir blieb keine Zeit für eine Entgegnung; im nächsten Augenblick stieß Irving mich mit beiden Händen von sich. Ich ruderte mit den Armen, um das Gleichgewicht zu behalten, doch der Stoß war zu unerwartet gewesen. Ich stolperte rückwärts und fiel. Es gelang mir gerade noch, mich halb zur Seite zu drehen, sodass ich nicht von der Bühne stürzte. Dennoch prallte ich hart mit der Schulter auf dem Bretterboden auf und mir blieb vor Schmerz kurz die Luft weg.

»Verfluchte Bastarde!«, zischte ich zwischen zusammengebissenen Zähnen.

Ich hatte mich noch nicht aufgerappelt, da hörte ich Prues Schrei. Aus dem Augenwinkel sah ich, wie sie auf Irving losging, doch er duckte sich weg, nur um auch sie von sich zu stoßen – von der Bühne hinunter. Sie war weniger überrascht als ich, es gelang ihr, unten auf den Füßen zu landen. Der Schwung ließ sie noch einige Schritte vorwärts stolpern – geradewegs in Rosemary Westfield-Rubics Arme. Anstatt ihr auszuweichen, packte Rosemary Prues Arme und hielt sie hinter dem Rücken fest.

Ich schrie Prues Namen, während ich wieder auf die Füße kam. Doch ihr konnte ich nicht unmittelbar helfen; viel näher war Irving, der sich auf der Bühne inzwischen am Käfig mit den Ephemeralen zu schaffen machte.

»Finger weg!«, brüllte ich und wollte schon auf ihn zustürmen. Doch es war zu spät.

Hatte er Prue und mir so genau zugesehen im Dunkeln? Irgendwie gelang es ihm, dieselben Handgriffe zu machen, die Schleusen zu öffnen. Nicht ein einzelnes, isoliertes Ephemeral wurde nach oben gesogen – sondern der gesamte Schwarm. Und die Tür des Käfigs stand noch immer offen.

Ich zischte einen Fluch und sprang vorwärts, doch die ersten Ephemerale schossen bereits aus der Öffnung. Nahmen den Weg des geringsten Widerstandes. Hinaus. Hinaus in den freien Raum. Und der Rest des Schwarms folgte, unaufhaltsam. Ich blinzelte, konnte kaum etwas sehen in dem gleißenden Leuchten. Aus Richtung des Publikums kamen panische Schreie.

Der Schwarm explodierte förmlich. Nicht mehr eingeschränkt durch Metallgitter zeigten die Ephemerale, was sich wirklich hinter der zusammengepressten, leuchtenden Kugel verborgen hatte. Wie Heuschrecken stoben sie auseinander, unzählige einzelne Lichtpunkte. Nicht einmal ich kannte ihre genaue Zahl. Die Gäste in den Zuschauerreihen schrien, stolperten, stießen sich gegenseitig aus dem Weg. Die ersten Stehtische an den Seiten fielen krachend zu Boden.

»Prue!«, rief ich erneut, während ich versuchte, zwischen all den Lichtblitzen etwas zu erkennen. Wenn Rosemary ihr etwas antat ...

»Hier bin ich!«

Erleichterung durchströmte mich, als Prue plötzlich vor mir stand.

»Hat sie ...«

Prue winkte ab. »Sie wollte mich nur daran hindern, ihren Gatten aufzuhalten«, stieß sie verächtlich hervor. Ihr Gesichtsausdruck wurde weicher, als sie mich besorgt musterte. »Ist dir etwas passiert?«

»Nicht der Rede wert«, winkte auch ich ab. »Diese Arschlöcher haben uns sabotiert!«

In genau diesem Moment raunte eine Stimme an meinem Ohr: »Sabotage, sagen Sie? Ich sage: Was ein einzelner Gedanke nicht alles anrichten kann ...« Kurz sah ich Rosemary Westfield-Rubics überhebliches Grinsen, dann verschwand sie im Gewirr aus Lichtblitzen. Die Idee, sie aufzuhalten, verwarf ich sofort. Es hätte nichts mehr geändert.

Hilflos mussten Prue und ich mit ansehen, wie die Ephemerale im gesamten Theatersaal ausschwärmten. Kein Käfig hielt sie zurück und nichts konnte sie mehr einfangen. Diese waren ein für alle Mal verloren für uns. Ich würde neue destillieren müssen.

Ich ließ zischend den Atem entweichen. »So viele Tage Arbeit ...«

Prue verzog mitleidig das Gesicht.

Jetzt da wir uns versichert hatten, dass es der jeweils anderen gut ging, ebbte der Schock ab. Rosemary und Irving waren ... wer wusste schon, wo?

»Der falsche Gedanke ausgerechnet auf diesem *Symposium*!«, ärgerte sich Prue.

»Vielleicht hat ihn ja die Anwesenheit so vieler ... neuronaler Äste erst ausgelöst«, mutmaßte ich. Wenn schon mit leeren Käfigen, so würden wir vielleicht wenigstens mit neuen Erkenntnissen nach Hause gehen. Den finanziellen Verlust konnte das nicht aufwiegen.

Ich sah in den Saal hinein und musste plötzlich sogar ein Lachen unterdrücken angesichts der Panik, in der die kopflos durcheinanderrennenden Menschen all die Opulenz zerlegten.

»Was für eine Freakshow!«, seufzte ich.

Prue lachte zustimmend.

Ein Schwarm Ephemerale, der auf einen losging, konnte durchaus beängstigend wirken. Doch niemandem hier drohte Gefahr, nicht vor den Ephemeralen. Sobald eines ein Gehirn eingenommen und der Gedanke sich festgesetzt hatte, erkannte das jeder. Es war angenehm. Manchmal geradezu berauschend.

Die ersten Fliehenden blieben bereits beseelt grinsend stehen. Andere rannten nicht mehr panisch, sondern nun mit leuchtenden Augen auf einen der zahlreichen Ausgänge des Saales zu. Voller Tatendrang.

Das hatten Prue und ich jetzt davon, die Einladung angenommen zu haben. Fünfhundert Menschen mit neuen Ideen, Gedankenblitzen. Und fünfhundert Mal kein Profit dadurch.

Doch alles, woran ich auf einmal denken konnte, während um mich herum Glassplitter flogen, Lichtblitze flirrten, Fragmente von Schreien mich aus verschiedenen Richtungen erreichten und mir zwei Augen aus einem von wilden Locken umrahmten Gesicht entgegenleuchteten ...

»Verflucht, liebe ich das Chaos!«

Da war er, mein Gedanke, laut ausgesprochen. Vielleicht nur ein Ephemeral, das in meinen Kopf gerauscht war. Oder durch ihn hindurch und danach direkt in Prues.

»Das ist mein Satz!«, protestierte ich und grinste.

»Ich weiß.« Sie kam näher, einen Schritt nur. »Freak!« In ihren Augen sah ich einen ganz anderen Gedanken aufblitzen.

»Lieblingsfreak!«, entgegnete ich, solange ich noch Atem dafür hatte.

Danksagung

Als vor fünf Jahren die *Sehnsuchtsfluchten* herauskamen, wusste noch niemand, dass sich aus dieser kleinen Anthologie etwas Großes entwickeln würde. Doch wie es manchmal ist, entstehen aus den unscheinbarsten Gedanken die wunderbarsten Dinge, und aus einem schmalen Büchlein, in dem sich die unterschiedlichsten Stile und Geschichten versammelten, erwuchs ein wunderschönes Projekt: *Nikas Erben.* Ein wild zusammengewürfelter Haufen Autor*innen verwandelte sich in ein echtes Kollektiv, eine Gruppe, eine Gemeinschaft von Künstler*innen. Eine Freundschaft zwischen Tintenflecken und raschelndem Papier.

Auf die Gründerinnen Nika Sachs und Julia von Rein-Hrubesch folgten Magret Kindermann und Wiebke Tillenburg. Heute, vier Anthologien später, sind wir, M. D. Grand und S. M. Gruber, Eure Herausgeberinnen und blicken gemeinsam mit Euch auf fünf wunderbare Jahre zurück, für die wir nun endlich einmal Danke sagen möchten.

Danke, *Nikas Erben,* für Eure Kreativität, für den Farbenreichtum, für jedes Wort. Für all die Ermutigungen, für die schöne Zusammenarbeit, den Teamgeist und die Witze. Danke für Euer Lob und Eure Kritik, für Eure Begeisterung und den unermüdlichen Eifer, Eure Motivation. Für Eure Geduld und Eure Kommentare. Ihr habt nicht nur uns ein künstlerisches Zuhause gegeben, sondern auch vielen anderen Autor*innen, jedes Jahr aufs Neue, jedes Mal mit frischem Elan. Wir sind (zusammen)gewachsen und haben neue Ufer erkundet, zu Themen geschrieben, die wir uns niemals hätten erträumen lassen, uns weiterentwickelt und gegenseitig unterstützt.

Danke für fünf wunderbare Jahre. Für vier Anthologien, 27 Autor*innen, 86 Geschichten, 1163 Seiten geschriebenes Wort. Für den Zauber des ersten Satzes, immer und immer wieder, so viele Welten, Charaktere, so viele Geschichten, die inspirieren, faszinieren und verwundern, einen nachts nicht schlafen lassen oder mit einem Lächeln auf den Lippen in die Träume begleiten.

Danke auch an alle, die uns bei dieser Anthologie mit helfender Hand zur Seite gestanden und dem Buch den finalen Anstrich gegeben haben:

Esther Wagner
für die stimmigen Illustrationen und das gelungene Cover

Magret Kindermann und Lily Magdalen
für das Argusauge beim genauen Korrektorat

Karl-Heinz Zimmer für den wunderschönen Buchsatz

Danke auch an Euch, Lesende, die ihr *Nikas Erben* teilweise von Anfang an treu begleitet, Euch Mal um Mal verzaubern lasst, entführen lasst und auch weiterhin an uns glaubt.

Wir hoffen, dass Euch das Compendium genauso begeistern konnte wie uns!

Eure M. D. Grand & S. M. Gruber
und das gesamte *Nikas-Erben*-Kollektiv

Die Autor*innen

Vanessa Glau ist in den österreichischen Bergen zu Hause, studierte Japanologie und dann Translation in Wien und arbeitet als freiberufliche Übersetzerin für Literatur und Videospiele. Sie hat seit 2017 mehrere Kurzgeschichten in den Selfpublisher-Anthologien von Nikas Erben veröffentlicht. 2021 kam ihr Debütroman *Nachtgesichter* heraus, der japanische Mythologie ins Tokio der Gegenwart holt.

Instagram: @vanessaglau   *Twitter: @VanessaGlau*

M. D. Grand, Jahrgang 1992, studiert und lebt in Österreich. Als Geheimtipp bekannt wurde sie durch ihre Dark-Fantasy-Reihe *Das Schicksal der Südlichen Lande*, die bisher die Bände *Schatten* (2015), *Zwielicht* (2017) und *Morgenröte* (in Arbeit) umfasst. Ihr Verlagsdebüt *Heart Beat* erschien 2018 gemeinsam mit S. M. Gruber im *Eisermann Verlag*. Mehrere Kurzgeschichten erschienen in diversen Anthologien des Schreibkollektivs *Nikas Erben* (2017-2019).

Instagram: @m.d.grand_author   *Twitter: @md_grand*
Website: mdgrand.com

S. M. Gruber, 1992 in Graz geboren, lebt und arbeitet in Berlin. Ihr Debütroman *Heart Beat*, gemeinsam geschrieben mit M. D. Grand, erschien 2018 im *Eisermann Verlag*. Sie ist Mitgründerin des Berliner Autor*innennetzwerks #BerlinAuthors und Herausgeberin dessen jährlicher Anthologie (*Großstadtgefühle*, 2019; *Großstadtklänge*, 2020; *Großstadtgeheimnisse*, 2021). Es erschienen mehrere Kurzgeschichten, unter anderem bei Nikas Erben, im Magazin *Prosaist:innen* und in weiteren Anthologien.

Instagram: @buecherphie   *Twitter: @buecherphie*
Website: buecherphie.com

Andreas Hagemann, 1982 in Berlin geboren, ist heute wohnhaft bei Düsseldorf. Nach seiner Ausbildung schrieb er erste Kurzgeschichten und Gedichte, bis die Ausschreibung eines Wettbewerbs den nötigen Impuls gab, seinen Debütroman *Xerubian – Aath Lan'Tis* zu beenden. Schon sehr früh von den Büchern Douglas Adams' fasziniert, zieht sich auch durch Andreas Hagemanns Schaffen das Skurrile und Humorvolle, wodurch stets ein amüsanter, aber hintergründiger Blick auf phantastische Welten erfolgt.

Instagram: @xerubian   *Twitter: @xerubian*
Website: andreashagemann.com

June Is veröffentlicht seit einigen Jahren ihre Kurztexte bei clue-writing.de, buecherstadtkurier.com und YouTube (EAPoe Productions). Weitere Geschichten sind in den Anthologien *Sehnsuchtsfluchten* (2017, hrsg. von Nika Sachs & Julia von Rein-Hrubesch), *Briefe aus dem Sturm* (2018, hrsg. von Wiebke Tillenburg & Magret Kindermann), *Das einsame Haus am grünen See* (2018, *Verlag ohneohren*) sowie in *Badass Angels – Gefiederte Kreaturen* (2020, hrsg. von Emma N.) erschienen. Ihr Debüt erscheint 2021 im *Verlag ohneohren*.

Twitter: @ypical_writer

Jessica Iser wurde 1991 in Südhessen geboren. Schon in jungen Jahren hielt sie ihre blühende Phantasie mit Wörtern und Zeichnungen auf Papier fest. Heute widmet sie als Autorin und Bibliothekarin einen Großteil ihres Lebens den Büchern. In ihren Geschichten ist sie überwiegend im Bereich der dunklen Phantastik von Urban Fantasy bis Horror unterwegs, wagt sich aber auch gerne an andere Genres heran. Ihr Debütroman *Deathbound* erschien 2021.

Instagram: @awritingwitch   *Twitter: @awritingwitch*
Website: jessicaiser.de

Kia Kahawa (*1993) lebt im schönen Hannover und arbeitet dort als Buchsetzerin in ihrem eigenen Unternehmen. Die Hybridautorin begann ihre Schreibkarriere mit Entwicklungsromanen im Selfpublishing und veröffentlicht heute ihre Bücher in unabhängigen Verlagen.

Instagram: @KiaKahawa   *Twitter:@KiaKahawa*
Website: kiakahawa.de

Magret Kindermann sucht in jeder Geschichte nach Ehrlichkeit, auch in ihren eigenen. Die letzten Jahre hat sie damit verbracht, herauszufinden, was Ruhe für sie bedeutet. Von der Antwort ist sie noch weit entfernt, aber sie hat mittlerweile eine Ahnung. Ihr neustes Buch *Herz des Todes* ist im *GedankenReich Verlag* erschienen. Für Nikas Erben hat sie zusammen mit Wiebke Tillenburg die zwei Anthologien *Briefe aus dem Sturm* (2018) und *Herzgezeiten* (2019) herausgegeben.

Instagram: @magretkind   *Twitter: @magretkind*
Website: magretkindermann.art

Wolfgang Lamar wurde 1956 in Essen/Ruhr geboren. Seine Jugend roch nach Kohle. Er las viel und verbrachte viele Nachmittage mit Trainspotting. Später arbeitete er als Offsetdrucker und verbrachte seine Freizeit mit dem Kinderhospizverein, Büchern und Rollenspielen. Seine Frau schickte ihn in eine Schreibwerkstatt, damit er ein neues Leben begänne. Seither veröffentlicht er unter anderem bei Nikas Erben seine Kurzgeschichten und arbeitet an einer Romanveröffentlichung.

Instagram: @wollelamar   *Twitter: @LamarEtHenry*

Lily Magdalen, geboren 1987, Geschichtenerzählerin in Papier und Chrom, dunkelbunte Herbstseele, brennt für Worte und Magie. Die Begegnung mit einem einzelnen Wort reicht ihr aus, um die Finger auf der Tastatur zum Fliegen zu bringen, Sätze flüsternd über die Zunge tanzen zu lassen und Bilder im Kopf zu malen. Im November 2020 ist ihr Debütroman *Novemberkönig – Eine Erzählung in sieben Mondphasen* bei BoD erschienen. Wenn sie nicht gerade die nächsten Wort-Irrlichter aus der Luft fängt oder sich im Tanz verliert, arbeitet sie freiberuflich als Lektorin und Korrektorin in der Nähe von Stuttgart.

*Instagram: @lily_magdalen_*   *Twitter: @Lily_Magdalen_*
Website: lily-magdalen.de

Liv Modes, geboren 1997, zog nach bestandenem Abitur vom Land nach Berlin und absolvierte eine Ausbildung zur Sozialversicherungsfachangestellten. Seit Oktober 2021 studiert sie Psychologie. Bisher erschienen ihr Sciencefiction-Debüt *ANXO – Zwischen den Sphären* im *Eisermann Verlag* sowie der YA-Kurzroman *Auf der anderen Seite der Sterne* im Selfpublishing. Im November 2021 erscheint zudem der YA-Roman *Flip my Heart* im *Carlsen Verlag*. Daneben veröffentlichte sie mehrere Kurzgeschichten, ist Mitgründerin des Autor*innen-Netzwerks *#BerlinAuthors* und absolvierte ein Fernstudium zur Social-Media-Managerin.

Instagram: @livmodesautorin   *Twitter: @livmodesautorin*
Website: livmodes.org

Nicole Neubauer studierte Englische Literaturwissenschaft, Publizistik und Jura, bevor sie zehn Jahre als Rechtsanwältin im Bereich der Wirtschaftskriminalität arbeitete. Nunmehr widmet sie sich vollständig ihrem Traumberuf, dem Schreiben. 2015 erschien ihr erster Kriminalroman *Kellerkind*, der es auf Anhieb in die Spiegel-Bestsellerliste schaffte. 2016 folgte der Roman *Moorfeuer*, 2017 *Scherbennacht*, 2020 *Opferstunde*. Mit der Autorinnenvereinigung *Mörderische Schwestern e.V.* setzt sie sich für die Anerkennung von Schriftstellerinnen im Literaturbetrieb ein.

Twitter: @Neubauerin   *Website: nicole-neubauer.de*

Eva-Maria Obermann wurde am Rande der Pfalz 1987 geboren. Bücher waren ihr von Kindesbeinen an wichtige Begleiter und Inspiration. Nachdem sie ihr Studium in Literatur- und Medienwissenschaften mit Bestnoten abgeschlossen hat, beendet sie 2021 ihre Promotion. 2018 veröffentlichte sie Band 13 der Märchenspinnerei, *Tropfen der Ewigkeit*, eine Steampunkadaption von Rapunzel. Daneben führt sie einen Buchblog und schreibt weiterhin literarisch, arbeitet für eine Softwarefirma und setzt sich für mehr Diversität in der Literatur ein.

Instagram: @Variemaa *Twitter: @Variemaa*
Website: schreibtrieb.com

Denny Sachs wurde 1989 in Ost-Thüringen geboren. Er studierte Japanologie in Frankfurt am Main, bevor er für ein Austauschjahr nach Japan kam und eine Vollzeitanstellung als Social-Media-Manager in einem deutschen Startup in Tokio fand. Nebenbei ist er bei den *TOKYOmaniacs* aktiv und versorgt seine Follower*innen auf allen Kanälen mit verrückten Geschehnissen aus Japan, die er auch in seinen Werken verarbeitet. Seine Kurzgeschichten erschienen bei Nikas Erben in den Anthologien *Briefe aus dem Sturm* (2018) und *Herzgezeiten* (2019).

Twitter: @renovalentin *Instagram: @dennysachs*

Babsi Schwarz, geboren 1994 im idyllischen Allgäu, träumte sich schon als Kind in phantastische Welten. Nach dem Abitur reiste sie sechs Monate durch Japan, um danach ihrer Berufung zu folgen und Psychologie zu studieren. Sie ist im Internet als »TheBlueSiren« aktiv und veranstaltet mit ihren Kolleg*innen bei 9lesen e.V. abwechslungsreiche Lesungen.

Instagram: @thebluesiren *Twitter: @blues1ren*

Katharina Stein schreibt Kurzgeschichten, Lyrik und alles, was irgendwo dazwischen liegt. Sie ist Wahlberlinerin und hat das Autor*innennetzwerk #BerlinAuthors mitbegründet. Dort organisiert sie Events und ist Mitherausgeberin einer jährlich erscheinenden Anthologie. Außerdem arbeitet sie freiberuflich als Lektorin, Übersetzerin und bei einer Literaturagentur. Im September 2021 erschien ihr Kurzgeschichtenband *Berlin – Eine Stadt in 17 Begegnungen*.

Instagram: @lorem.ipsa *Twitter: @lorem_ipsa*
Website: lorem-ipsa.de

Matthias Thurau ist 1985 in Dortmund geboren, dortgeblieben und zur Schule gegangen, was ihm nicht gutgetan hat, hat eine Ausbildung und die Arbeit als Fachkraft für Lagerlogistik ausgehalten, Abitur nachgeholt, Philosophie und Komparatistik studiert, dann erst und endlich ernsthaft geschrieben, hat 2018 *Papierkrieg.Blog* gegründet, 2019 *Sorck: Ein Reiseroman* und *Alte Milch: Gedichte* veröffentlicht sowie 2020 *Das Maurerdekolleté des Lebens: Drei surreale Geschichten* und *Erschütterungen. Dann Stille.: Erzählungen*, ist seit 2020 Rezensent beim Buchblog *Buchensemble.de* und Mitglied bei *Nikas Erben*.
Instagram: @MT_Papierkrieg   *Twitter: @MT_Papierkrieg*
Website: papierkrieg.blog

Julia von Rein-Hrubesch, geboren 1979 in Gera, lebt inzwischen in Ingolstadt. Sowohl als Therapeutin als auch als Autorin ist sie stets auf der Suche nach dem, was uns antreibt: Leidenschaft, Sehnsucht, Angst und Zweifel. Eine Sehnsucht ist es auch, die sie immer schreiben lässt, wobei sie auf kein Genre festgelegt ist. Für sie zählt beim Schreiben dasselbe wie beim Lesen: Was zwischen den Zeilen steht, ist das, worauf es wirklich ankommt. Sie veröffentlichte unter anderem den Kurzroman *Das Flüstern der Pappeln,* weitere Werke stehen kurz vor der Veröffentlichung.
Twitter: @JuliaInNathen   *Website: juliaschreibtblog.wordpress.com*

Das Debüt von *Nikas Erben*
von den Herausgeberinnen
Nika Sachs und
Julia von Rein-Hrubesch:

Sehnsuchtsfluchten

Wandle durch eine Welt, in der Zweifel, Neid und Angst tiefe Wurzeln
in den Boden schlagen, aber auch Liebe, Lust, Freude und Hoffnung
erblühen. Blick hinein in Schluchten, in denen Gier und Missgunst
lauern. Fliege über Seen, in denen sich die Sehnsucht spiegelt, Trauer,
Leid und Tod am schwarzen Grund lauern. Nimm dich in Acht vor
prächtigen Blüten, die dich mit Verbotenem locken und dich in Ekstase
ertränken wollen.
Fünfzehn Autoren nehmen dich in diesen Geschichten mit auf eine
Suche nach Gedanken und Emotionen.

ISBN: 978-3740730710

Das zweite Buch von *Nikas Erben*
von den Herausgeberinnen
Wiebke Tillenburg und
Magret Kindermann:

Briefe aus dem Sturm

Briefe wurden schon zerrissen und geküsst, mit ihnen wurden Kriege
erklärt, Morde gebeichtet oder dafür genutzt, den geliebten Menschen
in Übersee etwas lauter zu vermissen. Es gibt kein Medium, in dem
Worte so sorgfältig ausgewählt werden wie handschriftlich auf einem
Blatt Papier. Meine Seele kann ich nur Papier anvertrauen, heißt es in
einer der fünfzehn Geschichten in diesem Buch. Nimm dir Zeit, denn
dieser Brief ist für dich. Öffne ihn.

ISBN: 978-3740746766

Das dritte Buch von *Nikas Erben*
von den Herausgeberinnen
Wiebke Tillenburg und
Magret Kindermann:

Herzgezeiten

Die Mutigen glauben an ein Happy End!
Also stürze dich in die Fluten und schwimme mit unseren Geschichten
dem Horizont entgegen.
Du begegnest Liebe, die vielen Stürmen trotzte und solcher, die gerade
erst an den Strand gespült und gefunden werden will. Ebenso wirst
du auf Liebende treffen, die sehnsüchtig auf den frischen Wind nach
langer Flaute hoffen. Sie alle wollen das Kribbeln von Salzwasser und
die warme Sonne auf der Haut spüren. Und am Ende schenkt das Meer
ein Herz.
Ob du es halten kannst, liegt bei dir.

ISBN: 978-3740754273

Inhaltswarnungen / Content Notes

Dieses Buch enthält fiktive Schilderungen von Erlebnissen,
die ggfs. Auslösereiz bei Betroffenen sein können.

*Folgende Liste wurde gewissenhaft erstellt, dennoch kann
keine Garantie für Vollständigkeit übernommen werden:*

Magret Kindermann, *Heiße Schokolade:* Kindesentführung,
K.-o.-Tropfen, Gedächtnisverlust

Matthias Thurau, *Extras:* Gewalt gegen Kinder

Vanessa Glau, *Das Gift in der Literatur:* Tod, Schwere Krankheit

Wolfgang Lamar, *Ektoplasmatische Idylle:* Kindesentführung

M. D. Grand, *Schattenbande:* Grafische Darstellung von Gewalt

Matthias Thurau, *Generationen:* Horror, Verfolgungswahn

Vanessa Glau, *Rituelle Reinigung mit Apfelessig:* Vergewaltigung,
Fehlgeburt, Abtreibung

Kia Kahawa, *Ch'la das Schlafmonster:* Isolation

Babsi Schwarz, *Das hungrige Wasser:* Horror, Tod, Ertrinken, Blut

Eva-Maria Obermann, *Gedankensammler:* Kindesentführung,
Gedächtnisverlust

Denny Sachs, *Der Buchesser:* Grafische Darstellung von Gewalt, Blut

Jessica Iser, *Nixenfraß:* Horror, Grafische Darstellung von Gewalt,
Blut, Tod

Nicole Neubauer, *Definitiv nichts mit Tieren:* Psychische Krankheit